MARMOR MÔN

*Diolch i Wasg y Lolfa am eu gwaith gofalus,
i'r golygydd Siân Esmor, ac, yn arbennig,
i Lefi Gruffudd am gydlynu popeth.*

MARMOR MÔN

MAIR JONES

Er bod amryw o gyfeiriadau hanesyddol yn y stori hon, megis enwau lleoedd ar yr ynys a mannau eraill, cwbl ddychmygol yw'r cyfan o'r cymeriadau ynddi. Er enghraifft, er bod Pwllpillo a Maes Mawr yn ffermydd lle ceid marmor ar Ynys Môn, ffrwyth dychymyg yw perchnogion a theuluoedd y ffermydd hynny yn y nofel.

Argraffiad cyntaf: 2025
© Hawlfraint Mair Jones a'r Lolfa Cyf., 2025

Mae hawlfraint ar gynnwys y llyfr hwn ac mae'n anghyfreithlon llungopïo neu atgynhyrchu unrhyw ran ohono trwy unrhyw ddull ac at unrhyw bwrpas (ar wahân i adolygu) heb gytundeb ysgrifenedig y cyhoeddwyr ymlaen llaw

Cynllun y clawr: Y Lolfa

Rhif Llyfr Rhyngwladol: 978 1 78461 756 1

Cyhoeddwyd ac argraffwyd yng Nghymru
ar bapur o goedwigoedd cynaliadwy gan
Y Lolfa Cyf., Talybont, Ceredigion SY24 5HE
e-bost ylolfa@ylolfa.com
gwefan www.ylolfa.com
ffôn 01970 832 304

Rhagarweiniad

Gwibiai meddwl Sara dros yr holl firi a oedd yn gysylltiedig â Marmor Môn, a fu bron â'i gyrru'n benwan am fisoedd lawer wedi cyfnod ennill ei doethuriaeth. Yn wir, byddai helynt y marmor yn aros gyda hi weddill ei dyddiau, roedd yn sicr o hynny. Heblaw ei bod hi ei hun yn rhan o'r saga ryfedd, ni fyddai wedi gallu dychmygu'r digwyddiadau y bu'n gysylltiedig â hwynt mewn perthynas â'r *Mona Marble* bondigrybwyll.

Roedd hi ers tro bellach wedi derbyn ei gradd PhD am ei hastudiaeth o rai o greiriau a mwynau Môn gyda chlod arbennig, ac roedd y llyfr yr oedd wedi ei gyhoeddi ar y silffoedd yn siopau'r llyfrwerthwyr. Gyda gobaith, nid arhosent ar y silffoedd hynny'n rhy hir. Roedd hi eisoes wedi derbyn canmoliaeth gan rai oedd wedi cael cyfle i ddarllen ei gwaith ymchwil a'r llyfr, yn ddysgedigion a phobl gyffredin, ac roedd y dyfodol yn ddisglair o'i blaen.

Beth fwy y gallai obeithio amdano? O'r diwedd, roedd ei bywyd yn berffaith, er bod rhywbeth bach yng nghefn ei meddwl yn ei hatal rhag dweud peth fel'na, o leiaf heb yn gyntaf groesi ei bysedd. Wyddech chi ddim beth a allasai ddigwydd, yn arbennig o gofio miri'r marmor!

Buasai'n ofnus braidd – wel, nid yn ofnus yn hollol, ond yn anniddig – pan ddywedwyd wrthi y byddai'n beth doeth iddi gael newid ei thiwtor personol yn ystod y daith, ond fu hyd yn oed hynny ddim yn rhwystr iddi, yn y pen draw, rhag rhagori yn ei maes. Nid ffôl o beth chwaith fu'r newid syfrdanol yn ei pherthynas â'r tiwtor cyntaf. Byddai hwnnw'n rhan bwysig ac annatod o'i bywyd fyth mwy. Erbyn hyn, roedd hi'n gweld doethineb newid tiwtor, er ei fod yn felltith braidd ar y pryd.

Ond pe bai'n gwybod am yr holl firi a oedd i ddod i'w rhan hi ac eraill o'i theulu, ei chydnabod a'i cheraint, byddai wedi meddwl ddwywaith cyn bwrw iddi gyda'r gwaith ymchwil ar y testun hwnnw. Beth maen nhw'n ei ddweud am ffyliaid yn rhuthro i mewn...? Eto i gyd, a fyddai hi wedi gallu troi ymaith oddi wrth y gwaith a gyflawnwyd, hyd yn oed yng nghanol y peryglon a'r heriau dychrynllyd a ddigwyddodd iddi hi ac eraill? Na fyddai, mae'n debyg. Roedd hi wedi cymryd at ei phwnc ymchwil o'r cychwyn cyntaf un. Roedd hi'n gwybod yn bendant mai dyna y byddai'n hoffi ei wneud.

Pwy a ŵyr beth y byddai wedi ei wneud pe bai'n cychwyn ar y daith honno eto. Hwyrach mai dilyn yr un llwybr yn union a wnâi, yn enwedig heb wybod ymlaen llaw beth a allai fod yn ei hwynebu ar y daith. Ond, o ddechrau'r hanes yn y dechrau...

Pennod 1

Yng ngolau'r fflachlamp gwelai William Parry, Pwllpillo, ddau ddyn yn cerdded yn llechwraidd, gan graffu i'r cloddiau, ac yn defnyddio'u tortsh eu hunain i geisio canfod… canfod beth yn hollol? Byddent yn edrych yn ddigri braidd, pe na bai'r sefyllfa'n un ryfedd odiaeth. A pha hawl a oedd ganddynt i geisio syllu i fonau cloddiau fel hyn, heb fath o ganiatâd rhesymol ar gyfer gwneud y fath beth? Fyddai rhywun ddim yn gweld planhigion prin ganol nos, siawns, nac yn ddigon hurt i fynd i chwilio amdanynt.

Ond, erbyn crafu pen a meddwl ychydig ynghylch y peth, gwyddai'r ffermwr yr ateb i'r cwestiynau, yn ei feddwl, o leiaf. Y marmor gwyrdd, a phorffor ei liw hefyd mewn ambell le, oedd yr unig beth y gallai neb fod â diddordeb ynddo. Nid oedd un dim arall yn peri bod y cloddiau ar ei fferm yn unigryw, yn rhai gwahanol i gloddiau eraill mwy hygyrch ar hyd ffyrdd y wlad. Ond roedd y marmor gwyrdd-ddu yn sicr yn nodwedd arbennig, a dim ond enghreifftiau prin ohono a geid drwy'r ynys gyfan, i bob pwrpas. A dim ond ar yr ynys y ceid craig o'r fath. Hollol unigryw.

Ni fu llawer o sôn am y marmor ers blynyddoedd maith, ond cofiai iddo weld dynion tebyg rywdro cyn hyn yn craffu i bob twll a chornel, ac yn chwilio am olion chwarel ar y fferm, fel pe bai eu bywyd yn dibynnu ar wneud hynny. Roedd hynny flynyddoedd yn ôl erbyn hyn, wrth gwrs, a'r peth wedi mynd bron yn angof yn ei feddwl. Beth arall, mewn difri a allai eu denu gefn nos i gaeau dinab-man i geisio craffu ar gloddiau? Byddai'n llawer haws iddynt ofyn caniatâd i'w weld gefn dydd golau, a byddai yntau wedyn yn eu harwain i'r mannau lle gellid o hyd ganfod olion o'r garreg ryfeddol. Fyddai yntau fyth yn gwarafun mynediad i unrhyw un a fynnai astudio hanes y garreg honno, yn rhesymol. Ond hwyrach bod syniad gan y rhain i wneud mwy nag astudio'r garreg o safbwynt addysgol.

Pam na allent, felly, ddod gefn dydd golau a gofyn am ei ganiatâd i weld y cerrig gwyrdd-ddu, ni wyddai. Dyna fyddai'r cam doeth i neb ei gymryd. Felly pam, yn enw pob rheswm, yr oedden nhw ar ei dir, yn llechwraidd, ganol nos gyda fflachlamp? Gobeithiai nad oeddent wedi gweld dim i'w diddori'n ddigon i ddychwelyd yno. Llonydd yr oedd dyn ei eisiau yn yr ychydig flynyddoedd a oedd ganddo'n weddill yn yr hen fyd 'ma.

Pennod 2

GWYDDAI SARA LAWER erbyn hyn am gopr, a hyd yn oed am yr aur prin posibl yr oedd sôn ei fod yn llechu yng nghrombil Mynydd Parys. Roedd hwnnw'n aur a ddeilliai'n ôl i gyfnod cyn cof. Cymerwyd peth diddordeb ynddo yng nghyfnod pell y Rhufeiniaid, pan oedd ar y rheiny awydd manteisio i'r eithaf ar unrhyw fwynau y gallent wneud defnydd ohonynt ym Mhrydain bell, er mwyn eu troi at fudd eu hymerodraeth a'u hymgyrchoedd. Wrth goncro lle, roedd yn anhepgor eu bod yn mynd ar ôl y golud posibl ynddo.

Roedd Sara, bellach, wedi darllen popeth y gallai roi ei llaw arno am gloddio'r copr ac am enwogrwydd a phwysigrwydd tref Amlwch ar y pryd. Ni allech erbyn hyn gredu ei bod, ar un adeg, yn brysurach na Chaerdydd; mor anodd oedd dychmygu hynny'n awr.

Roedd digon o dystiolaeth y gallai dynnu oddi arni yn y cyfeiriad hwnnw, a buasai'n pori'n braf drwy lyfrau hanesyddol a phoblogaidd. Darllenodd am Cadi Rondol, a gafodd dröedigaeth at grefydd, ac am y Copr Ladis gweithgar a chwedlonol a weithiai o dan amodau dychrynllyd, hyd yn oed yn ôl safonau'r dyddiau hynny. Roedd wedi darllen am gymeriadau hanesyddol, onid chwedlonol bellach, megis Twm Chwarae Teg, ac am symud y copr i Gernyw i'w drin. Darllenodd am syched diarhebol y gweithwyr druain, gyda'r syched hwnnw a ddeilliai o'r gwres a'r llwch yn cael ei dorri yn y tafarnau di-ben-draw a gododd fel madarch yn Amlwch i ddiwallu'r galw, pan fyddai dimeiau prin y cloddwyr yn llosgi yn eu pocedi a'r gwres a'r llwch yn llosgi eu tafodau ddiwedd dydd.

Ond ar hap y daeth Sara ar draws gwybodaeth ddechreuol am y *Mona Marble*, a'i leoliadau posibl ym Môn, fel ym Maes Mawr ym mhentref Llanfechell ac ym Mhwllpillo, yn ardal Rhoscolyn.

Byddai gofyn i hwnnw hefyd fod yn rhan allweddol o'i hymchwil, yn bendant, gan ei fod wedi ennyn ei diddordeb o'r cychwyn cyntaf, yn anad dim arall. Darllenodd am y cloddio am y graig farmoraidd, ac am rai a fuddsoddodd yn y marmor a'i droi'n silffoedd pen tân ac yn addurn mewn dodrefn. Roedd rhywbeth yn hudolus, bron, ynghylch y graig gyda'r gwythiennau gwyrdd a phorffor yn rhedeg drwyddi gan greu patrwm fel gwaed neu inc gwerthfawr.

Roedd hanes y marmor yn sicr wedi tanio dychymyg Sara.

Pennod 3

Gyda'i gradd anrhydedd dosbarth cyntaf ac arian grant, ac ysgoloriaeth gan y brifysgol, waeth pa mor brin oedd y cyfan ar gyfer ei chynnal, roedd Sara wedi ei harfogi ar gyfer gwneud yr ymchwil dan sylw. Felly nid oedd unrhyw beth i'w rhwystro rhag cael ei chofrestru i ddilyn cwrs a fyddai'n arwain at ddoethuriaeth yn ei phwnc.

Roedd hi'n sicr wedi plesio'i darlithwyr hyd yma. Yn wir, cafodd ei hannog yn gryf eisoes gan Athro'r adran i ddilyn y trywydd academaidd ar gyfer ennill doethuriaeth un diwrnod. Doedd arno ddim eisiau ei gweld yn dod â'i gyrfa yn y coleg i ben wedi cwblhau ei gradd gyntaf. Roedd gan y ferch hon risiau uwch i'w hesgyn, doedd dim dwywaith yn ei feddwl.

"Wrth gwrs y byddwn ni'n eich derbyn," meddai pennaeth yr adran, Dr Gwynfor Morgan, yng nghyfweliad Sara ag ef. "Dim ond i chi gofrestru ar gyfer y cwrs gyda swyddfa'r coleg. O fewn yr adran, eich tiwtor personol fydd Dr Rhys Elidir. Wn i ddim dach chi wedi ei gyfarfod cyn hyn…? Beth bynnag am hynny, mi fydd o'r union un i'ch arwain drwy eich ymchwil yn y maes dan sylw. Mae yntau wedi ennill ei ddoethuriaeth, ac mae'n ymhél ar y funud ag ymchwil bellach ar gyfer ei lyfr, mewn maes nid annhebyg i'r un rydach chithau wedi ei ddewis, ond mewn ardal wahanol, wrth gwrs."

Gwrandawodd Sara ar yr union beth y dymunai ei glywed. Hwn oedd y dyfodol y breuddwydiai amdano. Dyna'i dewis cyntaf ar gyfer mynd ymlaen â'i haddysg wedi cwblhau ei gradd gyntaf. Rhwng popeth, roedd hi'n edrych ymlaen at ei dyfodol gydag asbri a brwdfrydedd. Roedd popeth ar i fyny.

*

Dw i'n fwy penderfynol nag erioed o fwrw ymlaen gyda fy rhaglen o gael y Mona Marble *bondigrybwyll i'w werthu yn y siop ym Miwmares. Mae gen i gymaint o ffydd y bydd hyn i gyd yn arwain at lwyddiant ysgubol i ni, a dyna pam dw i'n mynd i'r drafferth o gadw cofnod, fel hyn, er mwyn bod popeth ar ddu a gwyn, i mi gael ei ddarllen yn fy henaint, wrth edrych yn ôl ar y cyfnod yma yn ein hanes.*

Cyn wired ag y cefais fy medyddio'n Maurice Jeffreys, byddaf yn gwireddu fy mwriad o dorri slabiau cyfan o'r marmor gwyrdd-ddu at fy niben. Ddylai hynny ddim bod yn gymaint o broblem, ac ni ddylai gymryd gormod o amser chwaith. Dw i wedi ymgymryd â mentrau tebyg yn y gorffennol, wrth gwrs. Dw i'n sicr mai dyna'r ffordd ymlaen i mi, ac mi wn i 'mod i wedi cymryd cam doeth yn mynd i bartneriaeth, yn ddiweddar, gyda Dean Ranger-Smith.

Dyn cadarn ydy Dean bob amser. Fydd o'n cymryd dim lol wrth geisio cael gafael ar y marmor. Mi fydd o'n ddidostur, mewn gwirionedd, a dyna fel y bydd yn rhaid iddo fod, er mwyn cael y maen i'r wal. Dydy o ddim yn un i roi lle i ryw hen sentimentaliaeth ffôl, fel rhai o'r Cymry penchwiban y byddwn i'n gallu eu henwi. Mi fedrwn ni dorri'r slabiau, gydag ychydig o gymorth, a fydd neb fawr callach ein bod wedi gwneud hynny o gwbl. Bydd gofyn gweithredu liw nos, wrth gwrs, ond felly y byddwn ni'n gwneud ein bywoliaeth y dyddiau hyn, beth bynnag. Fedr rhywun ddim rhedeg busnes fel ni yng ngolau dydd.

Nid oes raid esbonio mai busnes yn y cefndir fydd hwn, rhywbeth i gadw'n dawel yn ei gylch, rhywbeth sy'n apelio at rai cwsmeriaid dethol ar y wefan gudd.

Mi fydd o felly'n hollol neilltuedig oddi wrth y manion digon dibwys hynny sy'n cael eu gwerthu dros y cownter yn y siop. Y geriach rhad hynny, wrth gwrs, y bydd y cyhoedd yn gyfarwydd â hwy; y deunyddiau ar y wefan gudd, ar y llaw arall, a fydd yn dod â'r elw'r ydym yn ei ddeisyfu i ni, er mwyn cael codi ein safon byw, fel yr ydym yn ei haeddu. Mae'n hen bryd i ni bellach gael y bywyd rydan ni'n ei haeddu, oherwydd ein gwaith caled nos a dydd, ac yn y nos yn arbennig.

Mae Dean a finnau eisoes wedi talu'n hallt gyda'n hamser wrth fod dan glo gorfodol oherwydd ein hymdrechion cynharach yn ein meysydd ein hunain. Dan ni wedi dysgu cryn dipyn o gamgymeriadau'r gorffennol, a chael ein dal a'n dwyn i'r llys barn. Mi fydd gofyn i ni weithredu'n ofalus y tro yma. Does dim tebyg i ysgol brofiad. Peidio â gwneud yr un camgymeriadau eto. Dyna sy'n bwysig i ni'n awr.

Fydd dim amser i'w wastraffu chwaith wrth wireddu fy mreuddwyd, a wnawn ni ddim gwastraffu unrhyw amser drwy dindroi'n wirion. Dw i'n benderfynol o hynny. Taro'n sydyn, a tharo'n galed, a dyna ni! Fait accompli! *Mae'n rhaid i ddyn fod yn hirben yn y busnes yma.*

Pennod 4

Roedd y tywydd yn parhau'n braf. Rhyw haf bach Mihangel. Tywydd mwyar duon, yn wir, ac nid tywydd lle byddai myfyrwyr yn rhoi eu pennau i lawr i weithio'n galed am wythnosau i ddod. Roedd hynny'n arbennig o wir am y glas-fyfyrwyr, a oedd ar y dechrau yn ymddiddori mwy yn yr hyn y gallai'r coleg a'i fywyd cymdeithasol ei gynnig iddyn nhw yn hytrach na'r cyfraniad y gallen nhw ei wneud i astudiaeth a myfyrdod y coleg.

Onid oedd yntau wedi bod yn fyfyriwr unwaith? A doedd y dyddiau hynny ddim mor bell yn ôl, mewn gwirionedd. Nid oedd ei ddyddiau ymchwil swyddogol ond newydd fynd heibio, er ei fod yn dal i ymchwilio ar gyfer ei lyfr diweddaraf. Byddai'n ymchwilio i raddau hyd ddiwedd ei oes; anodd torri hen arfer.

Gollyngodd Rhys Elidir ei fag lledr ar y ddesg yn ei ystafell, yn nenfwd yr hen adeilad nobl a safai'n urddasol ar y bryn. Daethai o ystafell ei bennaeth, lle buont yn trafod y flwyddyn academaidd a oedd yn ymagor o'u blaenau. Roeddent wedi cael trefn eisoes ar yr agweddau ar y cyrsiau y byddent yn eu cynnig i is-raddedigion, ac ar ddyddiadau rhai profion mewnol, yn y cyfarfod adran y diwrnod cynt, ond cafodd gyfle heddiw am sgwrs fwy personol, un i un, gyda'i bennaeth.

Roedd wrth ei fodd bod Gwynfor – hynny yw, yr Athro Gwynfor Morgan, ei bennaeth adran – wedi cael gair ag ef ynghylch y myfyriwr ymchwil a fyddai'n dod i weithio o dan ei gyfarwyddyd y tymor hwn. Nid myfyriwr, i fod yn gysáct, ond myfyrwraig, ac er na fu'n darlithio iddi pan oedd hi'n dilyn ei chwrs ar gyfer ei gradd gyntaf, roedd Gwynfor wedi rhoi rhyw amlinelliad bras iddo o yrfa coleg Sara Môn hyd yn hyn.

"Gyrfa ddisglair, Rhys, nid annhebyg i dy yrfa dithau pan oeddet ti'n fyfyriwr ifanc gyda ni yn yr adran. Bydd yn gyfle arbennig i ti allu mowldio ei haddysg ymhellach yn ystod cyfnod ei hymchwil, a gofalu ei bod yn dilyn y llwybrau cywir gyda'i hastudiaeth. Merch ddiwyd a gweithgar ydy Sara, fel y cei di weld drosot dy hun."

"Dw i'n edrych ymlaen yn fawr at ei chyfarfod," mynegodd yntau, ac roedd hynny'n berffaith wir.

Ceisiai ganolbwyntio yn ei feddwl ar fyfyrwyr yr adran a welsai'n mynd o un ddarlith i'r llall cyn yr haf. Nid oedd Sara Môn wedi dewis dilyn ei bwnc penodol ef ar y pryd, a dyna pam na welsai hi yn ei ddarlithoedd i'r is-raddedigion. Felly, gan nad oedd Sara wedi bod yn mynychu ei ddarlithoedd ef, nid oedd yn gallu dweud iddo sylwi arni o gwbl hyd yma.

Byddai hynny'n newid yn fuan gan ei fod yn awr, yn ôl yn ei ystafell, yn cyfansoddi nodyn i'w roi yn ei blwch colomen yn ei gwahodd i ddod i'w weld am ei thiwtorial cyntaf yfory nesaf. Câi bwyso a mesur ei rhinweddau drosto'i hun bryd hynny. Edrychai ymlaen at y dasg honno.

Pennod 5

Roedd Sara'n curo wrth ei ddrws ddau funud cyn yr awr benodedig iddo ei gweld.

Ni chafodd Rhys ei siomi o gwbl gyda gwybodaeth gefndirol Sara a ddaethai i'w ran hyd yma. Roedd y ferch, yn amlwg, wedi darllen yn helaeth eisoes, ac yn gwybod yn dda i ba drywydd yr âi ei hymchwil.

"Mae'r marmor i'w gael mewn dau neu dri o safleoedd ym Môn," esboniodd y ferch wrtho.

"Byddai'n well i chi drefnu i ymweld â'r lleoedd, felly," awgrymodd Rhys, wedi iddynt gytuno ar faes yr ymchwil yn ddidrafferth ar y dechrau.

"Mae arna i awydd ymweld â Maes Mawr yn gyntaf, hwyrach, er mwyn cael gweld ansawdd y marmor drosof fy hun," cydiodd Sara yn y drafodaeth. "Dw i ddim wedi gweld enghreifftiau o'r marmor hyd yn hyn."

"Wrth gwrs, mae mwy wedi ei ysgrifennu am adnoddau naturiol Mynydd Parys a'i gopr," mynegodd Rhys, "ac mae'r lle'n fwy adnabyddus yn gyffredinol, rywsut. Ond mae Maes Mawr a Phwllpillo yn swnio'n addawol dros ben. Yn sicr, mae angen mwy o ymchwil yn ymwneud â'r rheiny."

"Mae hynny'n wir," ategodd Sara. "Mi drefna i ymweliadau â safleoedd y marmor," ychwanegodd. "Byddai hynny'n fan cychwyn, hwyrach."

"Dyna fyddai orau, ac mi gawn ni gyfarfod eto ymhen

pythefnos," meddai Rhys, wrth ddwyn y tiwtorial i glo am y tro. Doedd o ddim am fyddaru'r ferch cyn dechrau. Byddai arni angen mwy o gyngor yn nes ymlaen, doedd dim dwywaith, wedi iddi ddechrau ar y gwaith go iawn. Ond dyna ddigon am y tro.

Roedd yn dal i feddwl am ei fyfyrwraig ymchwil wrth bacio'i fag i adael y coleg. Gallai weithio mwy yn nhawelwch ei gartref ei hun nag wrth aros yn ei swyddfa.

Pennod 6

Doedd Sara ddim am wastraffu amser, ac felly ffoniodd berchennog Maes Mawr, Ifan Rowlands, yn ddiymdroi, a gofyn am ganiatâd i ymweld â'r fferm a chael gweld y marmor gwyrdd-ddu drosti'i hun. Esboniodd ei bod yn gwneud ymchwil yn y brifysgol ym Mangor a oedd yn cynnwys astudio'r marmor gwyrdd-ddu a phorffor. Atebwyd hi gan lais clên y perchennog ar ben arall y ffôn.

"Gwneud ymchwil yn y brifysgol, dach chi'n ddeud?"

"Ia, dyna chi," atebodd Sara.

"Wel, mae gynnoch chi reswm digon dilys dros ddŵad yma, felly. Mi ddo i efo chi o gwmpas, er mwyn dangos i chi lle mae unrhyw farmor sydd ar ôl erbyn hyn i'w gael. Mi fu cloddio yn y chwarel yma unwaith. Nid bod cymaint o'r marmor ar ôl y dyddiau hyn, wrth gwrs. Mi ddefnyddiwyd peth ohono ar un adeg i gynhyrchu gwahanol eitemau, fel y gwyddoch chi efallai, ond mi gawn ni sgwrs am hynny pan gyrhaeddwch chi."

Diolchodd Sara iddo, a threfnu i'w gyfarfod cyn pen yr wythnos. Edrychai ymlaen yn fawr at hynny. Fe roddai'r ymweliad ddechrau da i'w hymchwil, a llawer gwell dirnadaeth iddi o'r hyn a fyddai dan sylw. Wedi'r cyfan, doedd hi erioed wedi gweld y marmor gwyrdd-ddu drosti'i hun, na chyffwrdd ynddo o gwbl, ac ysai am gael golwg arno.

"Felly, mi gawn ni drafod yn fanylach bryd hynny," meddai Ifan Rowlands. "Hwyl i chi rŵan."

Roedd ganddo lais digon caredig, meddyliodd Sara, a byddai hynny o gymorth wrth iddi ei holi am yr holl safleoedd ar ei fferm a oedd yn gysylltiedig â'r marmor.

★

Does dim amser i'w golli gydag ymgyrch y Mona Marble. *Dw i'n awyddus i gael pethau drosodd y ffordd gynta. Mae'r oedi yma'n lladd dyn ac yn ei gwneud yn haws i ni gael ein dal. Y gwir ydy, fydd neb arall, yn y dydd sydd ohoni, yn mentro i glirio'r marmor o'r cloddiau a'r chwarel, lle nad ydy o'n dda i ddim i neb, nac yn rhoi ceiniog ym mhwrs neb. Fyddai dim un hen ffermwr o'r math ydw i'n ei nabod yn gwybod sut i fynd ati i farchnata adnodd gwerthfawr fel y marmor. Dim syniad o gwbl! Mi fyddai'r wefan dywyll yn agoriad llygad iddyn nhw, yn sicr! Mi fyddai'n talu'n llawer gwell na'r ŵyn y maen nhw'n eu brolio fel 'cig oen Cymru' ac yn ceisio'u gwerthu byth a beunydd.*

Dim ond fi fy hun sy'n gwybod gwerth y marmor ar y farchnad gudd, a fydda i ddim yn hir yn cael gwared ohono chwaith, gan mor eiddgar ydy sawl un o fy nghwsmeriaid am rywbeth sydd ychydig yn wahanol i'r cyffredin, a heb fod ar gael yn unman arall, bron. Rhywbeth unigryw, wrth gwrs. Mae gen i lygad am y trawiadol, o hir brofiad, a dw i'n gwybod lle medra i wneud ceiniog neu ddwy yn hwylus ddigon.

Yn un peth, does gen i ddim bwriad o gwbl dod i unrhyw delerau ariannol gyda'r perchnogion. Byddai ar ryw hen ffermwyr eisiau crocbris am y cerrig gwyrdd-ddu, ac maen nhw'n gwneud digonedd o bres eisoes gyda grantiau hael y llywodraeth, yn ôl pob sôn. Maen nhw'n cwyno beunydd am bris y farchnad anifeiliaid a'r grawn.

Byddai rhyw fudiadau cadwriaethol hefyd yn creu helynt ac yn rhoi cyhoeddusrwydd yn y papurau, ac ar y teledu ac ati. Gweithredu'n ddistaw bach ydy'r peth doetha bob amser, ddyliwn i.

Pe bai unrhyw gyhoeddusrwydd i'r mater, cyn i chi allu troi rownd, byddai'r Cymry lleol yn dechrau cadw sŵn am eu treftadaeth, eu hetifeddiaeth a chyfoeth naturiol eu hardal a phob rhyw hen firi felly. Mae popeth o'r fath yn gwarafun i ddyn wneud ceiniog mewn dim byd o werth y dyddiau yma. Fydden nhw ddim yn mentro torri'r marmor a gwneud defnydd ohono eu hunain, ond mi fydden nhw'n gweld digon o fai ar rywun sy'n dangos tipyn o fenter, fel fi. Dydyn nhw ddim yn ddigon deheuig i'w werthu, ond fydd arnyn nhw ddim eisiau gweld neb arall yn gwneud ceiniog ohono fo chwaith. Mae arnyn nhw ofn rhoi eu baw i'r cŵn!

Ond bydd arnon ni angen cymorth rhywun sy'n deall sut i dorri marmor yn iawn. Cael gafael ar ddyn sy'n hyfedr gyda thorri drwy slabiau o farmor ac a fydd yn fodlon gweithio yn y nos fyddai orau. Dyna fydd y dasg nesa i mi. Mater bach fydd cludo'r slabiau i'r seler ym Miwmares, a bydd bywydau Dean a finnau'n fêl wrth allu gwerthu darnau bychain o'r garreg, neu greiriau wedi eu creu ohoni. Cyflenwad cyfyngedig ac ati, dim mwy i'w gael; angen ei sicrhau ar unwaith neu ei golli am byth... a hynny i gyd yn codi'r pris, wrth gwrs.

Wedi hynny bydd yn rhaid i ni chwilio am greiriau naturiol mewn lleoedd eraill, a gwneud rhywbeth tebyg yn y llefydd hynny, os na fydd y marmor yn chwyddo digon ar ein coffrau, nes y cawn ni geiniog ddel y tu ôl I ni. Wedyn fe gawn ni roi ein traed i fyny, a byw o fewn y gyfraith, hwyrach! Wel... cael bywyd tawelach, o leia. Dydy'r gyfraith erioed wedi bod yn dda efo ni!

Mi fu Dean a minnau'n cerdded o amgylch y lle hwnnw yn Rhoscolyn yn y gwyll un noson, efo fflachlamp. Wir, roedd pethau'n edrych yn eitha addawol yno, ond bydd rhaid i ni fwrw iddi yn ddiymdroi o hyn allan. Taro tra mae'r haearn yn boeth, megis. Mae hynny mor bwysig bob amser. Taro cyn i'r Glas gael gwynt ar bethau, wrth gwrs. Does ar Dean na finnau ddim awydd syrthio i'w crafangau nhw fyth eto! Mae gynnon ni ddigon o brofiad eisoes o gymysgu gyda'r moch i barhau am oes!

Pennod 7

Prysurai Rhys Elidir i lawr stryd fawr Bangor tuag at y cloc ddiwedd y pnawn. Roedd wedi cerdded ar wib, a brasgamu i lawr y bryn ac i'r dref. Buasai wrth ei ddesg drwy'r dydd, ar wahân i gwpwl o ddarlithoedd, ac roedd yn dyheu am ychydig o awyr iach erbyn hyn. Diolchodd lawer gwaith fod ei faes academaidd yn gadael iddo fynd allan yn achlysurol, i astudio creiriau, yn lle bod ynghlwm Sul, gŵyl a gwaith wrth ei ddesg; er bod yr ochr ysgrifennu a chofnodi yn bwysig hefyd, wrth gwrs.

Roedd wedi trefnu lle i aros am wythnos ar Ynys Enlli, er mwyn cael bwrw ymlaen i ysgrifennu rhan o'i lyfr, a fyddai'n cynnwys ei ymchwil ôl-ddoethuriaeth ddiweddaraf. Byddai tawelwch a phrydferthwch Enlli yn gefndir perffaith i fwrw iddi gyda'i ysgrifennu. Câi berffaith lonydd yno i ganolbwyntio ar ei waith gan na fyddai rhyw lawer o ddim i fynd â'i sylw oddi ar y dasg yr oedd yn ei gosod iddo'i hun.

Roedd yn rhyfeddol yr hyn y gallai rhywun ei gyflawni o gael rhwystro manion bob dydd rhag bwyta i ddiwrnod rhywun, meddyliodd Rhys. Roedd yn rhaid iddo gyflawni ei waith fel hyn er mwyn bwrw ymlaen â'i yrfa academaidd, gan na châi gynnig blwyddyn sabothol lawn – a digonedd o amser yn sgil hynny – am gyfnod sylweddol eto.

Er ei bod yn gynnar yn y tymor, roedd wedi cael sêl bendith y pennaeth i fynd i Enlli, a byddai hwnnw'n fodlon trefnu darlithwyr i gynorthwyo gyda sesiynau Rhys am yr wythnos honno. Byddai wythnos gyfan o dawelwch yn gwneud cymaint o wahaniaeth iddo: neb yn dod ar ei ofyn gyda rhes o gwestiynau, dim ond y llonyddwch angenrheidiol. Ac fe allai osgoi'r cyfryngau cymdeithasol yn llwyr.

Roedd arno angen ymweld â siop y barbwr cyn mynd i Enlli, er na fyddai fawr neb yn sylwi ar dyfiant ei wallt yno. Roedd hefyd am brynu rhyw fân eitemau personol a oedd yn rhedeg yn brin ganddo. Roedd ei feddwl eisoes wedi crwydro i Enlli tra oedd yn prysuro i lawr y stryd.

Ond cododd ei ben yn sydyn a gweld Peredur Môn, hen ffrind coleg iddo, yn sefyll ar y palmant o'i flaen.

"Wel dyma be ydy syrpreis," meddai Peredur. "Ro'n i'n bwriadu codi'r ffôn arnat ti'n fuan, ond dyma fi wedi taro arnat ti. Sut wyt ti ers cantoedd?"

Brys neu beidio, roedd Rhys wrth ei fodd yn cyfarfod â'i ffrind. Ceisiodd gofio'r tro diwetha iddo'i weld. Doedd hynny ddim ers tro. Ceryddodd ei hun am feddwl gormod am ei waith, a rhy ychydig am ei gyfeillion.

"Sgen ti amser am goffi, neu am beint sydyn?" awgrymodd Peredur.

"Pam lai," atebodd Rhys, a dilyn Peredur am y dafarn agosaf.

"Dyna ryfedd i mi dy weld di," meddai Peredur. "Roedd fy chwaer fach yn sôn mai'r Dr Rhys Elidir fyddai ei thiwtor personol gyda'i hymchwil eleni. Ches i ddim cyfle, ar y pryd, i esbonio iddi ein bod ni'n nabod ein gilydd."

Edrychodd Rhys yn syn arno am eiliad. "Taw â sôn! Ydy Sara'n chwaer i ti?"

"Ydy. Wyddet ti ddim?" Tro Peredur oedd rhyfeddu'n awr.

"Mi ddyl'swn i fod wedi meddwl a rhoi dau a dau efo'i gilydd.

Peredur Môn. Wrth gwrs, Sara Môn ydy hi, yntê. Wel sôn am fyd bach!" esboniodd Rhys. "Hogan dda hefyd, ddyliwn i."

Chwaer un o'i ffrindiau gorau yn y coleg oedd Sara, ei fyfyrwraig ymchwil, felly! Parodd hynny iddo deimlo rywsut yn nes ati, er nad oedd am roi unrhyw ffafriaeth iddi, wrth gwrs. Ew, roedd o'n fyd bach hefyd!

Pennod 8

Roedd hi'n ddiwrnod glawog, a Sara gartre yn ei fflat ym Mangor yn ymchwilio rhywfaint mwy i gefndir y marmor gwyrdd-ddu. Ceisiodd roi trefn at ei phapurau a'i dogfennau cyfrifiadurol. Beth oedd hi'n ei wybod eisoes, a beth oedd yn wybodaeth newydd i'w hychwanegu at y cefndir hwnnw? Gwyddai eisoes mai marmor gwyrdd tywyll unigryw i Ynys Môn ydoedd. Mona, wrth gwrs, oedd enw'r Rhufeiniaid ar yr ynys. Roedd hynny'n wybyddus i bawb, siawns.

Cododd ei brwdfrydedd wrth ddarllen fel y cloddid y marmor, *Mona Marble*, ar un adeg ger fferm Pwllpillo, i'r de orllewin o'r gornel honno ar Lwybr yr Arfordir. Synnodd ddeall bod peth o'r garreg wedi ei defnyddio i lunio bwrdd i gartref Napoleon pan oedd yn alltud ar St Helena. Rhaid bod pobl yn y gorffennol wedi gweld gwerth mawr yn y marmor, i'w gludo dros bellter. Roedd arni eisoes eisiau gwybod mwy.

Nid fferm fechan iawn oedd Pwllpillo chwaith, oherwydd ymestynnai i gan erw namyn chwech. Aeth ar ocsiwn yn 1808, a disgrifid y fferm bryd hynny fel un wedi ei hamgáu'n dda gyda waliau cerrig. Doedd bod y lle wedi dod yn enwog wedi hynny am ei defaid a'i cheffylau o ddim diddordeb arbennig i Sara yn ei hymchwil, na'r ffaith y deuai prynwyr yno yn 1878 o gyn belled â Limerick yn Iwerddon i arwerthiant o stoc y fferm o geffylau, defaid a gwartheg gwych ac o dras. Na chwaith fod y stoc yn cynnwys ceffylau hela, cobiau, ceffylau i dynnu car a throl a cheffylau fferm.

Gyda'r Eidal yn bennaf yr oedd Sara wedi cysylltu marmor. Bu hwb i'r farchnad am *Mona Marble* gyda rhyfeloedd Napoleon, a barodd bod marmor yn anodd i gael gafael arno o gyfandir Ewrop. Er, wrth gwrs, fod y marmor ar Ynys Môn yn dra gwahanol i'r marmor Eidalaidd y gwelid cymaint ohono mewn adeiladau ac mewn addurniadau mewn tai. Marmor o wyrdd golau oedd yr hyn a welodd o hwnnw, gyda marciau brown ynddo.

Amser cinio, gwnaeth Sara bryd syml o gaws ar dost iddi'i hun cyn rhoi trefn eto ar yr wybodaeth yr oedd wedi ei chasglu hyd yma am gefndir y marmor.

Wedyn canodd y ffôn, a chafodd sgwrs sydyn gyda'i mam, ond prin y rhoddodd y ffôn i lawr nad oedd ei ffrind Hawys yn ffonio.

"Wyt ti am alw draw am goffi?" gofynnodd honno.

Roedd Hawys yn lletya gyda thair merch arall ym mhen draw yr un stryd â Sara. Doedd wiw gwrthod y gwahoddiad, neu byddai angen esbonio'n fanwl pam na allai ddod draw. Man a man iddi roi'r ffidil yn y to am y tro, a mynd draw i weld ei ffrind. Doedd dim gwell na rhoi'r byd yn ei le dros baned o de neu goffi. A gormod o bwdin dagith gi, wrth gwrs, ond fedrai Sara ddim meddwl beth fyddai canlyniad gormod o fanylu ar farmor. Ta waeth am hynny!

Pennod 9

GORMOD O DDIOTA, nid yw'n dda i neb, meddyliodd Rhys. Beth aflwydd a ddaeth dros ei ben yn addo y byddai'n cyfarfod â Peredur am beint eto y noson wedyn, ni wyddai'n wir. Roedd rhaid iddo gychwyn ben bore Llun am Enlli, a doedd arno ddim awydd croesi yno gyda phen mawr. Erbyn iddo gyrraedd, roedd Huw Tomos, ffrind coleg arall i'r ddau ohonynt, yn y dafarn eisoes.

"Wyt ti'n cofio Awen a oedd flwyddyn yn iau na ni yn y coleg?" gofynnodd Peredur i Rhys.

Roedd gan Rhys syniad gweddol o'r hyn a oedd yn dod, ac achubodd y blaen ar Peredur.

"Paid â deud dy fod â dy lygad ar honno! Hogan smart iawn, os dw i'n cofio'n iawn."

"Wel, dan ni wedi bod allan deirgwaith neu bedair erbyn hyn, ac yn gyrru 'mlaen yn dda hefyd," esboniodd ei ffrind.

"Mae gan Peredur ryw ffordd o ddenu'r merched 'ma," gwenodd Huw Tomos. "Wn i ddim be ydy ei gyfrinach o!"

Yn dawel bach, roedd Rhys ychydig yn eiddigeddus, am nad oedd ef ei hun wedi bod allan efo'r un ferch ers dyddiau coleg, a doedd neb yr adeg honno a oedd wedi mynd â'i fryd o ddifri chwaith. Dim ond rhyw ymweld â'r sinema ambell waith, fel ffrindiau, i ddifyrru'r amser yn fwy na dim. Buasai'n rhy brysur gyda'i waith ymchwil ac wedi hynny gyda chyfrifoldebau darlithydd ifanc.

"Peint arall?" gofynnodd Huw Tomos.

"Dim i mi, diolch," meddai Rhys. "Mae arna i eisiau cychwyn yn gynnar am Ynys Enlli, ac felly dw i am eich gadael chi'ch dau i drafod merched ifanc deniadol, gan mai dyna ydy'ch prif hobi, yn ôl pob golwg!"

Chwarddodd y tri, ac addawodd Rhys gysylltu eto cyn bo hir.

Ni soniodd wrthynt pa mor ddeniadol yr oedd yntau ei hun yn gweld Sara, chwaer Peredur. Ni fyddai hynny ond mêl ar eu bysedd, ac yn rhyw led destun sbort. Ond doedd o ddim am gymhlethu eu perthynas fel tiwtor a myfyrwraig beth bynnag. Twt lol, doedd o ond wedi prin gyfarfod â hi. Roedd yn rhy gynnar o lawer meddwl am bethau felly!

Ddim am gymhlethu eu perthynas? O, nac oedd? Fe gâi weld am hynny. Byddai'n dibynnu pa mor anodd fyddai iddo aros yn niwtral o dan yr amgylchiadau. Ac roedd ystyriaeth arall. Pe na bai ef yn cymryd unrhyw gamau, wel, byddai rhywun arall yn sicr o wneud hynny, doedd dim dwywaith, efo merch mor ddeniadol â Sara Môn. Roedd ei henw'n atseinio yn ei ben, pe bai ond yn bod yn onest.

Pennod 10

Nid ar chwarae bach y bydd unrhyw un yn croesi i Ynys Enlli, gan fod y môr yn y fan honno'n enwog am fod yn anwadal ac yn anniddig. Mae gofyn cael y gwynt o'ch tu a thywydd ffafriol, yn ôl pob sôn. Fodd bynnag, roedd croesi'n bur bosibl, yn ôl y cychwr, a chyrhaeddodd Rhys heb brofi'r salwch môr a oedd wedi'i boeni yn y gorffennol ar ryw gwch neu'i gilydd. Diolchodd nad oedd wedi yfed mwy na pheint neu ddau y noson gynt, ac nad oedd yn gorfod ymdopi â phen mawr yn ogystal ag ymchwydd y môr.

Camodd o'r cwch yn hyderus, gan ddiolch i'r cychwr a thalu iddo. Yna cludodd ei fag bychan, ei liniadur a'i declyn gwefru solar, ei bapur a'i ddeunyddiau ysgrifennu, a cherdded am y bwthyn bychan iawn yr oedd wedi ei logi am yr wythnos. Digon i'w anghenion ef, yn sicr.

Daethai â chyn lleied o ddillad ag yr oedd modd a'r rheiny'n rhai ymarferol, ac ymsefydlodd ei hun yn y bwthyn bach a fyddai'n gartref iddo am yr wythnos. Dyma beth oedd nefoedd ar y ddaear! Gwnaeth baned a brechdanau iddo'i hun. Oedd, roedd y daith dros y môr wedi codi awch am fwyd arno.

Daethai â storfa fechan o fwydydd syml gydag ef: tuniau cawl, ychydig o gig a llysiau, saws cyrri, pacedi o gawl sych, llefrith a bara, wedi eu trefnu mewn un cwr o'i fag, gyda'i ddillad mewn adran arall. Doedd arno ddim angen rhyw lawer mwy. Atgof da am ei ddyddiau coleg! Lleia'n y byd oedd y taclau a oedd gennych, lleiaf cymhleth oedd eich bywyd. Na, fyddai Rhys fyth yn cael ei gyhuddo o fod yn gelciwr nac yn gasglwr dillad. Doedd celcio a chasglu ofer ddim yn ei natur o gwbl, os nad oedd yn gweld gwerth a diben mewn casglu rhywbeth o bwys.

Ar ôl golchi ei gwpan a'i blât dechreuodd yn ddiymdroi ar ei waith. Gosododd ei liniadur ar fwrdd bychan ond tal ac eisteddodd ar y gadair siâp bwced o'i flaen, yn barod am waith. Byddai'n amheuthun peidio â defnyddio'i ffôn symudol drwy'r dydd. Gallai edrych a fyddai negesau testun brys iddo fin nos wedi cwblhau diwrnod o waith. Roedd yr amodau'n berffaith ar gyfer rhoi ei feddwl ar waith a thorri asgwrn cefn y cofnodi.

Rhoi ei syniadau i lawr mewn print ar y gliniadur, yn barod i'w mireinio rywdro'n ddiweddarach. Dyna oedd ei fwriad. O leiaf, byddai ganddo sgerbwd o'r gwaith cyn dychwelyd i Fangor, lle gallai roi cnawd amdano fesul dipyn dros y gaeaf. Roedd cyfeirio at rai o greiriau Prydain gyfan, a rhai creiriau cyfandirol, yn golygu y byddai'n rhaid iddo gynllunio'i waith yn dra gofalus, gan fod sgôp go eang, mewn gwirionedd, i'r hyn y mynnai ei drafod yn ei lyfr arfaethedig.

Ceisiodd gadw'i ben i lawr gan mwyaf, er y câi ei ddenu'n aml i edrych allan drwy'r ffenestr fechan hynafol o'i flaen, ar ryfeddodau natur o'i amgylch, gydag ambell i aderyn unig yn hedfan heibio'r bwthyn. Ond yna dechreuodd ymgolli yn y dadleuon yr oedd am eu cofnodi a gallodd ganolbwyntio ar hynny am gyfnod.

Ac, wrth gwrs, ni fyddai Peredur nac unrhyw un arall yn bresennol i'w ddenu i gaffi na thafarn am wythnos gyfan. Er hynny, nid oedd yn gallu dileu'r ddelwedd o chwaer fach

Peredur o'i feddwl. Atgoffodd ei hun y byddai'n rhaid iddo gadw'r berthynas honno'n un broffesiynol am gyhyd ag y gallai, gan fod gan y ddau ohonynt gryn dipyn o waith i'w wneud ar hyn o bryd. Roedd arno ef angen torri asgwrn cefn y gwaith ar ei lyfr, a byddai ar Sara angen canolbwyntio'n ddyfal ar ei hymchwil, yn enwedig ar y dechrau, er mwyn ymdrwytho yn y gwaith.

Ond roedd o'n meddwl gormod ymlaen, yn cymryd gormod yn ganiataol. Hwyrach na fyddai ganddi hi unrhyw ddiddordeb ynddo, beth bynnag, a byddai'n rhaid iddo wynebu'r posibilrwydd hwnnw. Neu hwyrach bod ganddi gariad selog eisoes...

Byddai wedi hoffi pysgota mwy am Sara gyda Peredur, ond byddai holi hwnnw am fywyd personol ei chwaer fel agor nyth cacwn. Beth bynnag oedd ei sefyllfa hi, byddai'n rhaid iddo ddarganfod yr wybodaeth honno drosto'i hun. Soniodd Peredur ddim am unrhyw gariad yn ystod eu sgwrs yn y dafarn, a pha reswm fyddai ganddo dros wneud hynny? Ac roedd yntau, Rhys, wedi cael gras i beidio â holi.

Nos Wener, wedi wythnos brysur o waith a chyfle i feddwl fin nos, ac ateb e-bostiadau brys, roedd Rhys yn amau a ellid dychwelyd o Enlli'r bore canlynol, oherwydd natur wrthnysig y lli. Wythnos a ganiatawyd iddo gan ei bennaeth ar gyfer gweithio personol ar yr ynys, ac ofnai fethu â chadw o fewn telerau hynny. Syllai ar y môr wrth iddi nosi, gan ewyllysio iddo dawelu'n ddigonol ar gyfer croesi'n ôl i'r tir mawr yn y bore.

Ni fu'n rhaid iddo boeni. Drwy ryw wyrth, tawelodd y tonnau mewn pryd, a daeth y cychwr draw, yn ôl telerau ei logi. Llwythodd Rhys ei bethau yn y bag i'r cwch, a chroesodd yn ôl i'r tir mawr heb i'w stumog gorddi gormod. Teithiodd yn ei gar wedyn yn ôl i'w fflat ym Mangor, wedi wythnos go gynhyrchiol.

Roedd wedi cael rhyw adnewyddiad, yn sicr, ar gyfer parhau â'i waith beunyddiol yn y coleg.

Pennod 11

Roedd hud Enlli mor bell ag erioed, a Rhys yn ôl yn ei chanol hi.

Yn ôl yn y coleg, cafodd ei hun dan bwysau i ymateb i'r llu o e-bostiadau ar ei gyfrifiadur. E-bostiadau defnyddiol a rhai dibwys hefyd. Doedd dim yn newydd yn hynny, wrth gwrs. Dyna sut oedd bywyd y dyddiau yma. Doedd Ynys Enlli bellach yn ddim ond atgof.

Roedd rhai e-bostiadau gan fyfyrwyr israddedig a oedd angen cymorth ychwanegol gyda'r ddwy dasg a osododd iddynt yr wythnos cyn cychwyn am Enlli.

Roedd disgwyl iddo hysbysu ei fyfyrwyr bod croeso calon iddynt gysylltu ag ef i drafod unrhyw agwedd ar eu gwaith, naill ai drwy drefnu cyfweliad personol, neu drwy e-bost. Fodd bynnag, gofidiai nad oedd y myfyrwyr yn barod i dyrchu drostynt eu hunain am wybodaeth ychwanegol a mynegi'r wybodaeth honno'n rhesymegol ar eu liwt eu hunain. Roedd angen gafael yn llaw'r myfyrwyr, drwy'r amser bron, ac nid plant ysgol mohonynt bellach.

Yn ei ddyddiau ef ei hun fel myfyriwr, a doedd hynny ddim ymhell iawn yn ôl, ychydig iawn y byddai ei gyd-fyfyrwyr ac yntau'n poeni eu tiwtoriaid. Sefyll ar eu traed eu hunain a wnaent gan amlaf, a cheisio ymdopi â'u tasgau'n annibynnol. Heddiw, roedd angen i diwtoriaid sychu trwynau'u myfyrwyr, a sychu unrhyw ran arall o'u cyrff hefyd, yn ôl pob golwg!

Wrth fynd o un e-bost i'r llall, tynnwyd ei sylw gan e-bost mwy anarferol na'r gweddill, oddi wrth cwmni a alwai eu hunain yn *Relics and Salvage* a oedd yn rhedeg eu busnes o Fiwmares, yn ôl pob golwg. Doedd ganddo ddim cof o weld eu siop yno chwaith, ond prin y byddai'n ymweld â Biwmares, mewn gwirionedd, ac felly doedd dim disgwyl iddo wybod amdanynt. Ceisiodd gofio'r tro diwethaf iddo fod yno. Pa reswm a oedd ganddo dros ymweld â'r lle?

Rhyw Elsie Jeffreys a oedd wedi ysgrifennu'r cais, ac roedd hi'n holi am fwy o wybodaeth ganddo am rai o greiriau a mwynau naturiol Môn. Be aflwydd oedd ei bwriad, felly, mewn perthynas â'r creiriau a'r mwynau? Oedd arni hi eisiau dilyn cwrs fel myfyrwraig gydag ef yn y coleg? Ond prin yr oedd hynny'n debygol, neu byddai wedi gofyn am brosbectws, siawns, a holi'r swyddfa ynghylch hynny.

Doedd ganddo fawr o amser i bendroni ynghylch Elsie Jeffreys. Roedd ganddo e-bostiadau rheitiach i roi sylw iddynt, a byddai'n darlithio am ddau ac am dri o'r gloch, ac felly ni fyddai'n rhoi sylw i'r cais hwnnw heddiw. Roedd ei fyfyrwyr yn dod o flaen ceisiadau cyffredinol fel hyn, ac felly y dylai pethau fod.

Pennod 12

Roedd Sara bellach wedi bod yn treulio mwy o amser yn darllen am y marmor gwyrdd-ddu, ac roedd ei diddordeb ynddo'n cynyddu bob gafael. Gobeithiai na fyddai hynny ar draul creiriau a nodweddion naturiol eraill. Roedd wedi ceisio cael gafael ar bob gwybodaeth bosib amdano. Synnai nad oedd wedi clywed sôn amdano yn ystod ei dyddiau ysgol; doedd o erioed wedi bod yn rhan o'r maes llafur a gyflwynwyd i'w dosbarth hi. Hwyrach nad oedd yn cael ei ystyried yn bwysig yn hanes y sir, fel y cyfryw. A wnaethon nhw ddim astudio hanes lleol yn benodol yn eu cyrsiau ysgol chwaith, er eu bod wedi cyffwrdd â gwahanol agweddau yma ac acw, yn enghreifftiau i esbonio straeon cenedlaethol.

Er gwaethaf hynny, dysgodd Sara o ryw hen fap y daeth ar ei draws fod chwarel wedi bodoli ar dir ym Maes Mawr, rhwng y ffermdy a chapel Ebenezer yn y pentref. Roedd dau fath o graig, yn ôl pob golwg, o ddau liw gwahanol. Roedd un ohonynt yn wyrdd a'r llall yn borffor. Darganfu, yn ystod ei hymchwil, gyfeiriadau at y graig fel *'serpentine'* ac fel *'verd antique'*.

Deallodd hefyd fod yr arlunydd enwog, y diweddar Syr Kyffin Williams, wedi cymryd cryn ddiddordeb yn y marmor. Roedd hyd yn oed wedi trefnu i gynrychiolwyr o'r Amgueddfeydd ac Orielau Cenedlaethol, o Lannau Merswy, i ymweld â Maes Mawr.

Deallodd, wrth ddal i ddarllen, fod dyn o'r enw George Bullock wedi dod yn enwog am wneud dodrefn addurnedig, ac adeiladu mentyll simneiau o farmor. Gyda'i frawd roedd yn berchen ar fusnesau yn Lerpwl a Llundain. Fe'i ganed yn 1782 neu 1783, ac erbyn 1806, roedd wedi prynu'r hawl i gloddio am *Mona Marble* yn y chwarel ym Maes Mawr, am fil o bunnau. Roedd arian teg wedi newid dwylo bryd hynny, yn amlwg, o ystyried gwerth y swm erbyn heddiw.

Synnodd Sara wrth ddarllen fod y *Mona Marble Works* wedi cael ei agor yn Llundain. Roedd Bullock yn gyfaill i Syr Walter Scott, a gwnaeth benddelw ohono. Cynorthwyodd i adfer cofadail i Shakespeare yn Stratford upon Avon. Gweithiodd hefyd ar adferiad tŷ o'r enw Hafod yn sir Aberteifi, gan wneud defnydd helaeth o'r *Mona Marble* yno. Synnwyd Sara fwyfwy wrth ganfod yr enghreifftiau o ddefnyddio'r marmor ledled y wlad.

Gwyddai eisoes am ryw gysylltiad a oedd gan George Bullock â Napoleon. Darllenodd yn awr fel y comisiynwyd ef i wneud darnau o ddodrefn ar gyfer Longwood House, cartref y Ffrancwr alltud ar St Helena. Yn ôl yr hynafiaethydd Angharad Llwyd, defnyddiwyd *Mona Marble* ar ben un o'r byrddau. Hoffai Sara allu gweld y bwrdd, os oedd yn dal i fodoli. Ond bu farw Bullock yn bymtheg ar hugain oed yn 1818, a'i gladdu yn Llundain. Erys ei waith, fodd bynnag, mewn sawl neuadd ac oriel enwog yn Lloegr. Un diwrnod, hwyrach, gallai fynd ar y trywydd hwnnw. Am y tro, bodlonodd ar nodi ambell ffaith, gan gynnwys y cais a wnaed yn yr ugeinfed ganrif i berchennog Maes Mawr am ddarn o'r graig. Roedd angen adfer silff ben tân yn un o'r neuaddau, ac aed â darn mawr o graig i ystâd Cliveden yn ne Lloegr i'w thorri a'i sgeinio.

Synnodd Sara o ddarganfod bod *Mona Marble* wedi'i

ddefnyddio mewn sawl ystafell yng Nghastell Penrhyn hefyd, a disgrifiwyd y silff ben tân yn yr Ystafell Wely Lechen fel un o'r rhai mwyaf trawiadol yn y castell. Rhyfedd ei bod wedi ymweld â Chastell Penrhyn fwy nag unwaith cyn hyn, heb sylwi ar y marmor.

Ond roedd hanes o ddefnydd ychydig yn fwy diweddar i'r marmor hefyd. Ym mhumdegau a chwedegau'r ganrif ddiwethaf, cymerodd Hywel Owen o Fodffordd ddiddordeb mawr yn y graig a'r chwarel ym Maes Mawr. Saer maen talentog oedd Hywel Owen, ac roedd ganddo gryn wybodaeth am ddaeareg. Mae'n wybyddus ei fod wedi defnyddio darnau o'r graig i adeiladu lle tân ym Mwthyn Pereos yng Nghemlyn ar gyfer y diweddar Hywel Hughes, a oedd yn llawfeddyg yn yr Ysbyty Brenhinol yn Lerpwl.

Roedd ar Sara awydd gwneud argraff dda ar ei thiwtor personol, a byddai'r wybodaeth yr oedd wedi ei chasglu am gefndir y marmor yn mynd gryn ffordd at wneud hynny. Roedd Rhys Elidir yn ymddangos yn drwyadl yn ei waith ac yn broffesiynol yn ei agwedd, a theimlai bod yn rhaid iddi hithau wneud ymdrech gyffelyb o'i rhan hithau, er mwyn ei sicrhau ei bod hithau o ddifri ynghylch ei maes ymchwil. Doedd hynny ond teg.

Roedd wedi darganfod ar y we ac wrth drafod â'i chydfyfyrwyr, wybodaeth am Rhys ac ehangder ei wybodaeth yn y maes. Roedd yr israddedigion yn hoff iawn o'i ddarlithoedd, yn ôl pob golwg. Ni fu hi'n un o'i fyfyrwyr israddedig, ac nid oedd felly wedi ei ystyried ar y pryd.

Ond yn awr, câi ei hun yn dyfalu a oedd Rhys yn briod, neu'n canlyn neu'n byw gyda phartner. Pam fod bywyd personol y dyn o bwys iddi hi? Dim ond ochr broffesiynol ei fywyd a fyddai'n effeithio arni hi, ac felly byddai'n rhaid iddi roi rhyw syniadau ffôl allan o'i meddwl. Er hynny, teimlai'n genfigennus braidd tuag at y sawl a oedd yn wraig neu'n bartner iddo. Twt lol, meddai wrthi'i hun, dwyt ti ddim hyd yn oed yn nabod y dyn yn iawn. Gallai gyfrif ar flaenau ei bysedd yr ychydig amser a dreuliodd hyd yma yn ei gwmni. Atgoffodd ei hun nad merch benchwiban oedd hi, ac felly, pam y byddai'n ymddwyn fel un? Hwyrach nad oedd yn ei hadnabod ei hun gystal ag y tybiai.

O droi'n ôl at ei hastudiaethau, atgoffodd Sara ei hun bod y *Mona Marble* yn dod o nifer o safleoedd yng ngogledd Môn, yn cynnwys Pwllpillo. Gan fod y graig yn weddol feddal roedd yn hawdd i'w gweithio, ac felly roedd yn cael ei chloddio i bwrpas addurniadol. Darllenodd fod yr enw *Mona Marble* yn cyfeirio at graig metamorffig sarff-faen, a allai fod yn wyrdd neu'n gochlyd ei liw, yn fwyaf tebygol o'r Oes Gambriaidd. Mae'n bennaf yn cynnwys silicadau hydradol o haearn a magnesiwm. Geiriau mawr a phenodol y byddai'n rhaid iddi eu mabwysiadu er mwyn gallu trafod y marmor mewn tiwtorial. Ond ni ddylid camgymryd y *Mona Marble* am farmor Penmon chwaith, a elwir yn aml yn Farmor Môn neu'n *Anglesey Marble*; hwnnw yw'r calchfaen carbonifferaidd y cloddir amdano yn y dyddiau hyn. Mae hwnnw'n gyffredin, dysgodd, mewn gratiau digon hardd a welir mewn sawl cartref ar yr ynys. Sylweddolodd mai Marmor Môn oedd y *Mona Marble* hefyd, o'i gyfieithu, siawns.

Atgoffodd Sara ei hun y byddai gofyn iddi roi sylw i'r *Anglesey Marble* hefyd cyn diwedd ei hymchwil, a'i gymharu â'r *Mona Marble*, ond byddai digon o amser i wneud hynny eto. Roedd ganddi'n agos i dair blynedd o gyfnod ymchwil ar gyfer ei doethuriaeth yn ymestyn o'i blaen, a doedd hi ddim ond megis dechrau ar y gwaith, mewn gwirionedd.

Yn 1806, darganfu Sara wrth ddarllen ymlaen, roedd George Bullock, y cerflunydd a'r gwneuthurwr dodrefn a oedd yn byw yn Lerpwl, wedi prynu chwarel ar fferm Maes Mawr am fil o bunnau. Roedd hynny ynddo'i hun yn dynodi'r gwerth yr ystyriai Bullock a oedd yn perthyn i'r *Mona Marble*. Sylwodd bod ganddi'r wybodaeth honno eisoes. Roedd ffynonellau gwahanol yn dweud llawer o'r un peth, nes ei gyrru'n grac ambell dro.

Eto, daeth ar draws gwybodaeth yr oedd hi wedi dod ar ei thraws eisoes. Daethai Rhyfeloedd Napoleon i ben wrth i Napoleon gael ei drechu ym mrwydr Waterloo yn 1815. Alltudiwyd arweinydd Ffrainc i ynys bellennig St Helena, a chomisiynwyd George Bullock i wneud dodrefn ar gyfer ei breswylfod newydd yn y fan honno. Cynhwysai'r dodrefn fwrdd gyda *Mona Marble* wedi ei fewnosod yn frithwaith ynddo, gyda'r marmor wedi dod, mae'n debyg, o Ynys Cybi. O Bwllpillo y daethai hwnnw, felly. Roedd y bwrdd, yn ôl yr wybodaeth a oedd ganddi, yn dal i fod yn y tŷ hwnnw ar St Helena o hyd. Meddyliodd unwaith eto y byddai'n ddifyr ei weld drosti ei hun.

Y diwrnod canlynol, prysurodd Sara i wisgo'n addas. Gwnaeth frechdanau iddi'i hun ac i ffwrdd â hi am y car. Heddiw oedd diwrnod ei hymweliad â Maes Mawr, Llanfechell fel yr oedd wedi trefnu.

Roedd Ifan Rowlands yn ymddangos yn falch o'i gweld. Cafodd groeso teilwng ganddo, a chychwynnodd gyda hi ar daith o amgylch y fferm, yn ei ffordd radlon ei hun.

"Mae peth o'r marmor wedi sefyll yn y waliau ers tro byd," esboniodd Ifan Rowlands wrth Sara. "Roedd o yma yn nyddiau fy nhad a fy nhaid, a fu'n ffermio yma o 'mlaen i. Mi gafodd cryn dipyn o'r cerrig eu hailadeiladu yma ac acw gan ddyn oedd yn arfer gweithio ar y fferm 'ma ers talwm".

Aeth â hi o amgylch yr hen dŷ, ac at yr hen bwmp dŵr. Dangosodd enghraifft iddi mewn carreg drws hynafol. Yna aeth ymlaen gyda hi i ddangos yr hen chwarel. Soniodd am glogwyni mawr, ac aeth y ddau i weld y cerrig breision a oedd ar yr wyneb y dyddiau hyn. Roedd y tir rhwng y ffermdy a chapel Ebenezer. Soniodd wrthi am un wraig a oedd yn berchen cloc, a hwnnw mewn cas o wneuthuriad y *Mona Marble*.

"Dw i'n freintiedig iawn yn cael fy nhywys fel hyn gennych chi," mynegodd Sara. "Mi fyddai'n cymryd llawer mwy o amser i mi geisio taro ar yr enghreifftiau ar fy mhen fy hun. Wir, gallech yn hawdd fynd heibio'r garreg anghyffredin heb sylwi arni'n iawn, gan ei bod yn eithaf tywyll, er mor hardd ydy hi."

Cliciodd ei chamera unwaith yn rhagor, wrth i Ifan Rowlands bwyntio at samplau, er mwyn cadw cofnod o'r hyn a ddangoswyd iddi, a gwnaeth ambell i nodyn brysiog yn ei llyfr bach wrth fynd heibio. Byddai'n gallu gwneud defnydd llawn ohonynt wrth ei phwys yn y fflat, wrth iddi gynnwys yr wybodaeth yn ei hymchwil. Casglu cymaint o wybodaeth a lluniau â phosib oedd ei swyddogaeth yma heddiw – cywain yr wybodaeth, er mwyn gwneud defnydd trwyadl ohoni eto.

"Mae gan bobl yr ardal ambell i wrthrych amheuthun ac anarferol wedi'i lunio o'r *Mona Marble*," aeth Ifan Rowlands yn ei flaen. "Roedd 'na gyfnod pan oedd o'n cael ei ddefnyddio ar gyfer llunio gwahanol eitemau'n lleol, wrth gwrs. Mae pobl heddiw yn chwilio am gelfi ac ornaments sy'n dŵad o ben draw'r byd, yn lle edrych ar bosibiliadau wrth eu traed."

"Byddai'n werth gweld ambell un ohonyn nhw, pe bai modd, ryw ddydd," dywedodd Sara.

"Mae'n rhaid i mi ddeud hanes y dynion hynny yn y gwyll

efo'u fflachlampau ar dir Pwllpillo," aeth Ifan ymlaen. "Dydw i ddim yn nabod William Parry yn bersonol, ond ro'n i wedi synnu o glywed beth oedd wedi digwydd ym Mhwllpillo, os gŵyr neb yn iawn beth oedd wedi digwydd chwaith."

Sylwodd Sara bod Ifan wedi difrifoli cryn dipyn wrth sôn am William Parry, ac roedd ei wyneb siriol bellach yn dangos ei aeliau wedi crychu. Gwrandawodd hithau'n astud ar yr hanes. Roedd ffermwr Pwllpillo, clywodd, wedi ffonio Ifan Rowlands i'w rybuddio o'r hyn a welsai, rhag ofn y byddai rhywbeth tebyg yn digwydd ar dir Maes Mawr. Roedd wedi rhagrybuddio Ifan, ac, yn amlwg, roedd Ifan wedi cymryd y rhybudd yn un o ddifri.

Ond roedd amser ar gerdded, ac roedd yn hen bryd i Sara feddwl am ei throi hi'n ôl am Fangor, a'i meddwl yn llawn o wybodaeth am y *Mona Marble* yr oedd wedi ei weld.

"Cofiwch fod croeso i chi ddŵad yn ôl yma eto," esboniodd Ifan. Roedd o wedi cymryd at y ferch ddymunol yma. Roedd hi'n gwrtais ac yn fonheddig ei ffordd, a da o beth oedd gweld rhywun ifanc fel hi'n ymddiddori yn nodweddion y fferm. Roedd ei hasbri a'i brwdfrydedd yn heintus.

"Diolch. Dw i'n meddwl mai hynny fyddai orau. Dw i 'di cymryd i mewn bopeth a alla i am heddiw. Diolch i chi eto am ddangos yr olion i mi. Dw i 'di cymryd llawer o'ch amser chithau, a digon o waith gennych chi ar y fferm."

"Peidiwch â phoeni dim am hynny. Mae hi wedi bod yn bleser," meddai Ifan Rowlands.

Ar hynny, dychwelodd Sara i'w char, gyda'r enghreifftiau a welsai o'r marmor yn ei le yn dod i'w meddwl un ar ôl y llall, yr holl ffordd adref i Fangor.

★

Mae'n wir hanfodol i ni gael gafael ar yr hen farmor gwyrdd-ddu 'na, gan nad ydy busnes swyddogol y siop 'ma yn ddigon i gynnal fy mhartner a'i wraig a finnau a fy ngwraig, o bell ffordd.

Ar ben hynny, mae Elsie, 'y ngwraig wedi cymryd cam ofnadwy o wag. Wn i ddim be ddaeth dros ei phen hi, wir. Yn ôl yr hyn y mae hi'n ei ddeud, mae hi wedi anfon e-bost at ryw Rhys Elidir ym Mhrifysgol Bangor yn holi am y marmor. Wel dyna beth hurt i'w wneud – tynnu sylw at gysylltiad rhwng y siop a'r hen farmor gwirion 'ma! Does wiw deud dim wrth Elsie, neu bydd hi'n gweithredu ar hynny, ac yn gadael i'r byd cyfan wybod lliw ein perfedd. Does dim modd ei chael hi i ddeall mai gweithredu yn y dirgel ydan ni, am resymau amlwg. A dydy gair i gall byth yn ddigon efo hi. O, mae hi'n hurt ar adegau. Ond un fel'na fuodd hi erioed. Dim synnwyr cyffredin. Heb ddysgu cau ei cheg.

Mi fydd yn rhaid i ni weithredu ar garlam rŵan. Cael y dyn sy'n gallu torri'r marmor yn dalpiau o'r graig i weithredu ar fyrder. Mae mwy o berygl bob dydd wrth oedi. Os ydy Elsie am dynnu sylw hwn a'r llall, mi all y rheiny dynnu sylw'r heddlu, yn eu tro, hefyd, ac mi fyddai'n dda gen i pe bai hi'n ddigon hirben i weld hynny drosti'i hun. Y dwpsen wirion iddi hi!

Mae gen i dipyn o syniadau eraill i fyny fy llawes, wrth gwrs, dim ond rhag ofn i'r hwch fynd drwy'r siop. Mae'n rhaid bod yn ddyfeisgar efo cynlluniau wrth gefn bob amser yn yr hen fusnes yma. Dan ni'n cadw'r peth yn ddistaw, wrth gwrs, ond mae 'na greiriau ardderchog i'w cael yn rhai o'r gerddi bonedd 'ma. Dydy pob un o'r perchnogion ddim yn talu unrhyw sylw i'r llewod nobl sydd ganddyn nhw yn eu gerddi, a fyddan nhw ddim yn sylweddoli eu bod nhw ar goll nes y bydda i wedi hen 'fadael â nhw o'r seler. Ac nid llewod yn unig, wrth gwrs. Mi gewch chi bâr o geirw ambell waith, neu wrn neu ddau ar gyfer dal blodau neu goed bychain. Mae mynd ar bethau felly, ac maen nhw'n elw i gyd, y ffordd rydan ni'n cael gafael arnyn nhw. Does dim ond angen dipyn o betrol yn y fan i'w nôl nhw.

A dyna chi Ffrainc wedyn. Fydd Dean a finnau fawr o dro cyn y byddwn ni'n dechrau mynd o amgylch rhai o greiriau'r wlad honno. Mae hi'n wlad mor fawr, a digonedd o hen gestyll wedi eu gadael yno, a'r rheiny'n llawn o drysorau. Hei lwc y gallwn ni fanteisio ar gynnwys rhai ohonyn nhw yn fuan.

Ond gadewch i ni gael gafael ar y Mona Marble *i ddechrau. Wedyn, gwynt teg ar ôl yr Ynys Môn bellennig a gwyntog 'ma. Chollwn ni ddim ohoni ar fyrder, yn enwedig gwynt y dwyrain bondigrybwyll, sy'n chwythu'n fain ar adegau. Mae hi'n gallu bod yn wirioneddol oer yma yn y gaea, er ein bod ni'n agos at y môr.*

Pennod 13

Daeth cnoc fechan ar y drws, a llamodd calon Rhys, er ei waethaf. Hi oedd yno'n sicr, ac yn brydlon hefyd. Roedd o wedi cael argraff dda o fwriadau ymchwil Sara hyd yn hyn, ac roedd hi ar fin dod i'w ystafell i gael tiwtorial.

Gorfododd ei hun i edrych yn broffesiynol, ac nid fel rhyw lembo gwirion a oedd â'i dafod mewn cwlwm wrth edmygu ei ddisgybl.

"Felly mae pethau'n mynd yn dda," meddai wrthi, wedi iddi esbonio'r hyn a wnaethai hyd yma. "Mi gest ti groeso gan yr Ifan Rowlands 'ma, perchennog Maes Mawr, yn ôl pob golwg."

"Mi wnaeth o fy nhywys o amgylch y mannau lle mae enghreifftiau o'r marmor gwyrdd-ddu i'w gweld. Roedd hynny'n beth da, oherwydd mi fyddai wedi cymryd llawer mwy o amser i mi fynd i chwilio yma ac acw ar fy mhen fy hun," esboniodd Sara, "a finnau heb fawr o amcan lle i ddechrau chwilio ar y fferm a'r hen chwarel."

"Mae'n dda dy fod ti wedi gwneud nodiadau mor fanwl yn barod. Mi fydd hynny'n gwneud pethau'n llawer haws i ti pan ddaw hi'n amser i ti sgwennu'r fersiwn derfynol. Mi fydd yr wybodaeth sydd gen ti eisoes ar y gliniadur yn werthfawr iawn. Nodwedd dda ydy cael sgerbwd gwaith yn ei le. Mae modd ychwanegu ato wedyn. Mi fedri di'n hawdd roi cig ar asgwrn yn nes ymlaen."

Meddyliodd Rhys am yr holl waith yr oedd ef wedi gorfod ei wneud ar Ynys Enlli'n ddiweddar, ond roedd hwnnw y tu ôl iddo bellach, ac roedd wedi medru torri asgwrn cefn ei dasg erbyn hyn.

"Ac mi fydd y lluniau dynnais i yn gymorth i f'atgoffa i o'r hyn welais i," esboniodd Sara, "neu mi allwn i'n hawdd anghofio'r hyn oedd yno, mewn amser."

"Byddan, wrth gwrs. Wel, diolch i ti am ddŵad i drafod dy waith y bore 'ma," meddai Rhys.

Gresynai nad oedd ganddo reswm swyddogol i'w chadw yn y tiwtorial ymhellach. Doedd ganddo ddim rheswm i feirniadu ei gwaith mewn unrhyw ffordd, er enghraifft. Roedd awr wedi hedfan dim ond wrth iddynt drafod yr angenrheidiau arwynebol. Doedd dim modd, eto, iddo roi ei agenda gudd ar waith.

Felly, cododd Sara i adael, gan ddiolch iddo am ei gymorth. Doedd hithau ddim yn or-awyddus i adael chwaith, pe bai'n dod i hynny.

Ni allodd Rhys ddal yn ôl rhagor.

"O, gyda llaw," ychwanegodd y tiwtor, "fyddet ti'n hoffi dŵad efo mi am bryd o fwyd nos Sadwrn nesa?"

Edrychodd Sara yn syfrdan am funud. Yr hyn yr oedd newydd ei ddweud oedd y peth mwyaf annisgwyl iddi ei glywed o'i gyfeiriad. Beth oedd hyn? Cyfarfod swyddogol neu wireddu ei breuddwyd bersonol?

"Mi fyddai'n gyfle i drafod ymhellach," meddai Rhys drachefn, ac ymddangosai braidd fel pe bai'n hanner baglu dros ei eiriau. Byddai'n well iddi feddwl, hwyrach, fod hyn yn rhan o'i waith fel tiwtor.

"O… o, diolch," meddai hithau'n betrus. Roedd hi wedi ei llorio am eiliad. Nid dyna'n hollol yr oedd Rhys yn dymuno'i glywed chwaith ond ni allai ddisgwyl brwdfrydedd, ar hyn o dro. Roedd y ferch wedi cael sioc, hwyrach.

"Yn lle ca i dy godi di?" gofynnodd iddi.

Atebodd hithau lle roedd hi'n byw.

"Yli, mi fydda i tu allan yn y car am saith o'r gloch. Wela i di bryd hynny. Felly, tan hynny…"

Roedd ei phen yn troi pan gerddodd allan o ystafell Rhys. Beth bynnag oedd ei gymhelliad, byddai'n cael mwy o'i gwmni. Wrth gwrs, roedd modd y byddai myfyrwyr eraill hefyd yn rhan o'r darlun, ac yn mynychu'r pryd o fwyd, er na soniodd o am hynny'n benodol.

Ceryddodd yntau ei hun am fentro croesi'r llinell rhwng proffesiynoldeb tiwtor a diddordeb personol. Ond addawodd iddo'i hun y byddai'n cadw pethau'n swyddogol. Roedd yn ei seithfed nef ei fod wedi llwyddo i'w chael i dderbyn, waeth ar ba sail yr oedd hynny.

Pennod 14

"Dw i fel pe bawn i'n clywed sŵn car rywle y tu allan. Yn y cefnau 'ma hwyrach. Mae Mot yn cyfarth yn arw hefyd."

Roedd William Parry, Pwllpillo, ar ei draed cyn i'w wraig alw:

"Ty'd yn ôl i dy wely, bendith y tad arnat ti, dydy hi ond tri o'r gloch y bore."

"Mi a' i i edrych pwy sy o gwmpas," meddai William yn benderfynol, "er bod Mot wedi tawelu erbyn hyn".

Y tu allan, yng ngolau ei fflachlamp fechan, gwelodd William yn syth bod Mot yn gorwedd y tu allan i'w gwt, yn gelain. Roedd darn mawr o gig wrth ei ymyl. Ai cig gwenwynig oedd hwn, tybed? Ia, yn ôl pob argoel. Roedd canfod ei gi yn gorff marw wedi tarfu ar William yn arw, a gallai deimlo cynddaredd yn codi ynddo. Penderfynodd gerdded yn ddistaw am y caeau y tu blaen i'r tŷ, i gael gweld drosto'i hun.

Cyn pen dim, canfu ddau ddyn eto gyda fflachlamp yn craffu i'r cloddiau wrth gerdded o amgylch y tir. Roedd gweld y rhain yn craffu yn y tywyllwch fel golygfa o ryw ffilm gomedi, heblaw ei fod yn fater mwy difrifol o lawer na hynny. Dilynodd hwy, fel o'r blaen, yng nghysgod y clawdd, gan ymbalfalu yn y tywyllwch, er mwyn cael gweld beth yn union oedd eu bwriad.

Ond yna'n sydyn, teimlodd rywbeth o dan ei droed, a

chamodd ar frigyn. Clywodd y brigyn yn torri wrth iddo gamu arno, gan wneud sŵn uchel, na fyddai modd i unrhyw un ei anwybyddu. Byddai'r dynion yn sicr o fod wedi ei glywed. Ceisiodd aros yn ei unfan heb smic.

Yn sydyn, trodd un o'r dynion a sgleinio'r tortsh arno, yn ei wyneb. Dychrynodd yntau am eiliad, gan nad oedd wedi llawn sylweddoli pa mor agos i'r dynion yr oedd. Yna, camodd y dyn o'i flaen a'i faglu, naill ai ar ddamwain neu'n fwriadol – ni chafodd amser i ystyried yn iawn pa un. Yr un fu'r canlyniad: disgynnodd William a tharo'i ben yn giaidd ar garreg. Aeth yn ddu nos arno.

Pan sgleiniodd y dyn ei dortsh arno yn agosach, gwelodd fod y ffermwr yn farw gelain. Nid oedd am brofi ei byls, rhag gadael unrhyw olion bysedd arno, felly amneidiodd ar i'r dyn arall droi'n ôl ar fyrder am y car. Dianc oedd orau. Ffoi cyn i neb ddod ar eu gwarthaf.

Ddeuddydd yn ddiweddarach, darllenodd Rhys Elidir hanes William Parry, Pwllpillo, a gafwyd yn farw yn un o'i gaeau yn y nos. Adroddai ei wraig bod ei diweddar ŵr wedi clywed sŵn rhywrai o gwmpas, a bod y ci wedi bwyta cig gwenwynig. Roedd yr heddlu am glywed gan unrhyw un a welodd unrhyw beth cysylltiedig neu a glywodd sŵn car yn y nos.

Roedd sawl car yn teithio yn y nos, hyd yn oed drwy ardal weddol dawel. Ni fu ymateb prydlon i alwad yr heddlu. A ddeuai ymateb o gwbl, tybed?

Yn y cyfamser, rhoddodd y dynion fforensig sylw i'r olion traed ar y cae, er mai olion esgidiau digon cyffredin oeddent, ac nid rhai unigryw o gwbl. Olion esgidiau traean o'r boblogaeth, yn ôl pob golwg.

★

O pam y bu'n rhaid i mi faglu'r ffermwr 'na! Pam y mentrodd yr hen ddyn allan i'r caeau! Y ffŵl gwirion iddo fo! Tybed fydd yr heddlu yn amau rhywbeth yn fwy na damwain naturiol? Wnes i adael ffibrau o fy nillad ar y corff, neu olion 'sgidiau ar y cae? Bydd saga'r ci hefyd yn dweud cyfrolau, wrth gwrs. Syniad Dean oedd mynd â'r cig gwenwynig 'na i'w gadw'n dawel, ond bydd hynny ynddo'i hun yn codi amheuon pellach, ddyliwn i. Byddai wedi bod ganmil yn ddoethach i'r hen greadur aros yn ei wely, yn lle dŵad i lawr i fusnesu.

Mi fasai'n ddoeth i ninnau adael llonydd i'r hen farmor yma, rhag cael ein dal. Y drafferth ydy fy mod wedi anfon lluniau o'r marmor at rai o fy nghwsmeriaid gorau ar y wefan gudd, ac wedi cael rhai archebion pendant eisoes amdano. Bydd yn rhaid torri a symud y cerrig gwyrdd-ddu yn ddi-oed. Mae'r cwsmeriaid 'ma, sy heb fod yn rhai cyhoeddus eu natur – ac sydd arnyn nhw awydd cadw pethau'n dawel mewn perthynas â'r creiriau – yn werthfawr ryfeddol i ni fel busnes. Mi allan nhw wyrdroi ein bywydau ni er gwell, ac yn sylweddol felly.

Pobl ydy'r rhain sy'n gwerthfawrogi gwrthrychau unigryw a gwerthfawr na fyddwch chi fyth yn eu gweld ar silffoedd cyhoeddus unrhyw siop neu ffair hen bethau. Pobl ydy'r cwsmeriaid yma sy'n medru cadw'n dawel ynghylch tarddiad a chefndir ambell i wrthrych. Wrth gwrs, mae pris y nwyddau, er yn sylweddol, yn isel o'i gymharu â'r hyn a fyddai drwy ffynonellau cwbl agored ar farchnad agored. Mae'n bosib, wrth gwrs, nad ydy popeth yn cyrraedd y farchnad ar hyd y llwybrau arferol a disgwyliedig. Ond dyna ydy realiti bywyd yn y busnes yma. Hwyrach na fydd y cwsmer yn cael derbynneb swyddogol am grair arbennig, oherwydd bod y crair dan sylw wedi cael ei symud i seler fy siop heb i'w berchennog gwreiddiol sylweddoli hynny. Ac mewn achosion felly, fydd gan y perchennog gwreiddiol ddim un ffordd o olrhain llwybr y creiriau i fy siop i. Dyna'r ddelfryd.

49

Byddai rhai pobl yn defnyddio geiriau plaenach i ddisgrifio'r nwyddau, sef nwyddau wedi eu lladrata fin nos neu yn y gwyll pan fo'r perchennog yn cysgu neu'n edrych i'r cyfeiriad arall. Ond dydy'r perchnogion gwreiddiol ddim wedi gwneud unrhyw ddefnydd pellach ohonyn nhw nac wedi gwireddu unrhyw botensial masnachol sydd iddyn nhw ers blynyddoedd lawer, felly pam lai? Peth ffôl fyddai hi i unrhyw un anwybyddu cyfleoedd fel hyn yn y byd sydd ohoni, lle mae ar bawb angen troi'r dŵr i'w felin ei hun.

Ydyn, mae rhai o'r gwrthrychau sydd eisoes yn y seler yn cynnwys gweithiau celfyddydol drudfawr, y byddai eu perchnogion yn rhoi'r byd am eu cael yn ôl, mae'n wir deud. Bu'n rhaid i Dean a minnau eu symud drymedd nos ambell waith. Mae rhan o'r seler wedi ei haddasu'n arbennig fel bod yr awyrgylch yn addas ar gyfer storio'r gweithiau celfyddydol hyn, y paentiadau arbennig sy'n gorwedd mewn un congl o'r lle, yn ddigon pell oddi wrth lygaid craff y byd.

Yn bur aml – wel, bob amser mewn gwirionedd – bydd ein cwsmeriaid yn talu mewn arian parod, er mwyn osgoi talu trethi a ballu. Maen nhw a ninnau'n deall ein gilydd i'r dim.

Pennod 15

Dal yn brysur gyda'i waith marcio yr oedd Rhys, a cheisiai ymgorffori sylwadau mor ddilys a gwerthfawr ag y gallai ar ddiwedd pob darn o waith. Gobeithiai y byddai ambell i fyfyriwr yn darllen y sylwadau hynny, ac y byddai dyrnaid ohonynt yn cnoi cil dros yr awgrymiadau hefyd. Roedd yn bwysig i'r myfyrwyr weld drostynt eu hunain y system farcio soffistigedig a oedd gan yr adran ar waith. Un peth oedd gwybodaeth a syniadau, ond roeddent fel adran am weld pwy o'r myfyrwyr a oedd hefyd yn gallu mynegi'r wybodaeth yn rhesymegol, os nad yn goeth, ac yn gallu dangos llygedyn o wreiddioldeb yn eu prosesau meddwl, yn hytrach na chwydu allan yr un hen druth.

Cofiai fel y bu sylwadau adeiladol yn gymorth iddo yntau fel glasfyfyriwr. Roedd ambell i sylw mwy cignoeth wedi ei ysgogi i gymryd ei waith yn fwy o ddifri a'i symbylu i ymestyn yn uwch, er mwyn cyrraedd y nod yr oedd wedi ei osod iddo'i hun. Dro arall, roedd tipyn o ganmoliaeth haeddiannol yn werth y byd i ysgogi myfyriwr i ddyfalbarhau.

Ceisiodd Rhys ofalu bod ei sylwadau yntau'n adeiladol, yn hytrach nag yn lladd ar y myfyriwr ac yn torri ei ewyllys i ddyfalbarhau.

Ni allai lai na meddwl sut y byddai'n tynnu ei linyn mesur, maes o law, dros waith Sara. Byddai hynny'n bleser pur!

Pennod 16

ROEDD YR E-BOST rhyfedd braidd gan y cwmni o Fiwmares yn aros am sylw Rhys, fel pe na bai ganddo ddigon ar ei blât heb hyn; pethau a oedd angen mwy o flaenoriaeth hefyd. Onid oeddent yn gallu ymchwilio i bethau drostynt eu hunain? Rhyfedd iawn!

Roedd wedi dod i ben â'r rhan fwyaf o'i waith marcio am y tro. Teimlai fod arno angen egwyl yn awr cyn bwrw iddi ymhellach i gofnodi ei ymchwil ar gyfer ei lyfr arfaethedig.

Nid oedd eto wedi bod allan am bryd o fwyd gyda Sara, ac edrychai ymlaen yn fawr at hynny. Roedd yn gobeithio nad oedd hi wedi derbyn ei wahoddiad dim ond am ei bod hi'n meddwl bod gofyn iddi wneud hynny fel rhan o'i chwrs.

Roedd hi'n fore braf, ac arno yntau flys bod allan o'i swyddfa. Hwyrach, pe bai'n picio i Fiwmares i weld y siop drosto'i hun, y gallai gael gwell syniad o'r hyn a werthent a'r hyn a oedd dan sylw ganddynt, cyn ysgrifennu dim yn ateb iddynt am y tro. Gallai bicio i mewn heb i neb sylwi pwy ydoedd, gan na thybiai bod y perchnogion yn ei adnabod o ran ei bryd a gwedd o gwbl.

Fyddai ganddo ddim amser, p'run bynnag, i roi mwy na sylw arwynebol iddynt, gan eu cyfeirio at ddarnau darllen yma ac acw. Gobeithiai na fyddai'r Elsie Jeffreys 'ma yn ei adnabod am iddi ymchwilio i wefan y coleg neu weld llun ohono ar ryw hen wefan. Nid oedd ganddo reswm i gredu y byddai, ond eto, roedd modd ei bod wedi cael gafael ar ryw hen brosbectws o rywle, ac mai dyna a'i hysgogodd i gysylltu drwy e-bost yn y lle cyntaf.

Wedi cyrraedd Biwmares, cafodd Rhys lecyn hwylus i barcio, a gwisgodd ei gap pig cyn cychwyn i lawr o'r car. Byddai hwnnw'n cadw rhywfaint o wahardd ar ei wallt anystywallt yn y gwynt, ac yn llesteirio rhywun rhag ei adnabod yn syth bin, efallai. Doedd o ddim yn rhy sicr ymhle'r oedd y siop dan sylw, gan nad oedd wedi edrych ar gyfeiriad y lle o gwbl. Ond gan nad yw Biwmares yn fawr ar y gorau, cafodd hyd i'r siop yn ddigon hawdd ar y brif stryd, i lawr yn y gwaelod, heb fod ymhell oddi wrth y castell. Sylwodd eto cyn mentro i mewn ar yr enw *Relics and Salvage,* a oedd i'w weld yn blaen uwchben y siop. Busnes newydd, roedd o'n synhwyro, gan nad oedd wedi clywed am yr enw o'r blaen gan unrhyw un.

Aeth i mewn braidd yn betrus, a cherdded o amgylch y lle yn edrych ar yr hen greiriau. Ei adwaith cyntaf oedd nad oedd dim, mewn difri, yma i dynnu ei sylw. Gallai ddweud rhywbeth llai poleit am y geriach digon gwael a ganfu o'i amgylch, pe bai'n dod i hynny. Doedd yma ddim i beri iddo estyn ei waled o'i boced, beth bynnag.

Roedd cyfran o'r eitemau yn nwyddau a gliriwyd o dŷ rhywun wedi marwolaeth, neu'r hyn a welid yn gyffredin mewn siopau elusen, neu felly y tybiai Rhys. Doedd o ddim yn cael cyfle i droedio siopau o'r fath yn aml, a phrin y byddai'n hoffi siopa, at ei gilydd. Ceid ambell i beth mwy cyfoes, hwyrach, a daflwyd allan, mae'n debyg, ar adeg glanhau gwanwynol, neu oherwydd bod rhyw gwpwl wedi gwahanu neu eu bod yn ymadael ac yn ceisio lleihau eu meddiannau yn y broses.

Roedd ambell beth arall ychydig yn fwy ysbrydoledig

hwyrach, ond nid oedd unrhyw beth y byddai ef ei hun yn buddsoddi ynddo. Doedd ganddo ddim lle yn ei fflat, pe bai hi'n mynd i hynny, a byddai prynu tŷ yn cael blaenoriaeth ar brynu eitemau fel hyn, unwaith y gwelai le i'w blesio. Ar ben hynny, os byth y byddai'n priodi, mae'n bosib y byddai ar y ferch awydd dewis ornaments ei hun, neu hyd yn oed osgoi unrhyw beth o'r fath ac ymhyfrydu mewn tŷ minimalaidd, gyda'r lleiafswm o bethau ynddo. Syniad llawer oedd bod cael llai o bethau yn y cartref weithiau'n golygu mwy.

Ond roedd ei feddwl yn crwydro. Cawsai gipolwg, a dyna'r oll a ddymunai. Nid oedd bwrpas iddo oedi mwyach. Yna galwodd y ddynes y tu ôl i'r cownter:

"Can I help you?"

Mwmiodd ei ateb:

"Not today, thank you," a llithrodd i gyfeiriad y drws a gadael, heb dynnu mwy o sylw ato'i hun. Doedd arno'r un awydd dechrau sgwrs gyda hi. Ai hi oedd Elsie Jeffreys, tybed? Siwrnai ddigon di-bwrpas, mewn difri, fu hon ond roedd yntau wedi cael ychydig o awyr iach, a oedd yn hanfodol i iechyd meddwl rhywun.

Tra 'roedd ym Miwmares, yng nghanol digonedd o dai bwyta cymeradwy, penderfynodd gadw lle ar gyfer ei bryd allan gyda Sara. Hwyrach y byddai'r Bull's Head yn apelio ati? Fe gâi weld, beth bynnag. O leiaf byddai wedi cadw lle ar eu cyfer. Ni allai feddwl am unrhyw beth gwaeth na cherdded o gwmpas yn ceisio cael lle ar y funud olaf gyda Sara wrth ei gwt. Roedd am iddi weld ei fod wedi archebu rhywle ar eu cyfer, o leiaf.

Prynodd bapur newydd ar ei ffordd yn ôl i'r car, rhywbeth na fyddai'n ei wneud yn arferol, oherwydd ei fod yn cael cip sydyn ar y newyddion ar ei gyfrifiadur bob dydd.

★

Do'n i ddim yn bwriadu mynd benben efo Elsie fel'na chwaith, ond mi gawson ni ffrae go iawn neithiwr. Homar o ffrae, mewn gwirionedd, nes bod gwreichion yn codi. Ro'n i'n gandryll ei bod hi 'di anfon yr e-bost 'na. Gadael trywydd ysgrifenedig pan mae arnon ni leiaf o angen hynny! Mi fu'n anodd iawn gen i gadw fy nwylo i mi fy hun, ond byddai mwy o firi pe bai hi wedi mynd yn daro rhyngom; byddai ei cheg hi fel dwy wedyn, a byddai arni eisiau tynnu sylw'r awdurdodau. Mi wn i hynny o brofiad; nid sefyllfa i'w hailadrodd ar chwarae bach!

Dw i wedi trio esbonio iddi sawl gwaith bod elfen gwbl gyfrinachol ynghylch yr hyn yr ydan ni'n ei wneud yma. Mae Dean yn deall i'r dim, wrth gwrs, a dydy Gloria, ei wraig o, ddim yn gofyn rhyw lawer o gwestiynau chwaith. Os bydd Dean yn dweud wrthi am gadw pethau'n dawel, mae hi fel pe bai hi'n deall hynny'n reddfol. Ond dydy Elsie ddim, yn ôl pob golwg!

Dw i 'di deud wrthi am beidio gwneud yr un peth eto ar boen ei bywyd, a dw i'n meddwl ei bod hi 'di dychryn digon i wrando.

Pennod 17

Roedd Sara wedi trefnu i ymweld â Maes Mawr eto. Roedd arni ofn ei bod wedi anwybyddu rhywbeth o bwys yno. Teimlai fod yn rhaid iddi geisio gwneud pethau'n drwyadl drwy gywain hynny o wybodaeth yr oedd modd cael gafael arni ar gyfer ei hymchwil.

"Mi wyddoch chi bod croeso i chi, Sara," meddai Ifan Rowlands, "ac mae hi'n braf heddiw eto i gerdded o amgylch y lle."

"Do'n i ddim yn teimlo 'mod i wedi cymryd popeth i mewn y tro cyntaf," esboniodd Sara wrth y ffermwr wedi iddi gyrraedd yn ei char.

"Mae can croeso i chi ddŵad efo mi o amgylch eto fel y gwnaethoch chi o'r blaen," meddai Ifan Rowlands. "Dowch efo fi unwaith eto o gwmpas y prif gilfachau a'r chwarel, lle mae enghreifftiau o'r marmor gwyrdd-ddu i'w cael. Mi fydd hynny'n rhoi sail dda i'ch ymchwil, fyddwn i'n meddwl."

Diolchodd Sara iddo a'i ddilyn allan i'r buarth, gyda'i llyfr bach a'i chamera. Oedd, roedd ambell i enghraifft nad oedd wedi ei chofnodi'r tro cynt. Byddai'n rhaid iddi sicrhau ei bod yn llenwi pob bwlch yn ei gwybodaeth y tro yma, oherwydd fyddai ganddi mo'r amser i ymweld â'r fferm ar fyrder eto. Fyddai hi ddim am fod yn niwsans i'r perchennog chwaith, drwy fynnu ymweld o hyd ac o hyd. Gwyddai fod ffermwyr yn brysur, at ei gilydd, a doedd Ifan Rowlands yn mynd ddim ieuengach, yn ôl ei olwg.

Roedd hi'n dal i ryfeddu bod gan Napoleon fwrdd wedi ei wneud yn rhannol gyda'r marmor dan sylw, er bod hwnnw wedi dod o Bwllpillo, mae'n debyg. Tybed a oedd Napoleon ei hun yn ymwybodol o darddiad elfennau o'r bwrdd? Hwyrach nad oedd Ynys Môn yn golygu fawr ddim iddo, hyd yn oed fel ynys bellennig ar y cyrion.

Roedd y newydd bod William Parry, Pwllpillo wedi marw wedi synnu a dychryn pawb. Yn ôl pob golwg, roedd pobl yn cadw meddwl agored ynghylch yr hyn a oedd wedi digwydd iddo. Roedd yn cwyno gyda'i galon, roedd hynny'n wir. Dywedwyd ei fod wedi baglu a tharo'i ben ar garreg. Gallai potsiar fod wedi gwthio cig i'r ci, o bosib, er nad oedd pawb yn llyncu'r awgrym hwnnw chwaith.

Eto, roedd ei wraig yn meddwl yn sicr ei fod ef a hithau wedi clywed sŵn rhai o amgylch y tu allan. Nid oedd Nesta Parry am fynd ar ei llw mai felly 'roedd pethau chwaith, a gwyddai yn ei chalon bod rhyw ddrwg yn y gwynt, oherwydd un sicr ei gamre oedd William bob amser.

Roedd yr heddlu yn gofyn am fwy o wybodaeth. A oedd unrhyw un o'r ardal wedi gweld neu glywed unrhyw beth, tybed? Y gwir oedd nad oedd neb yn byw yn ddigon agos i glywed dim, yn enwedig drymedd nos, pan oedd pobl onest yn cysgu. Twt lol, beth a allasai fod o ddiddordeb i unrhyw un? Dyna oedd barn y newyddiadurwr a ysgrifennodd bwt am y peth yn y papur lleol. Ychydig a wyddai, yn ôl pob golwg.

"Chlywsoch chi ddim mwy am farwolaeth William Parry, Pwllpillo?" holodd Sara.

"Naddo wir, ac wn i ddim beth i'w gredu chwaith," meddai

Ifan Rowlands gan ysgwyd ei ben. "P'run bynnag, dewch i'r tŷ i chi gael gweld cloc wedi ei amgylchynu gan y marmor."

Dilynodd Sara ef i'w gartref croesawus, a thros baned o de a bisgedi y mynnodd gwraig Ifan eu darparu, rhyfeddodd at gloc a estynnodd Ifan Rowlands iddi i'w fyseddu. Nid marmor fel yr onycs gwyrdd golau a welir mewn ornaments a gwrthrychau mewn siopau oedd hwn, ond marmor o wyrdd tywyll unigryw na welwyd ei debyg o'r blaen gan y rhan fwyaf o bobl. A'r rhyfeddod mwyaf oedd bod hwn yn farmor lleol, nid yn garreg wedi ei mewnforio neu ei chludo ar draws gwledydd.

Disgleiriai'r garreg gywrain o dan olau trydan yr ystafell, ac roedd rhywbeth yn goeth ac yn gyfoethog o'i chwmpas. Roedd ansawdd y garreg yn nodedig. Ni fyddai wedi mynd i lunio bwrdd yn y man yr alltudiwyd Napoleon iddo pe na bai'n gwbl unigryw ac yn ddeniadol y tu hwnt.

Ond doedd hi ddim yn werth gweld neb yn marw dros y marmor chwaith, meddyliodd Sara. Ystyriai, mewn difri, ai mater y marmor a oedd y tu ôl i farwolaeth y ffermwr ym Mhwllpillo, neu ai cyd-ddigwyddiad neu ddamwain ydoedd. A ddeuai hynny fyth i'r amlwg, tybed? Roedd cymaint o ddrwgweithredu yn digwydd heb ddigon o dystiolaeth, wrth gwrs.

Diolchodd Sara'n gynnes i Ifan Rowlands a'i wraig, Iona, cyn cychwyn yn ôl am Fangor. Roedd ganddi doreth o wybodaeth a lluniau'n gysylltiedig â Maes Mawr erbyn hyn. Byddai hynny'n ddigon i greu argraff ar Rhys Elidir, hyd yn oed – y dyn perffaith oedd yn gwybod cymaint am y maes!

Pennod 18

DRYMEDD NOS AR ffern Maes Mawr, ymhell o olwg y byd a'i bethau, ym môn clawdd safai'r fuwch goch yn anesmwyth yn disgwyl am ei llo. Roedd Ifan Rowlands ar ei draed gyda'r fuwch a oedd ar fin bwrw'i llo hirddisgwyliedig. Roedd Ifan druan braidd yn flinedig wedi rhai nosweithiau o godi ganol nos i weld sut oedd y fuwch, a doedd yntau'n mynd dim ieuengach, pe bai ond yn derbyn hynny. Roedd ei wraig wedi awgrymu eu bod yn ymddeol sawl gwaith yn ddiweddar. Gallai ymddeol pan fynnai, wrth gwrs, ond a fynnai wneud hynny mewn gwirionedd? O leiaf heno, edrychai'r fuwch nobl yn llawer nes at fwrw'i llo nag ar unrhyw noson arall. Synnai o ddim pe bai llo wedi cyrraedd cyn y bore. Ac roedd yn well ganddo weld y fuwch allan ar y cae nag yn y sied ar gyfer bwrw'i llo. Roedd yn iachach iddi hi a'i llo bach.

Meddyliodd Ifan am y llo fanw hyfryd a gafodd Modlen y llynedd, a gobeithiai am anrheg debyg eleni eto. Llo gwryw, o ddewis, hwyrach, ond llo oedd llo, ac roedd bywyd newydd bob amser yn cydio yn llinynnau ei galon. Doedd dim o gwbl yn rhagori ar gael anifeiliaid o'i amgylch ar y tir, ac roeddent oll yn destun balchder iddo.

Wedi siarad yn amyneddgar â'r fuwch ddof ac addfwyn ei natur, fu dim rhaid disgwyl mwy, oherwydd wedi brefiad neu ddau anferthol dros y wlad, fe fwriodd ei llo heb unrhyw drafferth. Ni fu'n rhaid ei dynnu, na galw'r fet i berfformio *caesarean* arni. Diolchodd Ifan am hynny, ac wedi aros am ychydig a gweld y llo'n bwrw iddi i sugno'n reddfol fel hen law, roedd yntau'n hen barod i gychwyn yn ôl am ei wely. Noson fel heno oedd yn gwneud popeth yn werth chweil iddo ar y fferm, ac yn ei annog i barhau i ffermio.

Gwnaeth ei ffordd yn araf yn ôl at y ffermdy. Ond yna, drwy'r tywyllwch, gwelodd olau fflachlamp yn y cae gerllaw. Roedd ganddo yntau fflachlamp fechan hefyd, ond dewisodd ei diffodd yn ddi-oed. Pwy allai fod yno ar awr annaearol fel hon, ac i ba bwrpas? Roedd hi'n rhy hwyr i hel madarch, on'd oedd hi? A mwyar duon, pe bai rhai'n dal i fod allan – a doedd dim bellach, mi fydden nhw cyn ddued â'r nos. Beth arall oedd yno i ddenu neb?

Wrth gwrs, y marmor! Daeth tynged William Parry, Pwllpillo i'w feddwl yn syth. Trawodd ef fel saeth i'w galon. Siŵr ddim, debyg, ond wyddech chi ddim chwaith.

Yn y gwyll, bellach, gallai weld amlinelliad o ddau unigolyn. Gwyddai, yn glir yn awr, beth y gallen nhw fod yn ei wneud. Cadwodd ger y clawdd, gan adael ei fflachlamp wedi ei diffodd. Ymdrechodd i gadw'n berffaith dawel, gan symud yn llechwraidd gyda'r gwrych yng ngolau prin fflachlamp y ddau ddieithryn. Credai ei fod wedi gweld y cyfan, yn wir! Beth nesaf, mewn difri!

Ceryddodd ei hun am beidio â dychwelyd i'r ffermdy ar unwaith. Dyna oedd yr unig gwrs synhwyrol i'w gymryd. Atgoffodd ei hun o dynged William Parry, er nad oedd ganddo brawf o beth yn union oedd wedi digwydd, wrth gwrs.

Daliodd i nesu atynt ar hyd y gwrych. A fentrai siarad â hwy, eu holi neu eu ceryddu? Gofyn iddyn nhw wyneb yn wyneb beth yn enw popeth yr oeddent yn geisio'i wneud yno gefn nos? Unrhyw funud yn awr a byddent yn ei weld yng ngolau eu fflachlamp. Dau ddyn, os nad oedd yn camgymryd yn fawr.

Syllai'r dynion yn ofalus ar y clawdd, pob modfedd ohono. Beth a welent liw nos, Duw ei hun a wyddai. Oedden nhw ddim yn sylweddoli, yn y nos fel hyn, bod y *Mona Marble* yn anodd ei weld oherwydd ei liw tywyll?

Pe bai eu cymhellion yn rhai gonest, fel rhai Sara a'i hymchwil, fydden nhw ddim yn ymweld ganol nos fel hyn. Os mai dim ond gweld y marmor a fynnent, heb gyffwrdd ynddo, yna gallai ei ddangos iddynt yn ystod y dydd. Roedd yn amlwg, fodd bynnag, bod ganddynt rywbeth mwy na hynny i fyny eu llewys. Oedden nhw'n meddwl lladrata'r marmor? Oedden nhw'n meddwl y gallen nhw ei dorri'n dalpau a'i symud ymaith? Yn amlwg, doedden nhw ddim am siarad ag ef, na chynnig pris, na phrynu'r hawl i gloddio am y marmor. Fyddai o ddim yn gwerthu, beth bynnag. Roedd etifeddiaeth a threftadaeth yn llawer pwysicach na phris y marmor prin.

Roedd un o'r dynion rŵan yn plygu ar ei gwrcwd i syllu'n fanwl ar ddarn o'r clawdd. Gwyddai Ifan na welent farmor yn y fan honno o gwbl. Roedden nhw'n chwilio ym mhobman, ar hap, megis. Doedden nhw'n gwybod dim am y chwarel, hyd yma, yn ôl pob golwg.

Ond roedd o'i hun yn chwarae â thân yn cadw golwg ar y ddau, yn enwedig os mai nhw a fu ym Mhwllpillo. Doedd o ddim yn teimlo fel eu herio yn ei flinder heno chwaith, ac roedd dau ohonyn nhw; dau ieuengach na fo hefyd, mae'n bur debyg. Mynd yn ôl am y tŷ fyddai orau iddo. Trodd ei gyfeiriad i droedio'n ofalus am ei gartref, gan wneud ei orau i osgoi gwneud unrhyw smic o sŵn.

Pennod 19

CRAFODD IFAN ROWLANDS ei ben gan geisio meddwl beth oedd orau iddo'i wneud, ai ffonio'r heddlu'n syth neu fynd i'w wely'n ddistaw, cael dros ei flinder ryw gymaint, a siarad efo'r heddlu y bore wedyn.

Ar y naill law, pe bai'n eu ffonio'n ddiymdroi, roedd siawns dda y byddai'r dynion wedi gadael erbyn i'r heddlu gyrraedd, a fyddai dim modd i'r heddlu gael golwg arnyn nhw'n craffu ar y cloddiau. Tybed a ddeuai'r plismyn allan o gwbl, gan nad oedd dim wedi digwydd ar wahân i'r ffaith bod tresmaswyr ar y tir? A fyddai'r heddlu'n credu bod y dynion ar unrhyw berwyl drwg? Roedd hynny'n gwestiwn hefyd. Fe ffoniai yn y bore, hwyrach. Digon i'r diwrnod oedd hi.

Teimlai Ifan yn fwy diogel o lawer erbyn iddo gyrraedd y tŷ a chloi'r drws cefn. Roedd Iona'n chwyrnu cysgu pan aeth i fyny'r grisiau yn y tywyllwch. Yn ei flinder, syrthiodd yntau i'w ochr ei hun o'r gwely a chyn pen dim, roedd yn cysgu'n drwm fel hithau.

Pennod 20

Ni allai Elsie Jeffreys ddeall o gwbl pam yr oedd Maurice yn cynhyrfu am ei bod wedi anfon e-bost at y dyn hwnnw ym Mangor, yn holi am y *Mona Marble*. Heddiw roedd Maurice yn y siop, yn flin fel cacwn unwaith eto.

"Paid byth ag anfon rhyw e-bostiadau fel'na eto, heb ofyn fy nghyngor i!" bytheiriodd wrthi, fel pe bai heb ddweud hynny wrthi ganwaith o'r blaen. Gwyddai beth fyddai'r ateb wedi bod pe bai wedi gofyn ei gyngor, wrth gwrs.

"Fydd neb yn gallu dy gysylltu di efo'r marmor 'na, siŵr," mentrodd Elsie ei ddweud er mwyn tawelu ei gŵr.

"Dyna'n union sydd ar Dean a finnau ei ofn!" meddai Maurice, gyda phoer yn dod allan o'i geg wrth iddo fynd i stêm. "Fedri di ddim gweld faint o niwed y gelli di'i wneud i ni, dywed?" Roedd gweld corff yr hen ffermwr Pwllpillo hwnnw o flaen ei lygad yn corddi stumog Maurice. Doedd o ddim am i'r moch roi dau a dau efo'i gilydd, a'i arestio am yr anfadwaith.

Ond roedd Elsie'n gwneud ei gorau i droi'r stori.

"Ro'n i'n meddwl ein bod ni am gael symud i Lundain, yn nes at wareiddiad, cyn bo hir, p'run bynnag," dywedodd.

"Mi fydd yn rhaid i ni ffoi i Lundain yn gynt o lawer os byddi di'n parhau i fihafio fel hyn! Ffoi, heb ein pethau ni, o bosib. Yn y tywyllwch."

"Dw i'n addo gwneud dim byd o'r fath eto, Maurice, cariad,"

atebodd hithau. Llyfu ci brathog oedd orau, yn ôl y sôn, a gwyddai hithau hynny o brofiad.

Gyda gŵr fel Maurice, roedd hi wedi hen arfer ei drin gyda chyllell a fforc.

Pennod 21

Daeth cnoc ar y drws. Anaml y byddai Rhys yn cael ymwelwyr yn galw'n ddi-rybudd. Felly, syndod o'r mwyaf iddo oedd cael cip drwy'r ffenestr ar yr heddwas a safai ar garreg drws ei fflat. Newyddion drwg 'ta be'? Llamodd ei galon wrth iddo brysuro i ateb y drws.

"Ga i ddod i mewn am funud neu ddau?" gofynnodd yr heddwas, gyda golwg ar ei wyneb fel pe bai newydd gladdu'r gath.

"Wrth gwrs," atebodd Rhys, yn dal i grafu pen ynghylch beth oedd hyn i gyd. Oedd un o'i deulu wedi cael damwain, tybed? Ni allai oddef meddwl am hynny.

"Dim ond wedi galw i holi am eich cysylltiad chi â ffermydd Pwllpillo a Maes Mawr ar Ynys Môn ydw i y bore 'ma," esboniodd yr heddwas.

"Wel, does gen i ddim cysylltiad personol â'r un o'r ddwy fferm, mewn gwirionedd," atebodd Rhys yn ddryslyd, "ond mi wn i am eu bodolaeth, fel petai, oherwydd eu bod yn rhan o ymchwil gan un o fy myfyrwyr."

"Dach chi'n arbenigo mewn hanes creiriau a mwynau, yn ôl ein dealltwriaeth ni, Dr Elidir."

"Ydw, ond wn i ddim beth sydd a wnelo hynny â'r peth," meddai Rhys mewn penbleth gynyddol.

"Dach chi wedi bod yn cerdded ar dir y ffermydd hynny yn y nos, er enghraifft?" gofynnodd yr heddwas, gyda rhyw finiogrwydd yn ei lais.

Roedd y syndod yn glir ar wyneb Rhys cyn iddo ateb.

"Bobol bach, naddo. Pam faswn i'n gwneud hynny?" gofynnodd Rhys. Doedd o ddim yn gallu gwneud na phen na chynffon o hyn oll. Meddyliodd am eiliad am yr ymweliadau yr oedd Sara wedi eu gwneud, ond doedd bosib y byddai hithau'n ymweld â'r ffermydd yn y nos. Pwy fyddai'n gwneud hynny, mewn difri?

"Dyna ddigon am rŵan, felly. Mae debygol y byddwn ni'n galw eto i ofyn am eich cymorth," mynegodd yr heddwas, gyda'i wyneb fel ffidil o hyd.

O fflat Rhys, aeth yr heddwas yn uniongyrchol i fflat Sara Môn, lle gobeithiai gael gwell ymateb i'w gwestiynau. Syndod a'i wynebodd yn y fan honno hefyd.

"Dach chi'n gyfarwydd â cherdded ar fferm Maes Mawr, Llanfechell, yn ôl yr hyn dan ni'n ei ddeall."

"Dw i wedi bod yno ddwywaith yn gweld y marmor – y *Mona Marble* – sydd yno. Mae ei weld yn rhan o fy ymchwil yn y coleg," esboniodd Sara. Dechreuodd ofni tybed a oedd hyn i gyd yn gysylltiedig â ffawd ryfedd y ffermwr ym Mhwllpillo. Doedden nhw erioed yn amau bod ganddi hi unrhyw beth i'w wneud â hynny, debyg?

"Dach chi wedi bod yn mynd i Faes Mawr yng nghanol nos?" gofynnodd yr heddwas.

"Yng nghanol nos? Bobol bach, nac ydw. Dim ond yn y dydd efo Mr Ifan Rowlands, y ffermwr. Fyddwn i ddim yn gallu gweld dim yng nghanol nos, a fyddai dim pwrpas o gwbl…!"

"Dan ni wedi clywed ganddo fod pobl yn tresbasu ar y tir yng nghanol nos," mynegodd yr heddwas eto. "Fe soniodd eich bod chi'n gyfarwydd ag ymweld â'r lle. Dach chi'n gysylltiedig ag unrhyw ddynion a fyddai'n mynd i astudio'r marmor ganol nos, ar eich rhan, er enghraifft? Myfyrwyr eraill, neu rai o'ch teulu, hwyrach?"

"Wel, fues i erioed yno yn y nos, beth bynnag," mynegodd Sara'n bendant, "ac yn sicr, wn i ddim am unrhyw un arall fyddai ag awydd mynd yno gefn nos chwaith. Dw i ddim wedi annog unrhyw un i wneud hynny. Dw i ddim hyd yn oed wedi trafod fy ymweliadau efo aelodau o'r teulu nac efo myfyrwyr eraill. Does gan bawb ddim diddordeb yn—"

"Dach chi wedi bod yn cerdded ar dir Pwllpillo yng nghanol nos, 'ta?"

"Naddo. Dw i ddim wedi cael cyfle i ymweld â'r lle hwnnw eto. Dw i'n deall gan Mr Ifan Rowlands fod y ffermwr ym Mhwllpillo wedi cael damwain ac wedi marw, bod rhywun wedi ymosod arno hwyrach, felly dw i ddim wedi cysylltu am y tro."

"Oes unrhyw rai dach chi'n eu nabod wedi bod yn cerdded ar y tir yn unrhyw un o'r ddwy fferm yn y nos? Rhyw ymweliad gan griw o fyfyrwyr, er enghraifft? Dim ond er mwyn cael sbort, neu ar ryw berwyl mwy difrifol? Dach chi awydd lladrata peth o'r marmor, er enghraifft?"

"Nac ydw, wir. Dim o gwbl. Wn i am neb arall a fyddai'n mynd i gerdded y tir, yn enwedig yn y nos, fel y deudais i. A does gen i ddim diddordeb mewn lladrata unrhyw beth."

"Wel, mae'n bosib y bydda i'n dychwelyd i ofyn mwy o gwestiynau am y mater. Hwyrach y bydd angen i ni ofyn i chi ddod gyda ni i swyddfa'r heddlu er mwyn i ni gael eich olion bysedd. Ond dyna'r cyfan am rŵan."

Roedd Sara'n falch iawn o weld ei gefn, er nad oedd ganddi ddim i'w guddio. Eto i gyd, doedd hi ddim yn beth braf teimlo eich bod o dan amheuaeth fel hyn. Olion bysedd, yn wir! Roedd yn ddigon i'w dychryn drwyddi draw.

Pennod 22

Roedd Sara'n dal yn flin ac yn ddryslyd ar ôl cael ei holi gan yr heddwas. Oedden nhw'n amau bod ganddi hi rywbeth i'w wneud â'r ffaith bod y ffermwr ym Mhwllpillo wedi marw? Oedd Ifan Rowlands wedi cwyno amdani wrth yr heddlu? Oedd o wedi tybio y byddai hi'n ymweld â'r fferm ganol nos, neu'n hudo rhai eraill i wneud hynny? Roedd o wedi bod yn garedig ac yn gefnogol iawn y ddau dro y bu iddi ymweld â Maes Mawr. Doedd hi ddim yn credu ei bod wedi sathru ei draed o gwbl, mewn unrhyw fodd. Oedd y rhai a ymwelodd â Pwllpillo, os ymwelodd rhywun o gwbl, wedi dod i darfu ar Ifan Rowlands i Faes Mawr hefyd? Ai'r un rhai oedden nhw?

Doedd yr heddlu ddim wedi ei gadael mewn hwyliau da ar gyfer dechrau ar ei gwaith am y diwrnod. Roedd hi ar fin gafael yn ei gwaith ymchwil er mwyn bwrw ymlaen pan ganodd ei ffôn. Peredur, ei brawd, oedd yno. Doedd hi ddim wedi clywed ganddo ers tro byd, ond fel'na y byddai Peredur. Roedd o wedi prynu tŷ ym Mhorthaethwy yn ystod yr haf, ac wedi bod yn brysur yn paentio ac yn addurno yn y fan honno dros y misoedd diwethaf. Ond gyda'i waith yn yr ysgol, doedd ganddo fawr o amser dros ben ers dechrau Medi i gwblhau'r gwaith.

"Mi es i am dro i Fiwmares ddoe," meddai Peredur. "Ro'n i'n meddwl ar y ffordd yno, oeddet ti wedi rhoi sylw i garreg

Penmon o gwbl? Mae hi'n garreg boblogaidd mewn gratiau yn nhai pobl, meddan nhw. Meddwl y byddai'n well i mi sôn wrthat ti."

"Dim eto. Cofia mai newydd ddechrau ar y gwaith ydw i, mewn gwirionedd. Mi fydda i'n rhoi sylw i garreg Penmon un diwrnod. Sut mae dy baentio di'n mynd yn y tŷ newydd, tybed?"

"Braidd yn araf ar y funud, ond sgen i ddim cymaint o amser dros ben â hynny. Mae gen i frws paent sbâr os bydd gen ti awr neu ddwy i'w sbario." Ai ychydig o sŵn chwerthin a glywai hi, tybed? "Yn falch o help bob amser."

"Mi ga i weld. Mi allwn i alw un noson, hwyrach," atebodd Sara. Wedi'r cyfan, doedd hi ddim wedi cynnig hanner awr o gymorth iddo hyd yma.

"Gyda llaw, mae 'na siop ym Miwmares dw i'n meddwl y byddet ti'n hoffi cael cip arni. *Relics and Salvage* ydy ei henw hi. Wnes i ddim ond taro 'mhen i mewn pan oeddwn i yno ddoe. Doedd gen i fawr o amser, a deud y gwir. Mwy at dy chwaeth di na fi."

"Does gen innau ddim gormod o amser dros ben chwaith," esboniodd Sara.

"Sut mae fy hen ffrind, Rhys Elidir, yn dy drin di? Doedd o ddim 'di sylweddoli mai fy chwaer i oeddet ti. Doedd o ddim 'di rhoi dau a dau efo'i gilydd wrth weld yr enw! Mi fuo fo'n ara yn hynny o beth."

"Mae o'n ddigon clên a chyfeillgar, cyn belled ag y gwela i."

Soniodd Sara ddim ei bod wedi cael gwahoddiad i fynd am bryd efo fo; er mai cyfle arall i gymdeithasu gyda hi fel ei thiwtor oedd hynny, hwyrach y byddai Peredur yn camddehongli pethau. Un felly oedd ei brawd mawr, bob amser yn barod i dynnu coes ei chwaer fach.

"Wel, mi wela i chdi pan wela i chdi, felly. Mae'n well i mi roi galwad i Mam a Dad tra dw i wrthi'n ffonio hefyd," meddai Peredur cyn rhoi'r ffôn i lawr.

Pennod 23

Dydd Sadwrn, a doedd hi ddim yn mynd i weithio heddiw. Roedd angen diwrnod i ffwrdd ambell waith. Gallai bwrw iddi a lladd nadroedd drwy'r amser arwain at ddiflasu gyda'r ymchwil pan ddeuai'n gyfnod o wir bwys arni tua'r diwedd. Ond roedd hynny gryn amser i ffwrdd, wrth gwrs.

Taflodd yr ofarôls denim i'w bag, rhag ofn y mentrai i'r Borth i roi ychydig o help llaw i Peredur gyda'r paentio. Chwarae teg, roedd Peredur a'i thad wedi ei helpu hi i symud i'r fflat, hongian llenni a gosod cwpwrdd o Ikea efo'i gilydd iddi. Felly, doedd hi ond yn deg iddi hithau roi help llaw i'w brawd. Cyn hynny, hwyrach y galwai yn y siop honno yr oedd Peredur wedi argymell ei bod yn mynd i'w gweld. Pam lai?

Ond er iddi geisio gwadu hynny wrthi'i hun, ei phrif amcan wrth fynd i Fiwmares oedd prynu ffrog ar gyfer mynd allan i swper gyda'i thiwtor y noson honno. Y gwir oedd nad oedd hi wedi mentro gwario rhyw lawer ar ddillad ers tro byd gan ei bod wedi gorfod byw'n gynnil fel myfyrwraig. Ond efallai ei bod bellach yn haeddu ffrog newydd; roedd hi wedi cael pres gan ei rhieni ar ei phen-blwydd, a doedd hwnnw ddim wedi ei wario eto.

Felly i ffwrdd â hi am Fiwmares. Ar ôl parcio a chyrraedd y brif stryd, gwelodd siop *Relics and Salvage* a phicio i mewn iddi gan fwrw golwg frysiog dros gynnwys y silffoedd. Sylwodd ar ddelw o Pierrot bach tegan ar un silff a meddwl y byddai'n mynd yn dda gyda'r un oedd ganddi hi eisoes ar y silff ben tân yn y fflat. Roedd o faint gwahanol i hwnnw, ond doedd hi ddim yn chwilio am bâr yn cyfateb i'w gilydd. Penderfynodd, fodd bynnag, ddod yn ei hôl rywdro eto am nad oedd ganddi amser i edrych arno'n iawn ar hyn o bryd. Fe gymerai'r siawns y byddai'n dal yno ar y silff yn disgwyl amdani, os oedd hi i fod i'w gael.

Anelodd wedyn at rai o'r siopau dillad. Roedd nifer yn y dref, a phob un yn gwerthu dilladau ryw fymryn yn wahanol i'r hyn a gaech yn y siopau cadwyn mawr. Ymlwybrodd yn hamddenol o amgylch, gan daro'i phen i mewn yma ac acw mewn siopau dillad gwahanol.

Bu'n lwcus mewn un siop, oherwydd cafodd ffrog i'w phlesio, a honno ar sêl hefyd. Y funud yr aeth i mewn, cafodd ei denu gan y ffrog yn hongian ar flaen un o'r rhesi dillad. Ffrog gynnes o liw pinc tywyll a phiws cymysg, un ffasiynol hefyd, a honno i'w chael am hanner pris, ac yn ei maint hi. Bargen, a dweud y lleiaf, gan ei bod o fêc da. Gofynnodd a gâi ei thrio.

Doedd hi ddim am i'w thiwtor feddwl mai jîns a siwmper y byddai'n eu gwisgo bob amser – Sul, gŵyl a gwaith. Roedd angen gwneud ymdrech er mai mynd â hi allan fel rhan o'i waith, mewn gwirionedd, yr oedd Rhys Elidir. Atgoffodd ei hun i gofio hynny yn lle bod â'i phen yn y gwynt, a meddwl am ryw nonsens ffôl, ffantasïol arall. Cerddodd allan gyda'r ffrog mewn bag bychan ar ei braich, ac roedd hi'n teimlo'n eitha balch ohoni'i hun. Byddai'n cael budd ohoni am gyfnod go lew.

Erbyn iddi gyrraedd tŷ newydd Peredur ym Mhorthaethwy, cael paned a brechdan gydag o, a newid i'w hofarôls, roedd amser wedi gwibio heibio. Gan mai unwaith y bu yno cyn hynny, cafodd daith arall o amgylch y tŷ, ac roedd hi'n amlwg bod ei brawd wedi gwirioni gyda'i gartref newydd. Teimlai'n falch drosto. Roedd pawb yn gwirioni gyda'u cartref cyntaf, medden nhw.

"Fyddet ti'n hapus efo'r roler bach 'ma?" cynigiodd Peredur ar ôl y daith, "ta f'asai'n well gen ti frws?"

"Y roler, wrth gwrs," atebodd hithau, gan drochi'r roler yn y paent lliw hufen yr oedd wedi ei estyn iddi ar gyfer y gwaith.

Bu'r ddau wrthi'n rowlio paent ar waliau am bron i ddwyawr mewn lled dawelwch, gyda'r broses yn un therapiwtig i'r ddau, yn ôl pob golwg. Cymerodd Sara gam yn ôl i astudio'i gwaith. Roedd y wal yn edrych yn dda, chwarae teg. Yna penderfynodd y byddai'n rhaid iddi adael, er mwyn cael dychwelyd i'w fflat a pharatoi i fynd allan.

"Diolch o galon i ti'r hen hogan, am dy help. Mi wna innau dy helpu di un diwrnod eto."

"Fydda i ddim yn prynu tŷ am sbel, 'sti, os na fydda i'n ennill y loteri yn y cyfamser, yntê," gwenodd Sara. "Ond siawns wael sydd o hynny – dw i ddim yn trio'r loteri!"

Ffarweliodd â'i brawd, a hynny heb sôn gair am fynd allan y noson honno. Doedd hi ddim am iddo dynnu coes ynghylch y peth, waeth pa mor swyddogol na ffurfiol fyddai'r sgwrs gyda Rhys dros swper. Hwyrach y byddai myfyriwr neu ddau arall yn bresennol hefyd, cyn belled ag y gwyddai. Rhyw ymarfer torri'r iâ, o bosib.

Roedd amser yn cerdded. Gartre yn y fflat, prin y cafodd Sara amser am gawod, newid i'w ffrog newydd, a rhoi tipyn o golur, nad oedd yn amser i Rhys alw amdani. Gobeithiai'r nefoedd na fyddai'n dweud pethau dwl am ei hymchwil wrtho, pan ofynnai gwestiynau iddi am ei gwaith. Roedd yn bechod mai ar gyfer noson o drafod gwaith yr aethai i'r drafferth o ddewis ffrog newydd, ond dyna fel roedd pethau. Am unwaith, roedd hi'n gwbl hapus gyda'i gwisg newydd ac o'r herwydd, roedd hi'n hapus yn ei chroen hefyd. Roedd wedi ei phlesio gyda'r ffrog wrth iddi gymryd cip olaf yn y drych cyn i Rhys gyrraedd ac roedd hi am fwynhau'r noson beth bynnag oedd o'i blaen.

Yn wir, roedd o cystal â'i air, a daeth i'w nôl i'r drws am saith ar ei ben. Ymddangosai'n llai ffurfiol ei wisg, rywsut, nag a wnâi yn y coleg, gyda siwmper dywyll o wlân. Ni allai Sara beidio â sylwi ar gudynnau o'i wallt a oedd yn mynnu disgyn i lawr ar ei dalcen. Iddi hi, ymddangosai hynny'n fwy naturiol na'r *gel* a ddefnyddiai llawer o bobl i gadw pob cudyn yn ei le yn berffaith, er bod hynny, wrth gwrs, yn ffasiynol gan rai. Ond beth oedd hi'n wneud yn mwydro ynghylch gwallt ei thiwtor? Roedd yn hen bryd iddi ddifrifoli, a meddwl am atebion i gwestiynau posib am ei hymchwil.

Dechreuodd Rhys drwy holi am ei diwrnod, a rhoddodd hithau amlinelliad o ambell i beth iddo, heb fod yn or-fanwl. Fel y byddai hi'n disgwyl, nid oedd Rhys am neidio'n syth i'w holi am ei hymchwil, a da o beth oedd hynny. Chwarae teg iddo am dorri'r iâ yn gyntaf, cyn mynd ymlaen at faterion mwy difrifol. Mynegodd ei fod wedi cadw lle iddynt ym Miwmares. Ei hail drip yno'r diwrnod hwnnw, felly.

Cawsant fwrdd yng nghanol yr ystafell, ac roedd rhyw dri chwpwl yn eistedd wrth fyrddau eraill. Rhybuddiodd ei hun i beidio ag ystyried Rhys a hithau'n gwpwl, o gwbl. Llyncodd ei phoer wrth weld pris y bwyd. Roedd Rhys wedi sylwi ar ei phoendod, a gwenodd arni a dweud:

"Paid â phoeni, fi sy'n talu."

Ystyriodd Sara ei fod, efallai, yn cael rhyw fath o lwfans gan y Brifysgol ar gyfer torri'r iâ gydag ambell i fyfyriwr ymchwil, er nad oedd hynny'n dal dŵr rywsut, chwaith. Sut bynnag, roedd y dewis yn un diddorol, a phenderfynodd roi'r gorau i geisio dadansoddi ei gymhellion ymhellach.

Roedd y pryd dechreuol o eog ar wely o lysiau gwyrddion a saws cyfatebol yn hyfryd. Cymerodd Rhys yr un peth â hithau.

"Ydy'r bwyd at dy chwaeth di?" gofynnodd iddi wedi iddi ddechrau blasu'r platiaid o'i blaen.

"Mae'n wych," meddai hithau gan godi llond fforc o'r eog i'w fwynhau.

Siarad yn gyffredinol a wnaethant, gyda Rhys yn cynnig rhyw gip o'i hanes ef ei hun. Yna dewisodd ef y cig eidion tra dewisodd hithau'r cyw iâr. Roedd Sara'n glustiau i gyd wrth iddo drafod ambell i agwedd ar ei blentyndod a'i ddyddiau yn yr ysgol uwchradd yng Ngwynedd. Roedd ganddo bytiau ysgafn a doniol bob hyn a hyn, ac ni allai Sara lai na chwerthin yn uchel wrth wrando arno. Roedd ei pherthynas â'i thiwtor yn dra gwahanol i'r un pan oedd yn un o'r israddedigion.

"Fuost ti draw ar Ynys Enlli erioed?" gofynnodd yn ystod y prif gwrs.

"Naddo, ond mi fyddwn i'n hoffi mynd ryw ddiwrnod," atebodd Sara. "Ond wn i ddim fyddwn i'n forwr digon da i fentro ar y daith honno chwaith."

Yna aeth Rhys yn ei flaen i ddisgrifio'i arhosiad diweddar ar yr ynys, ac esboniodd ei dechneg ar gyfer ysgrifennu ei lyfr.

Gwrandawodd Sara'n astud, oherwydd ei bod yn dychmygu ei fod yn anuniongyrchol yn rhoi arweiniad iddi hithau ynghylch y modd yr oedd yn bosibl ymddieithrio oddi wrth y byd a'i bethau ambell waith er mwyn dod i ben â gwaith.

Hedfanodd yr amser wrth iddi wrando arno'n disgrifio'i ymweliad.

"Lle byddi di'n hoffi mynd i aros ar wyliau?" gofynnodd Rhys iddi.

Doedd hi ddim wedi crwydro'n helaeth yng ngwledydd Prydain nac ar y cyfandir ond soniodd am ymweliad â'r Eidal gyda'i rhieni ychydig flynyddoedd ynghynt. Roedd y tiwtor yn wrandäwr da hefyd, a gwenai wrth glywed am rai o'i helyntion ar y daith honno, megis gwallgofrwydd y gyrwyr tacsis yn Rhufain, a faint o *gelato* y llwyddodd i'w fwyta yn ystod yr wythnos.

"A rŵan, mi gawn ni bwdin," gwenodd Rhys, er nad oedd Sara'n sicr a fyddai ganddi le i lawer o ddim arall. Daeth y gweinydd i symud eu platiau a gosod y fwydlen o'u blaenau.

Meddyliodd Sara nad oedd hi hyd yn hyn wedi trafod y gwaith ymchwil gyda'i thiwtor, ond roedd hi wedi ymgolli yn y sgwrs yr un fath. Wedi ymgolli'n llwyr, pe bai hi'n mynd i hynny. Roedd o'n un difyr i wrando arno. Doniol hefyd, ar adegau. Roedd o'n llawer llai ffurfiol ei sgwrs nag oedd o yn y coleg.

Gan ei fod yn gyrru, esboniodd Rhys mai un gwydraid o win y byddai'n ei yfed. Penderfynodd Sara y byddai hynny'n hen ddigon iddi hithau. Cyn pen dim, daeth yn bryd i Rhys fynd â hi adref, a gollyngodd hi wrth ddrws ei fflat yn llawer cynt nag y gobeithiai.

"Diolch yn fawr iawn i ti am dy gwmni," meddai wrthi. "Mi wela i chdi yn y tiwtorial nesa ddiwedd yr wythnos."

"Diolch yn fawr iawn am heno," ategodd Sara. "Dw i wedi mwynhau. Mi fydda i yn y tiwtorial bryd hynny."

"Dw i'n edrych ymlaen," atebodd Rhys. "Tan hynny!"

Roedd ei wên yn gynnes wrth iddynt ffarwelio. Fyddai

hi ddim wedi breuddwydio am gael tiwtor gwell na Rhys. Ni fyddai wedi dychmygu bod yng nghwmni dyn cystal, ar unrhyw agwedd, o'i wallt anystywallt i'w goesau hir.

Pennod 24

Deffrodd Sara y bore wedyn a'r peth mwyaf ar ei meddwl oedd y pryd gyda Rhys ym Miwmares. Yng nghefn ei meddwl gobeithiai mai cyfarfod ar lefel bersonol a wnaethant, wedi'r cyfan, ac nid ar lefel tiwtor a myfyrwraig. Ceryddodd ei hun am feiddio breuddwydio'r fath beth, dim ond oherwydd ei bod hi wedi cymryd ffansi at ei thiwtor.

Tybed beth a fyddai gan Peredur i'w ddweud ynghylch y sefyllfa? Doedd wiw iddo gael gwybod, wrth gwrs, neu hwyrach y byddai wedi ei phlagio hi a Rhys ynghylch y peth. Tynnwr coes diarhebol oedd Peredur, os rhoddech hanner siawns iddo.

P'run bynnag, credai Sara y byddai'r siop *Relics and Salvage* yn agored ym Miwmares, a hwyrach y mentrai yno i gael golwg well ar y tegan Pierrot bach a welsai yno. Doedd hi ddim hyd yn oed wedi gofyn ei bris, oherwydd ei bod yn meddwl gormod am brynu ffrog. Doedd o ddim yn degan hen o bell ffordd, nac yn grair gwerthfawr o unrhyw fath. Rhyw ornament bychan o'r cyfnod diweddar yn deillio o wagio tŷ rhywun ydoedd, ar y gorau, ac felly gobeithiai na fyddai'n costio crocbris chwaith.

Pan gyrhaeddodd y siop, roedd y tegan yn dal yno. Gafaelodd ynddo ac edrych a oedd yn gyfan a heb unrhyw dolc ynddo. Doedd dim pris arno.

"Ga i'ch helpu chi," meddai dynes mewn Saesneg a swniai

fel acen *Cockney*, hwyrach, er nad oedd Sara'n arbenigo ar acenion Seisnig.

Gofynnodd beth oedd pris yr eitem. Doedd y delw bach ddim yn ddrud o gwbl, ond, fel yr oedd wedi dysgu gan Peredur, gofynnodd a oedd modd cael gostyngiad bychan yn y pris hwnnw.

Dyfynnodd y ddynes bris ychydig yn well iddi, ac aeth Sara at y cownter i dalu. Edrychodd o'i hamgylch tra oedd y ddynes yn pacio'r Pierrot mewn papur newydd iddi. Roedd cymaint i'w weld yma, ond doedd ganddi ddim amser i oedi, oherwydd y byddai'n well iddi alw gyda'i rhieni yn Llangefni cyn mynd adref i'r fflat. Roedd ei mam bob amser yn edliw iddi nad oedd yn galw neu'n ffonio'n ddigon aml.

"Brysia yma eto!" oedd anogaeth ei mam wrth iddi feddwl am adael.

"Ia, paid â bod yn ddiarth," oedd geiriau ei thad.

Wedi cyrraedd adref gosododd y delw bach newydd wrth ymyl y Pierrot a oedd ganddi eisoes ar y silff ben tân. Safodd yn ôl i'w edmygu am eiliad. Yna gwnaeth ychydig o ddarllen cefndirol mewn cysylltiad â'i phwnc ymchwil, cyn gwylio'r newyddion ar y teledu a mynd i'w gwely.

*

Mae gen i gur pen drwg. Does dim ond cur pen i'w gael yn yr hen siop 'ma. Y cyfan a werthodd Elsie heddiw oedd rhyw ddau neu dri o hen delmau rhad a di-chwaeth, a bu'n rhaid iddi ostwng y pris ar y rheiny. Mae pawb eisiau bargeinio'r dyddiau yma. Fedra i ddim dychmygu neb yn cymryd ffansi at y ffigiaris o gwbl. Dydy gwerthu rhyw ychydig o fân addurniadau fel hyn ddim yn ddigon i gynnal Dean a Gloria ac Elsie a minnau. Mae colur Gloria yn ddyddiol yn costio mwy na'r sothach dan ni'n ei werthu yn y siop, faswn i'n meddwl, o edrych ar yr amrywiaeth o liwiau mae hi'n eu defnyddio. Dydy bil ffôn Elsie yn galw'i mam i gwyno amdana i ddim llawer gwell chwaith.

Pe bai pethau'n prysuro efo torri'r hen farmor yna, ac ambell ymweliad â rhai o blastai'r gogledd yn digwydd yn weddol fuan, byddai gennym ddigon o greiriau gwerth chweil i'w symud i Lundain ar fyrder. Dyna fyddai orau bellach, cyn i'r moch gael gwynt mai ni sydd ar ôl y marmor. Synnwn i damaid nad oes rhywun wedi sôn amdanon ni bellach, yn crwydro yn y nos i weld yr hen farmor 'na wrth y moch felltith. Wyddoch chi ddim chwaith na fydd rhywun wedi gweld colli rhyw eitemau neu'i gilydd o'u gerddi neu eu plastai, ac wedi dechrau codi stŵr efo'r Glas. Hynny, wrth gwrs, ydy'r peth ola y mae arnom ei eisiau – tynnu sylw heb fod angen! Gweithio mewn dirgel ffyrdd ydy'r nod bob amser. Osgoi helynt ar unrhyw gyfrif.

Ond mae un newydd da. Mae Dean wedi cael gafael ar ddyn fedr dorri drwy'r cerrig gwyrddion 'na fel twca drwy fenyn. Mi fydd gofyn iddo fo a minnau fynd efo'r dyn, er mwyn i ni gael symud y stwff i'r seler o dan y siop dros dro. Fydd dim angen malu awyr mwyach, oherwydd bod Tricky Hayden – ia, dyna ydy ei enw fo, neu oddi wrth yr enw hwnnw mae pawb yn ei nabod o, o leia – yn barod ac yn awyddus i wneud y gwaith. Mae Dean wedi taro bargen efo fo, ac mae o'n fodlon torri'r ffenestri gwydr lliw o'r hen blas hwnnw yn Eryri i ni hefyd. Taro dau dderyn efo'r un garreg, fel petai. Dean sy'n gwybod y manylion i gyd. Ond boi handi i Dean gael gafael arno ydy Tricky Hayden, yn ôl pob golwg. Tipyn yn slei, hwyrach, a sgwint yn ei lygad chwith, ond dyna fo. Does ots sut mae o'n edrych, cyn belled ag y gallith o wneud y job yn handi i ni. Mae angen symud yn gyflym.

Yn y cyfamser, dw i am fynd i'r gwely efo'r cur pen 'ma. Ella bydd dropyn neu ddau o wisgi'n help i mi gysgu, ac i geisio anghofio am funud am farmor a ffenestri lliw ac am Tricky ei hun, a hyd yn oed am ffolineb Elsie, dulliau Dean a cholur Gloria.

Wedyn gwynt teg ar ôl Biwmares, a hei lwc i ni i gyd yn Llundain. Llundain fawr, amhersonol.

Pennod 25

Cafodd Sara ei hun yn pendroni uwchben nodweddion y marmor; roedd hi'n awyddus i'w ddisgrifio'n gywir yn ei thraethawd ar gyfer ei doethuriaeth.

Roedd hi'n sylweddoli bod perygl iddi roi gormod o amser i'r marmor – a rhan fechan o'i hymchwil oedd hwnnw, mewn gwirionedd. Ond roedd hi eisoes wedi ysgrifennu cryn dipyn am agweddau eraill ar ei phwnc, pob mathau o greiriau a mwynau; wel, pob un o bwys, o leiaf.

Siarsiodd ei hun i beidio â rhuthro gyda'i gwaith, oherwydd bod ganddi dair blynedd i'w gwblhau. Byddai'n well iddi wneud y gwaith hwnnw'n drwyadl yn y lle cyntaf. Roedd angen pwyso a mesur gwerth pob un o'r creiriau yn ofalus os oedd yr hyn a ddeilliai o'r ymchwil yn mynd i fod o wir werth, yn y pen draw, i'r sawl a'i darllenai.

Roedd rhyw faint o'r *Mona Marble* i'w gael ym Mhenrhosligwy a Llandyfrydog hefyd. Amheuai Sara a fyddai ganddi amser i fynd ar drywydd pob un enghraifft o'r marmor. Byddai talpiau ohono yma ac acw wedi mynd i ddifancoll hefyd, o bosibl.

Ond roedd popeth yn mynd yn dda ar hyn o bryd, a hynny oedd yn bwysig. Felly, digon i'r diwrnod!

Pennod 26

Roedd y Pierrot bach yn eistedd yn hapus ar silff ben tân Sara yn y fflat, ac roedd yn mynd i'r dim gyda'r Pierrot bach arall a oedd ganddi eisoes, gyda'r ddau ohonynt yn wahanol i'w gilydd o ran maint ac ansawdd. Roedd wedi ei gael am bris rhesymol iawn hefyd yn y siop honno ym Miwmares. Hwyrach y gallai wneud casgliad o rai gwahanol. Doedd ganddi ddim casgliad o unrhyw ornaments hyd yma, ond fyddai hi ddim yn prynu tŷ ei hun am y tro. Roedd prisiau tai yn ei harswydo ar y funud, ac i fyny yr oeddent yn mynd. Tybed a fedrai gasglu digon o flaendal i allu prynu cartref bychan iddi hi ei hun un diwrnod? Byddai gofyn iddi gael swydd yn gyntaf, wrth gwrs.

Roedd ei hymchwil yn mynd rhagddi'n dda, at ei gilydd, ond 'gormod o bwdin...' oedd hi, ac roedd arni angen cael rhyw ddiddordeb arall. Roedd angen cael clirio eich meddwl weithiau, er mwyn ailafael yn fwy cadarn wedi hynny. Gwisgodd ei siaced hwylus, a mynd allan at y car.

Beth pe bai'n ymweld â siop *Relics and Salvage* unwaith yn rhagor? Hwyrach bod yno Pierrot bach arall! Doedd hi wedi cael fawr o amser i browla'n iawn drwy'r gymysgedd ryfedd o bric à brac a lanwai'r lle i'r ymylon. Roedd angen amser i dyrchu i ben draw'r silffoedd, rhag ofn ei bod wedi colli rhywbeth. Doedd fawr o ddim gwerthfawr yno, hwyrach, ond doedd hi ddim yn chwilio i wario llawer gan mai myfyrwraig oedd hi, a doedd pres ddim yn tyfu ar goed.

Roedd ei mam yn aml yn ei siarsio i beidio â gwario ar sothach, a dyma hi'n gostwng i wneud hynny, i bob pwrpas. Ffrog newydd yn ddiweddar, a meddwl am ornaments! Nefoedd wen, byddai'n cael ysfa i wneud ei nyth cyn pen dim! Twt lol, thalai hynny ddim ar hyn o dro.

Cyrhaeddodd y dre, a pharciodd yn hwylus yn y maes parcio yn y stryd gefn. Yna gwnaeth ei ffordd am y brif stryd. Roedd dau gwsmer wrth y cownter eisoes pan gerddodd Sara i mewn i'r siop y bore hwnnw. Teimlai ryw ysgafnder wrth iddi hamddena o amgylch y lle â'i phen yn y gwynt. Roedd hi yn ei helfen yn prowla mewn lle fel hyn, waeth beth oedd ansawdd y stoc a gynigid. Gallai golli synnwyr o le a phwrpas wrth chwilota wrth ei phwys, gyda'r amser yn hedfan drwy'i dwylo.

Wedi mynd rownd cornel, heibio i stondinau wedi eu llenwi blith draphlith â chelfi a bric à brac, aeth yn syth drwy'r drws agored o'i blaen. Doedd hi ddim wedi sylwi ar y drws hwnnw y tro diwetha y bu yn y siop. Rhaid bod mwy o nwyddau i'w denu drwyddo, siawns.

Arweiniai grisiau i lawr i ystafell arall yn llawn bric à brac, fe dybiai Sara, ond na, erbyn meddwl, cafodd ei bod, rywsut neu'i gilydd, mewn seler, braidd yn dywyll a heb ffenestr, a honno'n llawn creiriau gwerthfawr, yn ôl a welai wedi i'w llygaid gynefino â'r lle.

Roedd lluniau olew drud yr olwg ar rai silffoedd a fas Tsieinïaidd anferth mewn cornel arall. Yn y lled olau gwelodd ffenestri lliw yn gorwedd ar eu cefnau ar un wal. Roedd cawgiau gardd mawreddog ym mhen draw'r ystafell ac arweiniai drws arall, a oedd ynghlo, i rywle neu'i gilydd; rhyw le arddangos pellach, yn ôl pob golwg.

Crwydrodd ei llygaid mewn syndod yn y lled dywyllwch. Ni allai osgoi meddwl bod y rhain yn wrthrychau llawer drutach na'r hyn a welsai yn y siop uwchben. Roeddent mewn lle tywyll ac anodd i'r cwsmer arferol fynd i'w gweld. Ai storfa oedd hon? Nwyddau tra diddorol, yn sicr, ond eu bod ymhell y tu hwnt i'w gallu hi i wario. Dim y byddent yn addas rywfodd yn y fflat fechan, wrth gwrs. Ond un diwrnod... wyddech chi ddim. Fyddai hi ddim yn y fflat am weddill ei hoes, gobeithio.

Craffodd Sara ar y paentiadau helaeth mewn fframiau o liw euraid, yn y lled olau pŵl. Roedd ambell i baentiad a fyddai'n ymestyn dros le tân anferthol, roedd hi'n siŵr.

Yna, dechreuodd feddwl tybed a oedd hawl i gwsmeriaid fod yn yr ystafell hon o gwbl, gan ei bod braidd yn dywyll ac yn debycach i storfa na siop. Roedd y gwahaniaeth rhwng y stoc yn y siop uwchben a'r celfi drudfawr i lawr yn y seler yn drawiadol, er y byddai'n naturiol, hwyrach, i stoc fwy gwerthfawr fod mewn lle mwy preifat. Dim ond cwsmeriaid arbennig, hwyrach, a wahoddid i'r seler. Ni allai ganfod pris ar unrhyw eitem chwaith, ond roedd hi'n anodd gweld yn y seler dywyll.

Yn sydyn, clywodd y drws ym mhen y grisiau'n cau'n glep a sŵn allwedd yn troi yn y clo. Brysiodd i fyny'r grisiau tywyll, a churo'r drws cyn uched ag y gallai. Fe ddeuai'r ddynes i ateb ei galwad ar fyrder, wrth gwrs. Doedd dim handlen ar y drws o gwbl o'r ochr yr oedd hi'n sefyll, ond byddai'r ddynes yn ei agor o'r ochr arall. Fyddai dim problem, dim ond camddealltwriaeth.

Galwodd am gymorth a churodd y drws eto... ond i ddim pwrpas. Lle roedd y ddynes? Curodd y drws unwaith yn rhagor a gweiddi'n uchel ei bod yno. Doedd y ddynes ddim yn ei chlywed neu rywbeth? Ond i ddim pwrpas y gwaeddodd wedyn.

Roedd yn rhaid iddi allu tynnu sylw rhywun. Fedrai hi ddim aros yn y seler yma'n hir. Yn un peth, roedd hi'n dywyll iawn erbyn hyn, wedi i'r drws gau. Lle roedd y ddynes a oedd wrth y cownter wedi mynd, tybed? Tybed a oedd hi wedi mynd allan o'r siop oherwydd ei bod yn amser cinio?

Hen le oeraidd a thywyll oedd y seler, os mai dyna oedd yr ystafell hon. Roedd rhyw oglau braidd yn llaith yma hefyd. Hwyrach na ddeuai neb yn ôl am awr gron gyfan. Hwyrach eu bod wedi cau am y prynhawn; byddai'n fore drannoeth arni'n cael mynd allan, os oedd hynny'n wir!

Beth aflwydd oedd hi i fod i'w wneud rŵan? Aros yn dawel fyddai orau, a syrthio ar ei bai pan ddeuai'r ddynes yn ei hôl. Dweud ei bod wedi cymryd cam gwag wrth fynd drwy'r drws ac i lawr y grisiau. Doedd hynny ond y gwirionedd, beth bynnag. Roedd y ddynes yn rhy brysur gyda'r cwsmeriaid eraill i roi unrhyw sylw iddi ar y pryd. Dylai fod wedi galw arni a dweud wrthi am beidio â mynd drwy'r drws o gwbl. Neu'n well fyth, dylai'r drws fod ar glo. O, pa mor hir y byddai'n gorfod aros, tybed?

Teimlodd Sara ryw bryder rhyfedd yn dod drosti. Doedd y lle yma ddim yn nefoedd o bell ffordd, a Duw a ŵyr am ba hyd y byddai yma. Tynnodd ei ffôn symudol o'i bag a phwysodd y botwm, yn y lled dywyllwch, er mwyn anfon neges at Peredur. Fyddai ganddo ef ryw syniad o'r hyn y gallai hi ei wneud yn ei phicil presennol, tybed? Roedd hi'n teimlo braidd yn ofnus, pe bai ond yn cyfaddef hynny, ac roedd angen rhywun yn gefn arni. Peredur a oedd wedi awgrymu yn y lle cyntaf ei bod yn dod i'r siop 'ma.

Peredur oedd y brawd mawr a allai ateb ei holl gwestiynau.

Ond ym mha ffordd y byddai'n awgrymu ei bod yn ceisio cael allan o'r seler 'ma? Ai dweud wrthi am fod yn amyneddgar y byddai? Byddai'n rhaid iddi weithredu ar ei gyngor, fodd bynnag.

Roedd Peredur newydd ollwng ei ddosbarth Blwyddyn 9 allan o'r gampfa yn yr ysgol lle gweithiai, ac roedd â'i fryd ar fynd i chwilio am ginio, pan aeth y ffôn. Ei chwaer fach! Beth oedd yn bod ar honno tybed? Yn cysylltu ag o yn ei waith, o bobman! Roedd o newydd ei gweld adeg y paentio. Ond doedd Sara ddim yn un i gysylltu heb reswm. Felly, roedd rhywbeth yn ei phoeni. Darllenodd y neges destun.

*"Wedi fy nghloi yn seler siop *Relics and Salvage*. Mae hi'n dywyll ofnadwy yma. Be wna i?"* meddai'r neges.

Wedi ei chloi yn y seler! O dan ba amgylchiadau roedd hynny wedi digwydd, tybed? Oedd rhywun wedi ei chloi'n bwrpasol? Oedd hi wedi gwneud rhywbeth o'i le? Sut aflwydd y llwyddodd i gael ei chloi yno? Beth oedd disgwyl iddo ef ei wneud? Doedd o'n deall dim am yr amgylchiadau ac roedd ei ben yn troi.

Yn lle ei hateb, hwyrach y byddai'n well iddo fynd draw ar fyrder i weld beth oedd wedi digwydd. Oedd Sara wedi gwneud rhywbeth i beri iddyn nhw ei chloi mewn seler? Nac oedd, debyg! Dim ei chwaer fach ddiniwed a chall!

Pennod 27

Doedd gan Peredur Môn ddim amser i'w wastraffu. Roedd ganddo ddwy wers rydd ar ôl cinio, drwy lwc, ond roedd angen iddo ddychwelyd wedi hynny ar gyfer gwers olaf y dydd. Felly taniodd y car, a rhoi ei droed ar y sbardun yn ddiymdroi. Fe gâi i wraidd y mater yma wrth fynd i weld drosto'i hun.

Roedd y siop ar glo pan gyrhaeddodd y lle. Ysgydwodd y glicied er mwyn sicrhau mai ar glo yr oedd y drws. Oedd hynny'n golygu bod Sara eisoes wedi gadael? Wedi ei chloi yno ddywedodd hi. Nid oedd wedi trafferthu i ateb neges destun ei chwaer eto, am iddo benderfynu dod yma ar unwaith.

Safodd ar y palmant o flaen y drysau dwbl a churodd ar un o'r drysau hynny, ac wedyn curodd yn drymach, yn y gobaith bod rhywun y tu mewn a allai ddod i agor iddo. Gwelodd gloch a chanodd honno, ond roedd pobman yn dawel oddi mewn. Wedyn ceisiodd ffonio ac anfon neges destun at Sara, ond ddaeth dim ateb y naill ffordd na'r llall.

Dychmygodd felly fod ei chwaer fach mewn rhyw ddwnjwn canoloesol yn cael ei phoenydio'n ddidrugaredd. Gan bwyll, ataliodd ei hun, roedd yn gadael i'w ddychymyg redeg yn ffri rŵan. Ond beth oedd o'i le efo'r siop 'ma? Roedd yn cael rhyw deimladau cas rywsut ynghylch y lle. Aeth ias ryfedd i lawr asgwrn ei gefn.

A ddylai alw'r heddlu? Y pwynt oedd, doedd o ddim yn siŵr

a oedd ei chwaer yn dal i fod yn y seler, ta a oedd hi wedi dod allan, ond heb roi gwybod iddo fo? Ond beth arall oedd i'w wneud *ond* galw'r heddlu? Roedd ganddyn nhw fwy o bwerau i gael mynediad nag ef ei hun. Fyddai hi ddim yn beth da o gwbl iddo ystyried torri'r ffenestr er mwyn cael mynediad!

Cyn iddo benderfynu beth i'w wneud, cyrhaeddodd dynes, a chyn iddo allu dweud dim wrthi, aeth ati i agor y drws gyda'r allwedd a oedd yn ei llaw. Yna trodd ato.

"Dach chi wedi bod yn aros yn hir?" gofynnodd. "Wedi mynd adref i ginio'r o'n i."

Esboniodd Peredur ar unwaith. "Mae fy chwaer yn y seler ac wedi ei chloi yno, yn ôl pob golwg!"

"Be… mae rhywun yn y seler? Sut gwyddoch chi hynny?" meddai'r ddynes yn syn ac fel pe bai wedi cael sioc ofnadwy.

"Mae hi wedi anfon neges destun ata i ar y ffôn," esboniodd Peredur.

"O, roedd hi'n brysur yma cyn cinio, ond welais i neb yn mynd drwy ddrws y seler chwaith! Mi es i i gloi'r drws cyn brysio allan i ginio," esboniodd y ddynes, yn gynhyrfus braidd, erbyn hyn, fel pe bai arni ofn mynd i firi oherwydd yr hyn a wnaethai.

Aeth ati'n syth i agor drws y siop ac wedi hynny, ddrws y seler. Roedd Sara hanner ffordd i fyny'r grisiau, ei hwyneb yn goch a'i llais yn groch ar ôl yr holl weiddi. Doedd dim rhyfedd, meddyliodd Peredur, nad oedd hi wedi clywed ei ffôn; yn ôl yr olwg a oedd arni, roedd hi wedi cynhyrfu cryn dipyn.

"O, diolch byth am gael dŵad allan!" meddai Sara. Gallai Peredur daeru bod ei chwaer fach wedi bod yn crio. Hwyrach bod ganddi ofn bod mewn lle tywyll fel hyn wrthi'i hun. Welai o ddim bai arni pe bai hynny'n wir.

Ymddiheurodd y ddynes i Sara am ei chloi i mewn, ac yna

ymddiheurodd Sara am fynd y ffordd anghywir, a chyrraedd y seler yn y lle cyntaf. Rhyw geisio gwenu a wnâi'r ddwy, fel ei gilydd, er nad oedd golwg gwenu, mewn difri, ar yr un ohonynt. Y cyfan y dymunai Sara ei wneud, mewn gwirionedd, oedd dianc o'r lle 'ma cyn gynted ag y gallai.

"Ty'd!," meddai wrth ei brawd, ac ar hynny ffarweliodd Sara a Peredur â'r siop. Gwynt teg ar ôl y lle, meddyliodd Peredur.

Cerddodd Sara yn fân ac yn fuan at ei char yng nghwmni ei brawd, a diolchodd iddo am ddod i'w hachub ac am adael ei waith i'r diben hwnnw. Wrth gerdded am y maes parcio, soniodd Sara am y math o eitemau a welsai yn y seler, y nwyddau crand odiaeth – y llewod nobl a'r cawgiau hyfryd i ddal blodau neu blanhigion.

"Fedra i ddim deud pa mor falch ydw i o gael allan o'r seler dywyll a llaith 'na! Diolch i ti, Peredur!" meddai eto, gyda chryndod yn parhau yn ei llais.

"Wel cymer ofal o hyn allan, Sara... Mae 'na drugareddau rhyfedd yn y siop 'na, yn ôl yr hyn welaist ti. Mi faswn i'n hoffi gweld mwy drosof fy hun, mewn gwirionedd. Ond mae'n rhaid i mi frysio'n ôl i'r ysgol. Cymer ofal! A rho wybod os wyt ti am fynd i browla o amgylch y lle eto, i rywun allu mynd yno efo ti yn gwmni."

"Does gen i fawr o awydd mynd yno eto!" atebodd hithau.

Rhedodd Peredur yn ôl i'r man lle roedd wedi parcio'i gar. Gyrrodd y ddau o Fiwmares, tua'r Borth yn hanes Peredur ac ymlaen i Fangor yn hanes Sara. Roedd Sara'n dal i feddwl am ei phrofiad rhyfedd pan gyrhaeddodd Fangor Uchaf a pharcio'i char mewn encil gerllaw ei fflat.

Pennod 28

Roedd hi'n noson ddigon braf, a cherddai Ifan Rowlands, Maes Mawr yn dalog am y caeau. Roedd yn rhaid cadw golwg y dyddiau hyn, gan fod rhywrai'n amlwg â rhyw ddiddordeb rhyfedd yn y marmor ar ei dir, ac ni allai, yn ei fyw, anwybyddu hynny.

"Cofia beth ddigwyddodd i'r ffermwr ym Mhwllpillo, Ifan. Does arna i ddim eisiau dy weld di yn yr un cyflwr... Ydy angladd hwnnw wedi bod bellach?" meddai gwraig Ifan, gyda golwg betrus ar ei hwyneb.

"Cwbl breifat oedd yr hysbysiad yn ei ddeud. Ddoe, dw i'n credu, os nad ydw i'n cyfeiliorni."

Oedd, roedd ar Ifan ofn, pe bai'n cyfaddef y gwir, ond pwy arall oedd yn mynd i gadw golwg nad oedd neb yn prowla ar ei dir? 'Gwinllan a roddwyd i'm gofal' oedd y geiriau a fynnai ddod i'w feddwl. Roedd gan ddyn gyfrifoldeb i gadw trosolwg ar ei gaeau ei hun. Ar y llaw arall, doedd arno yr un awydd i ddim ddigwydd iddo liw nos fel hyn. Byddai'n rhaid iddo fod yn dra gofalus, oherwydd wyddech chi ddim beth yr oedd y dynion hynny'n bwriadu ei wneud.

Roedd Sara, y ferch oedd yn gwneud ymchwil, yn ymddangos yn eneth ddiffuant iawn, yn ôl a welsai, a doedd ganddo ddim lle i gredu bod a wnelo honno unrhyw beth â'r dynion a fu'n tresmasu ar ei dir. Roedd pethau'n ddryswch pur iddo! Mi allai un ddweud wrth giang arall beth a welsai, a gallai'r rheiny ddod yn y nos ar berwyl drwg, hwyrach. Doedd dim dal y dyddiau hyn. Ella mai rhyw branc gwirion oedd y cyfan, rhyw fyfyrwyr oedd wedi glanio ar ei dir fel adar drycin, ar ryw berwyl gwirion?

Ond yna, ar y gair, fe'u gwelodd eto. Tri dyn, o ran eu ffurf, yn cerdded yn y tywyllwch. Cyflymodd ei galon, nes y teimlai'r curiadau y tu mewn iddo, a dechreuodd anadlu'n drymach. Beth wnâi? Ai mentro ymlaen? Dilynodd, felly, o hirbell.

Doedd neb, siawns, ar berwyl da yn cerdded tir rhywun yn y nos fel hyn. Mi fydden nhw wedi gofyn caniatâd pe baen nhw ar drywydd cwbl onest. Mae'n rhaid bod ganddynt fflachlamp bwerus, os mai gobeithio gweld y marmor tywyll yr oeddent a hithau'n ddu fel bol buwch y tu allan. Ni allai yntau roi ei fflachlamp ymlaen chwaith, neu byddent yn ei weld yn syth bin.

Roedd y tri ger y clawdd ychydig lathenni o'i flaen yn awr. Roedd un dyn yn gwneud rhywbeth tebyg i dorri drwy ddarn o garreg, yn ôl yr hyn yr oedd Ifan yn gallu hanner ei weld, ac roedd fflachiadau o olau i'w gweld fel sêr yn taro o'r clawdd. Gweithiai'r tri'n ddistaw fel y bedd. Doedd neb yn siarad nac yn trafod dim, ond roeddent wrthi fel lladd nadroedd.

Ni allai Ifan ond dod i'r casgliad mai torri darn o farmor yr oeddent. Ai sŵn gwichlyd llif arbennig ar waith yr oedd yn ei glywed tybed? Ei adwaith cyntaf oedd rhuthro atynt a'u herio, ond gwyddai mai ffolineb a fyddai hynny. Y peth gorau iddo ei wneud fyddai dychwelyd i'r tŷ mor ddistaw ag y gallai, a ffonio'r heddlu ar fyrder. Pe bai'n wynebu'r dynion byddai mewn perygl yn syth, oherwydd roedd hi'n gwbl bosibl mai'r rhain a fu'n gyfrifol am farwolaeth William Parry, Pwllpillo.

Roedd tri dyn yno, ac o leiaf ddau ohonynt yn wŷr cydnerth, yn ôl eu proffil yn y tywyllwch.

Prysurodd Ifan am y tŷ yn ddistaw bach. Drwy ryw ffawd ryfedd, llwyddodd i osgoi gwneud unrhyw sŵn i dynnu sylw'r dynion, neu gallai hynny fod wedi bod yn ddigon amdano. Rhag tynnu sylw drwy oleuo'r gegin, ffoniodd yntau'r heddlu yng ngolau ei fflachlamp.

Ond pan gyrhaeddodd yr heddlu hanner awr yn ddiweddarach, a chymryd tro o amgylch y cae, roedd y dynion wedi ffoi, oherwydd doedd dim golwg o unrhyw un ar y tir. Dychwelodd y ddau blismon i'r tŷ, a holi am ddisgrifiad o'r bobl a welodd Ifan Rowlands.

"Dim ond amlinelliad o dri dyn welais i. Roedd hi mor dywyll. Fedrwn i ddim deud dim am eu pryd a'u gwedd, dan yr amgylchiadau."

"Rhai hen neu ifanc?" gofynnodd un o'r plismyn.

"Eto, fedrwn i ddim dyfalu eu hoed chwaith, wrth iddyn nhw weithio yn eu cwman yn y tywyllwch."

Aeth Ifan ymlaen i esbonio iddo weld fflachiadau a chlywed gwich uchel wrth i ddril o ryw fath, neu dorrwr, gael ei ddefnyddio i dorri darn o'r marmor.

"Mi wyddoch chi ein bod ni wedi bod yn siarad gyda Rhys Elidir, ym Mangor, a Sara Môn, y ferch fu'n ymweld â'r lle 'ma, ond chawson ni i unlle efo'r ymchwiliadau hynny. Wrth gwrs, rydan ni'n gneud ein gorau, ond heb well manylion o'r dynion welsoch chi, mae hi'n anodd iawn. Ac, wrth gwrs, gan eu bod nhw'n gwisgo menig, mae'n bur debyg, mae'n annhebygol y cawn ni hyd i olion bysedd yn y llecyn rydach chi'n sôn amdano. Mi ymchwiliwn ni i'r olion traed, wrth gwrs, ond mi dybiwn i bod yr esgidiau'n rhai gweddol arferol a chyffredin, a bod llawer un yn gwisgo rhai cyffelyb. Ond mi wnawn ni ein gorau, wrth gwrs."

Yn rhwystredig ddigon, diolchodd Ifan iddynt am eu cymorth. Teimlai'n unig ac yn ddioddefus iawn. Er mai allan ar y tir yr oedd y dynion wedi bod yn gwneud eu hanfadwaith, roedd Ifan yn gwybod sut y teimlai pobl wedi i rywun dorri i mewn i'w cartrefi a busnesu drwy eu pethau. Teimlai fod popeth o'i amgylch wedi'i lygru, ac nid oedd erioed wedi teimlo felly'n llwyr o'r blaen. Teimlai'n hen ac yn fusgrell.

Pennod 29

Nid oedd Elsie Jeffreys yn siŵr pam fod ei gŵr wedi bod allan berfeddion nos. Deffrodd pan glywodd sŵn y drws ffrynt yn agor. Roedd Maurice wedi sleifio i'w wely wrth ei hymyl a bu'n troi a throsi am hydoedd, gan ei chadw hithau'n effro weddill y noson, bron. Roedd o'n gweithio'r nos ar ryw job, roedd hynny'n bendant. Doedd hi ddim yn siŵr a oedd hi eisiau gwybod mwy am y peth chwaith. Penderfynodd beidio â tharfu arno drwy ofyn cwestiynau. Smalio ei bod yn cysgu fyddai orau, rhag ofn ei fod mewn tymer ddrwg ar ôl ei anturiaethau.

Nid oedd Elsie'n sicr a ddylai ddweud wrtho am y ferch a oedd wedi ei chanfod ei hun yn y seler, a hithau, Elsie, wedi ei chloi yno heb sylwi ei bod yno yn y lle cyntaf. Dylai gael gwybod, mae'n siŵr. Felly, gan fod Maurice mewn hwyliau gweddol resymol amser brecwast y bore wedyn, mentrodd sôn wrtho am y digwyddiad.

"Mae'n rhaid dy fod ti 'di gadael drws y seler yn agored neu fyddai hi ddim wedi gallu mynd yno o gwbl," meddai Maurice, gyda dichell sydyn yn ei lais.

Roedd Elsie'n difaru iddi grybwyll y peth o gwbl. Doedd hi byth wedi dysgu mai'r 'calla a dawo' oedd hi wrth drin Maurice, roedd yn amlwg.

"Faint o weithiau sy'n rhaid i mi ddeud wrthat ti pa mor bwysig ydy cadw'r seler dan glo!" bytheiriodd Maurice, gyda diferion coffi o'i gwpan yn dianc o'i geg wrth iddo hanner poeri ei lid i'w chyfeiriad.

"Mi oedd hi'n brysur yn y siop, a finnau'n ceisio delio efo cwsmeriaid. Mi oedd hi'n dywyll yn y seler," esboniodd Elsie, "a welodd y ferch 'na ddim byd yno, mi rown 'y mhen i'w dorri."

"Dos o 'ngolwg i," gwaeddodd Maurice yn ei dymer nodweddiadol, a dihangodd Elsie am ychydig i'r ardd gefn, lle gollyngodd dipyn o ddagrau cyn gallu meddwl am gychwyn am y siop i agor honno am y diwrnod. Roedd hi'n dechrau casáu'r hen le. Pryd y bydden nhw'n cael symud i Lundain, tybed? Roedd hi'n hiraethu am weld ei mam.

Pennod 30

Teimlai Ifan Rowlands ei bod yn ddyletswydd arno fynd allan o amgylch y caeau, o leiaf unwaith bob nos. Doedd neb arall ar gael i gadw llygad ar bethau. Daeth y geiriau hynny i'w feddwl drachefn, er na allai yn ei fyw eu priodoli i unrhyw un: 'gwinllan a roddwyd i'm gofal'. Os na chadwai ef ei hun olwg ar bethau, yna Duw a ŵyr beth a allai ddigwydd. Yn ei le yr oedd y marmor i fod, ac yno y dymunai Ifan ei weld yn aros hefyd.

Eto i gyd, ni allai lai na meddwl am dynged William Parry, Pwllpillo. Roedd hwnnw wedi baglu, ac anafu ei ben a marw, yn ôl y sôn. Ai dyna'r oll a oedd i'r hanes? A oedd rhywun yn ei ddilyn, tybed? Onid oedd yr heddlu'n gweld y peth yn od bod William Parry ac yntau, y ddau ohonyn nhw, yn byw ar ffermydd lle roedd enghreifftiau o'r *Mona Marble* i'w cael? Ond roedd y dystiolaeth yn brin, ac ni allai roi dim mwy pendant i gynorthwyo'r heddlu wrth eu gwaith.

Yn ei fyw, ni allai gredu mai Sara a oedd yn gyfrifol mewn unrhyw fodd. Ond a oedd hi wedi trefnu i ryw fyfyrwyr eraill, neu ddynion lleol ddod yno i dorri marmor? Roedd yr heddlu wedi bod yn ei holi hi a'r tiwtor hwnnw ym Mangor y bu'n sôn amdano. Na, ni allai Ifan gredu bod a wnelo Sara unrhyw beth â'r mater.

Doedd dim golwg o neb heno, o leiaf. Ni allai glywed na siw na miw allan ar y buarth nac yn y caeau. Ni chlywai sŵn pell unrhyw fodur ar y ffordd, hyd yn oed. Hwyrach na ddeuent yn ôl yn fuan rhag ofn cael eu dal. Ond roedd perygl mai yn ôl y bydden nhw'n dod yn hwyr neu'n hwyrach.

Wedi 'laru ar ei dasg felltigedig ac wedi blino'n lân, dychwelodd Ifan am y tŷ ac i'w wely, gan geisio peidio â deffro'i wraig yn y broses; gwyddai y byddai'n cael tafod ganddi am fentro allan i'r gwyll o gwbl.

Pennod 31

Trodd Rhys Elidir y coffi yn ei fŷg, a gwyliodd yr ager yn codi ohono. Paned sydyn yn ei ystafell fyddai hi, yn hytrach na mynd i ddal pen rheswm gyda'i gyd-diwtoriaid yn yr ystafell gyffredin y pnawn 'ma. Byddai hynny'n arbed tipyn o amser prin iddo. Cododd y cylchgrawn a orweddai ar gwr ei ddesg, i gael rhywbeth i edrych arno am funud dros ei baned.

Cylchgrawn prin a gafodd gan gyfaill iddo oedd y cylchgrawn casglwyr y porai Rhys ynddo am ryw gwta ddeng munud. Roedd wedi bod yn ysgrifennu'n ddygn, ac roedd yn haeddu mymryn o seibiant bellach. Cydbwysodd ar ddwy droed ôl ei gadair a chodi ei draed ar y ddesg. Ddeuai neb i mewn heb guro, siawns. Roedd wedi gweld sawl un yn syrthio oddi ar ei gadair cyn heddiw yn gwneud y gêm honno, ond dyna ni…

Tynnwyd ei olygon gan ddarlun o fas Tsieinïaidd hardd a gynigid ar werth yn y cylchgrawn. Rhif ffôn de Ynys Môn, os nad oedd yn cyfeiliorni. Fas ychydig yn anarferol hefyd. Symudodd ei draed a sythodd ei gadair yn ôl ar ei thraed. Aeth at y silff ac at ei lyfrau hen bethau a roddai brisiau eitemau a werthwyd yn ddiweddar mewn ystafelloedd arwerthu drwy wledydd Prydain.

Ffliciodd drwy'r tudalennau, a daeth o hyd i enghraifft debyg iawn, os nad yr un math yn hollol. Ie, nid y fas fwyaf gwerthfawr, ond un gymedrol ei gwerth. Miloedd o bunnau. Gallai roi blaendal ar dŷ yn hawdd gyda'r pris y gofynnid amdano am y fas. Nid un gyffredin, fel y rhai a welid yn ffenestri ambell siop pryd ar glud Tsieinïaidd, oedd hon yn y cylchgrawn chwaith. Roedd rhywbeth cain yn ei chylch, a'i phatrwm yn fanwl goeth. Fas anarferol a chain. Gwyddai'n iawn pan oedd yn edrych ar rywbeth o wir werth.

Cymerodd yn ei ben i wirio'r rhif ffôn ar ei gyfrifiadur. Edrychodd ar yr e-bost a oedd wedi ei dderbyn ychydig ddyddiau ynghynt o siop *Relics and Salvage,* Biwmares. Ie, yr un rhif ffôn hefyd. Rhyfedd. Rhyfedd iawn, mewn gwirionedd. Roedd hon yn well o lawer na'r bric à brac a'r sothach a werthid yn y siop, yn ôl yr hyn a welsai ar ei ymweliad byr â'r lle. Onid oedd Sara wedi sôn rhywbeth am rywle i lawr y grisiau?

Ond nid oedd ganddo amser i'w wastraffu. Doedd dim bwriad ganddo brynu'r fas, wrth gwrs. Nid y gallai ei fforddio'n hawdd chwaith. Byddai'n ganmil gwell ganddo brynu tŷ ar hyn o bryd, er bod cymynrodd ewyllys ei nain yn cronni'n araf mewn cyfrif cadw.

Yfodd weddill ei goffi, a gwthiodd ei fŷg i ben draw ei ddesg. Dychwelodd y llyfrau y bu'n ymgynghori ynddynt yn ôl ar y silff, a gwthiodd y cylchgrawn i un ochr, cyn canolbwyntio eto ar y gwaith ysgrifennu o'i flaen. Dyfal donc oedd hi, ond fe ddeuai i'r lan wrth bydru ymlaen. Po fwyaf y byddai'n torri asgwrn cefn y gwaith yn y swyddfa, y lleiaf y byddai ganddo i'w wneud heno yn ei fflat. Roedd gwneud defnydd da o amser yn rhywbeth hanfodol yn y cyfnod oedd ohoni.

Hwyrach hefyd y mentrai ffonio Sara heno, ond doedd o ddim am fod yn bla arni, yn enwedig yn y dechrau fel hyn. Ond byddai mor dda cael clywed ei llais unwaith yn rhagor, pe na bai ond ar ben y ffôn.

Pennod 32

Roedd gofyn cadw'r ochr iawn i Maurice y dyddiau hyn, a dyna pam fod Elsie Jeffreys yn brysur yn glanhau'r creiriau yn y seler. Roedd Maurice yn hoffi gweld popeth wedi ei sgleinio, gan y deuai galw sydyn am ambell i eitem, a byddai'n rhaid postio ar frys, neu hwyrach y galwai cleient ganol nos i godi rhyw archeb. Roedd hi wedi cloi drws tu blaen y siop am ychydig tra gwnâi hynny. Fedrai hi ddim fforddio wynebu Maurice pe bai rhywun yn digwydd dod i lawr y grisiau i'r seler unwaith yn rhagor. Roedd cryn dipyn o waith tynnu llwch oddi ar bob un o'r lluniau a'r fasys hefyd, gan fod cymaint ohonynt, ac arni hi y syrthiai'r gwaith o'u cynnal a'u cadw. Roedd yn bechod na fyddai Gloria'n dechrau tynnu ei phwysau, ond fel'na roedd hi.

Daethai sawl eitem yno at y casgliad gyda llwch blynyddoedd arnynt, heb i'w perchnogion fod yn ymwybodol o'u colli, yn fwy na thebyg. Wedi sylwi eu bod ar goll, roedd rhai perchnogion yn teimlo ei bod bellach yn rhy hwyr i wneud dim o'r peth. Âi eraill at yr heddlu yn y gobaith prin o'u hadfer, ond, yn amlach na pheidio, ddeuai dim o hynny chwaith, fe gredai Elsie. Gyda chreiriau gardd, gallent fod wedi eu gorchuddio gyda phridd, a chymerai gryn amser iddi eu cael yn weddol lân.

Pam yr oedd Gloria'n gallu osgoi ei chynorthwyo gyda'r celfi mor aml, ni wyddai. Doedd hi byth bron yn gweld honno gyda chadach yn ei llaw yn tynnu llwch. Roedd ganddi apwyntiad i gael trin ei gwallt neu harddu ei hewinedd yn rhywle byth a beunydd. Edrych yn hardd, neu cyn hardded ag yr oedd modd, oedd nod Gloria mewn bywyd, ac roedd hi'n cael rhwydd hynt i wneud hynny, yn ôl pob golwg. Prin y byddai unrhyw un yn croesi Dean ynghylch y sefyllfa.

Roedd Maurice wedi sôn na fydden nhw yma ym Miwmares yn hir eto. Gwynt teg ar ôl y lle hefyd, cyn belled ag yr oedd hi yn y cwestiwn. Roedd yn bur amlwg bod gan Maurice ei gymhellion dros symud i Lundain, a hynny ar fyrder, yn ôl yr hyn yr oedd hi'n ei gasglu. Roedd Dean ac yntau wedi hel llwyth o greiriau ar gyfer eu cadw yn y seler yn ddiweddar. Tybed faint ohonynt a oedd wedi cyrraedd yno drwy fusnes cyfreithlon? Fyddai hi ddim ymhell o'i lle, mae'n siŵr, yn dweud, 'dim ohonynt'. Roedd arni ofn beth a ddigwyddai pe bai'r heddlu'n cael gwynt am y pethau hefyd. Gorau oll nad oedd hi'n gwybod rhyw lawer am darddiad yr eitemau, gan na allai hi wedyn ateb cwestiynau'r heddlu, pe bai hi'n dod i hynny. Eto i gyd, roedd hi'n ymwybodol o'u bodolaeth, a fyddai pethau ddim yn dda arni hithau pe bai'r heddlu'n cael gwynt go iawn o'r sefyllfa.

Tynnodd gadach gofalus o amgylch y ddau gawg mawr carreg, cyn symud ymlaen at y darluniau olew. Yn ôl Dean, roedd yr awyrgylch yn iawn yn y seler ar gyfer cadw paentiadau o'r fath rhag braenu. Doedd hi ddim wedi ei hargyhoeddi o hynny chwaith. Rhyw hen le llaith oedd o ar y gorau, ac roedd hi'n amau faint o leithder a oedd yn dda i baentiadau fel hyn.

Nid oedd Elsie wedi llwyddo i gyrraedd y rhes o fasys Tsieinïaidd cyn iddi glywed sŵn gwan y gloch uwchben drws y siop yn canu o bell. Roedd rhywun yno, a byddai'n rhaid iddi fynd i'r siop ar fyrder, er mwyn cael siawns o werthu rhywbeth. Byddai'n rhaid iddi gofio cloi'r seler hefyd, rhag ofn i rywun arall lwyddo i ddod i lawr yma. Pe bai hynny'n digwydd, byddai Maurice yn colli ei limpyn yn lân efo hi ac – nid am y tro cyntaf – yn ei tharo'n gas, hwyrach. Doedd hi ddim yn ffansïo noson mewn ysbyty, neu'n eistedd yn yr adran Damweiniau ac Achosion Brys.

Brysiodd i fyny'r grisiau ac ymorol ei bod yn cloi drws y seler o'i hôl. Rhoddodd wên lydan i'r ddwy ddynes a ddaeth i mewn i wag-symera ymhlith y bric à brac.

Pennod 33

Doedd Peredur ddim yn hapus gyda'r hyn yr oedd Sara wedi ei weld yn y seler yn siop *Relics and Salvage*. Dim bod unrhyw wahaniaeth iddo ef, mewn gwirionedd, beth aflwydd yr oedd pobl eraill yn ei gadw yn eu selerydd. Eto, roedd rhywbeth dirgel ynghylch hyn, fe rôi ei ben i dorri, a byddai'n hoffi dod i wraidd y mater. Hwyrach mai ditectif y dylai fod yn hytrach nag athro ysgol, a'i fod wedi colli ei brif alwad mewn bywyd, meddyliodd. Go brin hefyd.

Roedd plismon ifanc wedi prynu'r tŷ newydd drws nesaf iddo ar y stad, ac roedd wedi siarad gydag ef ambell waith dros y ffens wrth i'r ddau fod yn torri'r lawnt ar yr un pryd. Hwyrach y byddai modd crybwyll yn anffurfiol wrtho yr hyn yr oedd ei chwaer wedi ei weld yn y siop. Doedd arno ddim awydd mynd i roi datganiad swyddogol na dim o'r fath i swyddfa'r heddlu. Pa reswm oedd ganddo i gredu nad oedd y nwyddau hyn yn ddim byd ond rhesymol a chyfreithlon?

"Mae'r glaswellt 'ma'n tyfu'n andros o gyflym," sylwodd Gerwyn, y plismon, gan wthio'i beiriant torri glaswellt ail law, hynafol yr olwg, yn galed yn erbyn y ddaear ar ei sgwâr o lawnt. Welodd Peredur ddim offer mor annhebygol o dorri'n llyfn yn ei ddydd.

Wrth i'r sgwrs symud ymlaen, soniodd am gynnwys y seler yn y siop ym Miwmares.

"Oes gen ti ryw brawf bod eitemau yno yn anghyfreithlon?"

gofynnodd Gerwyn. "Mi fyddai'n rhaid i ni gael rhyw awgrym neu brawf pendant bod rhywbeth o'i le cyn y gall yr heddlu fynd ar ôl y mater. Ond mi gadwa i mewn cof yr hyn wyt ti'n ei ddeud, wrth gwrs, ac mi sonia i am y peth yn anffurfiol yn y swyddfa. Mae'n anodd gweithredu ar ryw led amheuaeth, ti'n gweld."

Doedd dim mwy y gallai ei wneud am y tro, ac felly aeth Peredur i'r garej i gadw'r peiriant torri lawnt am wythnos arall. Fe âi ati i orffen paentio un o'r llofftydd yn awr, cyn i Awen, ei gariad, dalu ymweliad arall â'r lle. Roedd am iddi weld cynnydd yn y gwaith ers iddi ddod i'r tŷ y tro o'r blaen. Byddai'n well iddo ganolbwyntio ar gymhennu ei gartref newydd na rwdlan ynghylch yr hen siop 'na ym Miwmares.

*

Dw i 'di blino'n lân ar y teithio di-ben-draw 'ma, a hynny ganol nos. Dydy dyn yn mynd yn ddim fengach chwaith.

Mae'n waith peryglus hefyd, wrth gwrs. Dw i'n eitha argyhoeddedig bod yr hen ffermwr 'na ym Maes Mawr wedi sylwi bod pobl ar ei dir y noson o'r blaen. Roedd gan Dean awydd ei ddychryn go iawn, i'w atal rhag dod allan i sbecian yn y caeau, ond mi wnes i lwyddo i'w rwystro rhag gwneud hynny. Mae gan Dean ryw duedd i fynd dros ben llestri weithiau. Ro'n innau'n meddwl yn siŵr fy mod i 'di clywed rhywun yn symud o amgylch, led cae, bron, oddi wrthon ni, ond dw i weithiau'n mynd yn nerfus os dw i'n meddwl ein bod ar fin cael ein dal. A wyddech chi ddim efo'r hen fois 'ma ar ffermydd. Hwyrach ei fod yn cario gwn 12 bore neu air rifle, i gadw pla i lawr, neu i fygwth pobl sy'n tresmasu ar y tir. Does gen i ddim awydd diweddu yn y carchar y tro yma. Digon yw digon.

Cof da am gyfnod eitha hir wnes i yn ôl pleser Ei Mawrhydi!

Synnwn i fawr na chafodd yr hen ffarmwr 'na'r heddlu draw i geisio'n dal ni. Bu'n rhaid i Dean, Hayden a minnau ei baglu hi oddi yno heb gael fawr mwy na darn bychan iawn o'r hen stwff 'na. Prin y gellid ffurfio unrhyw ornament o werth efo'r darn, ond mi gawn ni weld eto am hynny. Wn i ddim ydy o'n werth y drafferth yn y pen draw. Does arnon ni ddim eisiau tynnu sylw'r moch o gwbl, wrth gwrs, felly os awn ni ymlaen efo'r trywydd yma, bydd yn rhaid i ni brysuro i gael pethau drosodd, cyn gynted â phosib.

Neithiwr, mi oedden ni'n dychwelyd adre, gyda Dean yn gyrru'n ôl i Fiwmares drwy'r gwyll efo ffenestri lliw a adawyd yn iard gefn Oak Hall yn Swydd Henffordd wrth i'r hen blasty gwag gael ei drin. Maen nhw'n ffenestri godidog, dw i ddim yn deud fel arall, ond mae rhywun yn blino o orfod gweithio yn y tywyllwch o hyd. Beth bynnag, roedd arnon ni ofn cael ein dilyn gan yr heddlu ar y ffordd yn ôl i'r gogledd 'ma, ond doedd dim larwm o gwbl yn Oak Hall, wrth lwc. Mae'n debyg eu bod nhw wedi gobeithio rhoi'r ffenestri yn eu holau yn weddol sydyn ar ôl iddyn nhw ei drin, ond mi fydd yn rhaid iddyn nhw feddwl eto ynghylch hynny.

Mae'r chwe ffenest yn y seler ar hyn o bryd. Rhai crand ydyn nhw hefyd. Lliwgar iawn. Dw i'n gobeithio cael cwsmer yn eitha buan ar eu cyfer. Thâl hi ddim iddyn nhw fod yn sefyll yma'n hir, wrth gwrs, rhag ofn iddyn nhw dorri, neu byddai cost eu trin, a gorfod llogi arbenigwr mewn gwydr lliw. Cael 'madael â'r dystiolaeth y ffordd gyntaf, a chael pres yn ein cyfrif banc, dyna sy'n bwysig. Mi fydd Gloria, gwraig Dean wedi eu rhoi nhw ar y wefan gudd yn eitha cyflym, gobeithio, ac mi gân nhw fynd o 'ma heb oedi, hyd yn oed os bydd yn rhaid i Dean eu danfon i'r perchennog newydd. Yn y nos y byddai hynny eto, wrth gwrs, ond dyna natur y busnes 'ma, ac mae'n rhaid i ni dderbyn hynny.

Yn y cyfamser, mae Elsie'n dipyn o farn ac yn liability *i ni, ond dw i'n meddwl ei bod wedi dallt bod angen cloi'r seler ar bob cyfrif, cyn i neb arall lwyddo i gael mynediad yno. Fedrwch chi ddim bod yn rhy ofalus efo'r Cymry gwirion 'ma. Maen nhw efo'u hen drwynau ym mhobman.*

Gwynt teg ar eu holau nhw pan awn ni i Lundain, ddeuda i.

Pennod 34

Roedd Sara Môn mewn lle afiach, a dweud y lleiaf. Roedd hi mewn seler dywyll laith, heb lygedyn o olau dydd, ac ar ben hynny, roedd wedi ei chloi yno am byth. Byth bythoedd! Gallai farw yno heb i neb ei chanfod yn fyw, ac efallai y deuai rhywrai ar draws ei sgerbwd brau ryw ddydd yn y dyfodol pell. Tragwyddoldeb oedd peth felly. Aeth ias ryfedd i lawr ei hasgwrn cefn. Doedd ei ffôn ddim ganddi, ac roedd hi wedi colli ei llais ar ôl gweiddi'n groch ei bod yn y lle melltigedig. Doedd dim ffenestr i edrych allan drwyddi i unrhyw gyfeiriad. Dim ond rhyw dduwch beunydd o'i hamgylch, ac erchyllter y sefyllfa yn troi fel melin wynt yn ei phen, gyda phob syniad yn arwain at un saith gwaeth. Ac roedd hi yma am byth! Dim dyfodol o'i blaen!

Syrthiodd ar ei hyd unwaith wrth geisio camu dros gawgiau anferth yn y gwyll, ac anafodd ei hun wrth i un ohonyn nhw dorri. Gallai deimlo'r gwaed yn dal i lifo ar hyd ei choes, ac ni allai stopio'r llif. A fyddai'n gwaedu i farwolaeth, tybed? Ai dyna fyddai ei thynged? Ac a fyddai hynny'n well na marw'n araf, yn llwglyd a sychedig?

Llithrodd yn y lleithder, a syrthiodd ar ei hyd ar lawr y seler. Rhoddodd sgrech fud arall.

Yna clywodd sgrechian. Ei llais hi ei hun. A dyna pryd y deffrodd Sara o'i hunllef ryfedd, gan ddiolch i'r drefn ei bod yn ei gwely clyd yn ei fflat, a'r dwfe'n cau'n amddiffynnol amdani.

Roedd hi'n chwys diferol, ond mater bach oedd hynny o'i gymharu â'r hunllef yr oedd newydd ddeffro ohoni. Ofnai am ychydig y byddai'n llithro'n ôl i'r hunllef honno, gan ei bod yn cael ei thynnu'n ôl i'w breuddwyd rywfodd, ond llwyddodd i gadw'n ddigon effro rhag peri i hynny ddigwydd.

    Teimlodd ryw gryndod drwy'i chorff. Cododd ar unwaith i wneud paned o goffi cryf iddi'i hun. Am beth amser, doedd dim ar ei meddwl ond yr hunllef, ac roedd hi'n mynd dros y digwyddiadau a'r teimladau ofnadwy yr oedd wedi ceisio eu gadael o'i hôl.

Pennod 35

Roedd yn ddiwrnod tiwtorial nesaf Sara gyda Rhys Elidir. Penderfynodd wisgo sgert las batrymog gynnes a blows las golau i gyd-fynd â hi. Rowliodd ei gwallt o amgylch ei bysedd, a'i glipio mewn steil deniadol yn uchel y tu ôl i'w phen, cyn gosod pin metel addurnedig i'w ddal yn ei le. Pam yr oedd yn trafferthu y bore 'ma gyda sut yr oedd yn edrych? Pam yn wir! Taro jîns a siwmper amdani a gwisgo'i chôt uchaf gynnes fyddai ei harfer arferol.

Gwyddai'n iawn pam yr oedd yn mynd i fwy o drafferth, pe bai ond yn fodlon cydnabod hynny, ond doedd hi ddim am ymweld, ar hyn o dro, â'r teimladau a oedd y tu ôl i'w hawydd i greu argraff ffafriol ar ei darlithydd. Dim ond diwrnod arall yn trafod ei hymchwil coleg fyddai hwn, felly man a man iddi gadw ei thraed yn solet ar y llawr a chanolbwyntio ar ei gwaith.

"A sut mae fy hoff fyfyrwraig y bore 'ma?" gofynnodd Rhys gyda'i wên arferol.

Teimlai Sara ei hun yn gwrido. Ai fel hyn yr oedd yn cyfarch ei holl fyfyrwyr benywaidd, tybed, meddyliodd. Dyna'i ffordd o, mae'n debyg. Gwiriondeb o'r mwyaf fyddai iddi feddwl mai hi yn unig a oedd yn cael cyfarchiad o'r fath yn groeso ganddo.

Cymerodd Rhys gip ar ei ffeil waith, a mynegi:

"Dw i wrth 'y modd efo'r modd yr wyt ti 'di datblygu

dy draethawd ymchwil ers i ni drafod cynnwys y ffeil y tro diwetha. Rwyt ti'n amlwg yn mwynhau dy waith yn y maes."

Mwynhau'r gwaith, ynteu mwynhau cwmni'r tiwtor, yr oedd hi fwyaf, meddyliodd Sara. Y ddeupeth lawn cymaint â'i gilydd.

Dechreuodd Rhys ei holi ynghylch ei hymweliadau â'r safleoedd cysylltiedig â'r gwaith. Crybwyllodd wrthi fod yr heddlu wedi ei holi ynghylch Pwllpillo. Dywedodd Sara eu bod wedi gofyn cwestiwn neu ddau iddi hithau hefyd am Faes Mawr, yn arbennig.

"Mae'n rhaid iddyn nhw wneud eu gwaith, wrth gwrs," nododd Rhys, "ond wn i ddim beth yn hollol oedd ganddyn nhw mewn golwg." Yna, symudodd ymlaen gyda'r drafodaeth ar ran benodol o'i thraethawd hir, mewn ffordd resymegol a manwl.

"Tybed a oedd rhywbeth rhyfedd y tu ôl i farwolaeth William Parry, Pwllpillo?" gofynnodd Sara ymhen ychydig.

"Mae'n anodd deud," atebodd Rhys. Doedd arno ddim awydd dilyn y trywydd poenus hwnnw. "Ond mae'n amlwg dy fod di wedi cael lluniau gwych o safleoedd y marmor ym Maes Mawr. Digonedd o dystiolaeth hefyd, ddyliwn i."

Edrychodd Rhys yn fanwl eto ar y ffotograffau deniadol yn ffeil Sara. Dangosodd hithau fwy o enghreifftiau iddo ar ei ffôn.

Yna cododd ei ben, ac fel pe bai'n ystyried yn ddwfn yr hyn yr oedd am ei ddweud nesaf, gofynnodd,

"Sara, ddoi di allan am swper efo fi nos Sadwrn i Aberdaron?"

Edrychai'n fregus arni, fel pe bai'n ofni cael ei wrthod.

Nid bod perygl o hynny! Derbyniodd Sara gyda gwên, oherwydd ei bod yn amlwg nad swper i drafod ei gwaith oedd ganddo dan sylw o gwbl y tro yma. Aberdaron? Lle rhamantus os bu un erioed. Ond roedd hi eto'n gadael i'w phen esgyn i'r sêr yn lle sodro'i thraed yn gadarn ar y llawr.

Roedd Rhys wedi pendroni cryn dipyn cyn gofyn i Sara. Y gobaith oedd ganddo oedd cadw'r cyfeillgarwch led braich rhag i neb allu pwyntio bys ynghylch y berthynas rhwng tiwtor a myfyrwraig. Gobeithiai y byddai mynd i ben draw eithaf Pen Llŷn yn atal unrhyw un rhag eu gweld yng nghwmni ei gilydd ar y penwythnos.

Ond sut, mewn difri, y gallai ymladd yn erbyn ei deimladau tuag at y ferch yma a oedd wedi ei swyno o'r cychwyn cyntaf? Ni allai fygu ei deimladau am byth. Mewn gair, roedd wedi syrthio mewn cariad â hi, a doedd dim modd troi'n ôl. Nid oedd modd gwrthsefyll hynny, yn y pen draw.

*

Does dim diwedd ar waith, ond o leia mae gobaith gwneud elw del iawn o'n gweithredu gwyll a phlygeiniol, rhwng popeth. Mi fydda i'n falch o symud o Fiwmares yn ôl i Lundain, ac yn ôl i wareiddiad. Nid i'r lle'r oedden ni yr awn ni'n awr, wrth gwrs, ond i siop fwy diarffordd. Nid ar unrhyw brif stryd. Byddai hynny'n rhy ddrud, p'run bynnag, ar gyfer talu trethi. Mae'r hen ddywediad yn iawn: mae'n haws cau llygad na chau ceg, ac mae hi mor ofnadwy o bwysig cofio hynny bob amser, yn enwedig yn ein busnes ni.

Ond, cyn hynny, mae gan Dean a finnau drip i Ffrainc. I Brocante yr awn ni'n swyddogol, fel petai, yn ein swyddogaeth fel prynwyr nwyddau ar gyfer y siop. Ond, ar wahân i hynny, mae 'na château pellennig yn rhywle yng nghefn gwlad, gerllaw. Mae Dean wedi gwneud ei waith cartre ynghylch y lle. Mae o'n un da am ddod ar draws manylion, mae'n rhaid i mi ddweud. Cysylltiadau da sy ganddo fo, hwyrach, ym mhob twll a chornel o'r hen fyd 'ma. Mae o'n medru cael gair i gall efo pobl y mae o wedi eu cyfarfod mewn ambell i garchar, pobl sy'n fodlon rhoi gwybodaeth iddo fo, gan y bydd yntau'n talu'r ffafr yn ôl un diwrnod.

Mae 'na hen ferch fregus yn byw yn y château hwnnw ar ei phen ei hun bellach, wedi iddi golli ei brawd flynyddoedd yn ôl. Dydy hi ddim yn cadw gweision na morynion erbyn hyn, a dim ond hi ei hun, yr hen ferch anghofus, sydd ar ôl yno, yn byw bywyd tawel yng nghanol ei channoedd o drysorau, heb neb i ymweld â hi. Rhyw sbesimen rhyfedd o'r ganrif a aeth heibio, yn ôl Dean; felly mae rhywun wedi dweud wrtho. Hwyrach y bydd hi'n falch o weld rhywun yn cymryd diddordeb yn yr hen bethau, wyddoch chi ddim. Bod yn glên yn y lle cynta ydy'n polisi ni – Cynllun A fel petai – ac wedyn troi'n gas, os oes raid – Cynllun B. Neu felly y mae Dean yn gweithredu, at ei gilydd, ac mae o'n hen law ar y pethau 'ma. Dydy o'n cymryd dim lol, nac yn gwastraffu amser chwaith.

Y bwriad ydy prynu popeth dan haul yn fudr o rad ganddi, ar bris 'job lot', ond os bydd unrhyw wrthwynebu ar ei rhan, wel, bydd yn hawdd ei chloi mewn un ystafell, a llwytho popeth o werth heb iddi allu ein rhwystro. Fydd hi ddim yn gallu ein disgrifio'n hawdd i'r heddlu, yn enwedig efo'r ddau wig a'r sbectolau tywyll sy gan Dean ar gyfer yr achlysur. Mae hynny ar ben y ffaith nad ydy'r hen ferch yn gweld ryw lawer, p'run bynnag. Yn ôl cyswllt Dean, dydy hi ddim wedi newid ei sbectol ers un ugain mlynedd. Os eith popeth yn iawn, mi allwn ein pedwar ymddeol, heb boeni am fwy o greiriau. Fyddai dim rhaid mwydro efo'r Mona Marble hwnnw, sy'n bygwth bod yn ddim ond melltith, pe bai hyn yn gweithio er ein budd. Troi pob dŵr i'n melin ein hunain, chwedl Dean. Amser a ddengys, wrth gwrs. Ond dyna'r trywydd y bydd yn rhaid i ni ei ddilyn, yn ddiamheuol. Un sgŵp iawn, a dyna ni wedyn. Mi allwn ni orffwys fyth mwy; neu dyna ydy'r syniad, o leia.

Pennod 36

Roedd y swper yn Aberdaron yn bopeth y gallai Sara ei ddychmygu, a mwy, pe bai hi'n mynd i hynny. Y cwmni gorau dan haul, bwyd hyfryd, a thywydd da i deithio yno. Roedd Rhys yn brydlon yn cyrraedd y tu allan i'r fflat i'w chodi.

"Sut wythnos gest ti, felly, Sara?" holodd. "Gyda llaw, rwyt ti'n edrych yn smart iawn."

"Eitha prysur, rhwng popeth," esboniodd hithau. Roedd arni eisiau dweud cymaint yr oedd yn hoffi ei grys o sgwariau gwyrdd a brown hyfryd, ond doedd hi ddim yn meddwl y byddai'n beth doeth iddi wneud sylwadau o'r fath, ar hynny o dro, o leiaf. Roedd ganddi ryw barchedig ofn tuag at Rhys o hyd, ond wyddai hi ddim am faint y byddai hynny'n parhau. Roedd hi'n ysu am ddod i'w adnabod yn well bob tro y gwelai ef. A oedd y crys yn cuddio cnwd o flew ar ei frest ai peidio, tybed?

Soniodd eto, ar y ffordd, am ei phrofiad rhyfedd yn cael ei chau yn y seler ym Miwmares, er ei bod wedi rhyw led grybwyll hynny ar y ffôn eisoes, gan sôn am rai o'r pethau a welsai yno.

"Mae gen i f'amheuon ynghylch y siop 'na," oedd y cyfan a ddywedodd Rhys, cyn newid y pwnc. Roedd yn gweld bod y profiad wedi cael effaith ddrwg ar Sara, ac roedd am osgoi manylu rhagor ar y digwyddiad amheus, rhag i hynny liwio'r noson addawol a estynnai o'u blaenau.

Roedd yn amlwg i Sara nad oedd Rhys am drafod mwy ar y siop ym Miwmares. Doedd siarad am y lle ddim yn gydnaws â noson allan i fwynhau, wrth gwrs, ac felly ni soniodd Sara fwy am y seler dywyll, nac am ei hunllef wallgof, a oedd yn amlwg yn deillio o'i phrofiad anffodus yn y seler honno.

Roedd Rhys yn cael trafferth hefyd wrth geisio esbonio iddi nad oedd yn ddoeth iddynt gael eu gweld yng nghwmni ei gilydd ryw lawer, oherwydd nad oedd am i neb o griw'r coleg allu ei gyhuddo o roi unrhyw ffafriaeth iddi wrth asesu ei gwaith.

Edrychodd Sara yn ddifrifol arno a mynegi ei bod yn deall yr hyn y ceisiai ei ddweud, er nad oedd o wedi rhoi unrhyw wir arwydd iddi bod perthynas go iawn ar fin datblygu rhyngddynt o gwbl. Roedd hi braidd yn y niwl, mewn gwirionedd, ac felly arhosodd yn dawel, yn gwrando arno. Ond yna meddai wrtho:

"Wyt ti am i ni beidio â gweld ein gilydd allan fel hyn eto?"

"O Sara, dw i ddim yn meddwl y daw neb o gwbl ar ein traws ni heno ym Mhen Llŷn, felly gwena, wnei di, yn lle edrych yn ddifrifol arna i."

Roedd y noson yn bopeth a ddymunai. Hen dafarn ganrifoedd oed, bwyd môr newydd ei ddal, llysiau anarferol a hyfryd. Pwdin wedyn a oedd yn ddigon i felysu ei henaid. Gwên slei Rhys wrth ei gweld yn methu â maddau i'w phwdin. Hapusrwydd!

Roedd hi'n dywyll wrth iddynt ddychwelyd, a'r tro yma, wrth barcio o flaen fflat Sara, ni adawodd Rhys hi mewn unrhyw amheuaeth ynghylch ei deimladau, oherwydd cusanodd hi'n gynnes, ac ni chafodd hithau unrhyw drafferth ymateb iddo. Dyna beth oedd nefoedd ar y ddaear. Un o'r eiliadau tragwyddol hynny. Doedd arni ddim awydd ffarwelio gydag ef o gwbl.

"Mae'n well i mi fynd," meddai Rhys o'r diwedd, "neu fydda i ddim yn gyfrifol am yr hyn a allai ddigwydd."

Teimlai Sara eisoes nad oedd hi, o leiaf, yn gyfrifol am ei gweithredoedd. Roedd yn anodd ei weld yn gadael ond nid oedd yn ddigon hy arno i'w wahodd i'r fflat am goffi er mwyn estyn y noson yn ei gwmni.

Pan welodd Sara ef ar un o goridorau'r coleg ryw ddeuddydd wedi hynny, roedd yn ymwybodol na ddylai ddangos i unrhyw un arall mor glòs y teimlai tuag ato, ac ataliodd ei hun rhag mynd i siarad ag ef, gan fodloni ar godi ei llaw a thaflu gwên gyflym tuag ato. Cafodd ei gwobrwyo gyda winc slei a gwên o'i gyfeiriad yntau. Tagodd ei hysfa i nesu ato a rhoi cwtsh iddo, fel y byddai wedi hoffi ei wneud. Meddyliai amdano fel rhyw dedi bêr mawr cynnes, yn ceisio ymwthio tuag ati, gyda'i lygaid lliw cnau a'i wallt golau, lle nad oedd yr un cudyn yn union yn ei le. Roedd ei wallt anystywallt, er nad oedd dim arall yn anystywallt yn ei ymarweddiad, yn ei hatgoffa o ryw brif weinidog, gynt, y gallai ei enwi.

Yn y llyfrgell, wrth fwrw iddi gyda'i hymchwil, ni allai Sara gael Rhys o'i meddwl. Cafodd ei hun yn breuddwydio amdano wrth droi tudalennau cyfrol swmpus, braidd yn ddiflas. Yn arferol, byddai'n gallu canolbwyntio'n weddol, ond heddiw roedd ei meddwl yn dal mewn tŷ bwyta mewn tafarn arbennig yn Aberdaron, gyda Rhys yn gwenu arni dros y bwrdd, ac yn ei hannog i fwynhau'r pysgodyn bras yr oedd hi wedi ei ddewis.

"Gwylia di'r mân esgyrn yn y pysgodyn 'na!" roedd wedi ei rhybuddio, gyda gwên.

Gan nad oedd ganddi unrhyw fodd i ddiolch iddo am ei garedigrwydd tuag ati, penderfynodd Sara y byddai'n coginio teisen iddo ac yn mynd â hi iddo i'r tiwtorial nesaf. Wfft i unrhyw un a fyddai'n camddehongli hynny. Siawns nad oedd gan ferch hawl i wneud teisen arbennig i'w thiwtor, neu a fyddai hynny'n cael ei ddehongli fel cil-dwrn? Twt lol, na fyddai. Fe'i cuddiai mewn tun yn ei bag, a'i rhoi'n ddiseremoni iddo.

Pennod 37

Roedd hanes y seler a'i chynnwys ym Miwmares yn mynnu ymwthio i feddwl Peredur Môn. Dyna a oedd ar ei feddwl, yn wir, wrth deithio i Fiwmares ar wibdaith gyda llond bws o blant a chyd-athrawon i ymweld â chastell Biwmares. Roedd y disgyblion yn gwneud prosiect hanes ar gestyll Gogledd Cymru, ac roedd yr athrawesau hanes wedi gofyn am ei gymorth yntau ar y daith. Roedd gwaith a phleser yn gorgyffwrdd yn rhwydd ar deithiau fel hyn. O oedd, roedd ganddo wir ddiddordeb mewn hanes, ond bod ei ddoniau chwaraeon ac ymarfer corff wedi rhagori mwy pan oedd yn yr ysgol, a'i fod yntau wedi dilyn y trywydd hwnnw'n bennaf yn y coleg.

Prin y cyrhaeddwyd tir y castell nad oedd galw arno i gynorthwyo gydag atebion.

"Plîs Syr, wnewch chi'n helpu ni efo cwestiwn 5 ar y daflen waith 'ma?"

Pedair o enethod mwyaf cydwybodol y criw oedd y rhain, pob un gyda beiro yn ei llaw yn barod i ateb pob cwestiwn ar y daflen a luniodd eu hathrawes hanes ar eu cyfer, ac roedd yn bleser cael eu cynorthwyo. Roedd y criw yma'n sicr â'u bryd ar ennill y bocs siocled a oedd yn wobr i'r grŵp a gâi'r atebion i gyd yn gywir yn yr amser byrraf.

"Wna i siŵr," atebodd Peredur, ond cyn iddo hyd yn oed ddarllen cwestiwn 5 roedd y ddwy athrawes arall yn sefyll o'i flaen, mewn lled banig.

"Dw i wedi gorfod rhoi ffrae i un bachgen, ac mae o a'i ffrind wedi ei heglu hi am y dre. Huw Davies a Gethin Owen," esboniodd Miss Fflur Pritchard, y Pennaeth Hanes.

Gwyddai Peredur am y bechgyn dan sylw, am iddo glywed athrawon eraill yn crybwyll eu henwau yn ystafell y staff. Dau anystywallt a direidus. Na, rhai drwg, mewn gwirionedd, yn gwrando dim ar neb, ond yn mynnu dilyn eu trywydd eu hunain.

"Gadewch hyn i mi," meddai Peredur, gan gydnabod dibyniaeth y ddwy athrawes ar ei ddawn rhedeg ac ystwythder ei gyhyrau fel athro ymarfer corff. Cychwynnodd redeg, felly, o dir y castell, ac o hirbell gwelodd y ddau fachgen yn mynd i mewn, o bobman dan haul, i siop *Relics and Salvage*. Ie, o bob siop y gallent fod wedi ei dewis!

Oedd rhyw felltith ar y siop honno tybed? Oedd hi'n denu plant a phobl i ryw we hyll? Eu gwahodd i drybini? Nac oedd, yn sicr; ef oedd yn dychmygu hynny, siŵr o fod. Nid oedd yn gallu meddwl yn rhesymegol am y lle, oherwydd yr hyn a glywsai gan ei chwaer fach.

Prysurodd yn ei flaen ar fyrder, ac ar ôl cyrraedd mynedfa'r siop, cafodd gip ar y ddau ddrygionus yn busnesu rhwng y silffoedd. Byddai'n eu gwylio o bell ac yn dod ar eu gwarthaf yn ddistaw bach, a gwae nhw wedi hynny, y cnafon bach drwg!

Ond cyn iddo eu cyrraedd gwelodd wraig y siop yn mynd ar eu holau ar frys. Hon oedd y ddynes y daethai ar ei thraws pan oedd ar Sara angen cael ei gollwng o'r seler. Oedd hi'n amau bod y bechgyn yn ceisio lladrata neu rywbeth, tybed? Cyflymodd y ddau hogyn eu camau, a chyn iddo gael atynt, gwelodd y ddau fwrddrwg yn mynd drwy ddrws agored ym mhen draw'r siop, a'r ddynes yn edrych yn gandryll arnynt.

Rhoddodd hynny ryw dro rhyfedd yn stumog Peredur. A oedd y ddau wedi mynd i lawr i'r seler y bu Sara ynddi, tybed?

Digwyddodd popeth gyda'i gilydd rywsut. Ar yr un pryd, cyrhaeddodd dyn o rywle, naill ai o gefn y siop neu drwy'r drws o'r stryd. Syllodd yn fileinig arnynt, ac asesu'r sefyllfa ar fyrder. Yna aeth yn ddiymdroi at fesurydd trydan ar fwrdd pren ar y wal uwchben, a chyn pen eiliad, roedd y golau wedi ei ddiffodd, nes ei bod hi'n lled dywyll yn y siop, er gwaethaf y llygedyn o olau dydd a ddeuai o'r tu allan. Roedd y dyn bellach yn arthio ar y ddynes – ei wraig hwyrach – am adael drws y seler yn agored.

Yn unionsyth, clywodd Peredur sgrechiadau uchel y bechgyn a synhwyrodd eu bod mewn tywyllwch llwyr, a bellach wedi cael braw. Llamodd yn ei flaen at y drws er mwyn cael atynt, a brysiodd i lawr rhyw risiau garreg, yn fwy drwy synhwyro'i ffordd na thrwy'r hyn a welai.

Teimlai reidrwydd arno i fynd i nôl y ddau fachgen a oedd yn methu â gweld i ddod allan, oherwydd eu panig. Gallent hefyd dorri rhywbeth yn y gwyll, neu syrthio dros rywbeth a brifo. Byddai llond trol o helbul yn deillio o ryw ddigwyddiad felly. Byddai rhieni'r plant hwyrach yn gorfod ysgwyddo'r golled pe baent yn torri nwyddau yn y seler, a'r rheiny'n nwyddau gwerthfawr! A gallent fynd â'r ysgol i gyfraith pe bai'r bechgyn yn cael anaf.

Prin eithriadol oedd y golau dydd i lawr yn y seler. Rywsut neu'i gilydd, teimlodd Peredur ddrws arall, ei agor a synhwyro ei fod bellach mewn rhyw fath o ogof neu ystafell danddaearol, gyda'i law yn cyffwrdd wal gerrig anwastad a llaith. Camodd yn ôl i'r seler ar unwaith, o oerni annaearol y lle.

Doedd dim amser i ymchwilio mwy yn y lled dywyllwch. Galwodd ar y ddau fachgen yn lled chwyrn a'u gorchymyn i ymlwybro at y grisiau garreg a'u dringo o'i flaen yn ôl i'r siop, heb oedi o gwbl.

Parhâi'r dyn i fytheirio ac i arthio ar ei wraig, a galwodd yn gas ar Peredur a'r ddau fachgen, gan eu cyhuddo o erchyllterau mewn Saesneg cyflym a lliwgar, a dweud y lleiaf. Roedd y bechgyn wedi dychryn o weld y dyn yn ysgyrnygu o'u blaenau. O ran cwrteisi, ymddiheurodd Peredur, er na chredai o gwbl y dylai'r dyn fod wedi eu rhoi mewn tywyllwch fel y gwnaeth, chwaith. Doedd hynny ond wedi gwneud pethau'n waeth o lawer iddynt i gyd.

Aeth allan ar fyrder ar ôl y ddau fachgen, a'u gorchymyn i gerdded yn ôl i gyfeiriad y castell gydag ef. Roedd y ddau wedi cael tipyn o fraw, a cherddasant yn ôl i gyfeiriad y castell fel milwyr ar barêd, ac yn disgwyl cwrt-marsial maes o law am eu camymddygiad. Fe gaent bryd o dafod, o leiaf.

Roedd yntau'n fwy argyhoeddedig nag erioed bod rhyw ddirgelwch yn perthyn i seler y siop, ond ai ei gyfrifoldeb ef oedd ymchwilio i fater felly? Onid oedd bywyd tawel yn well dewis na gwthio'i drwyn i le nad oedd croeso iddo o gwbl? Roedd yn hollol glir eisoes nad oedd croeso i'r bechgyn ysgol fynd i browla i'r seler.

P'run bynnag, roedd cael trefn ar y daith o amgylch y castell yn ddigon am y tro. Roedd yn rhaid iddo yntau ganolbwyntio ar gynorthwyo'r disgyblion, er bod ei feddwl yn mynnu gwibio at gynnwys y siop ryfedd yn y stryd gerllaw.

Daeth y pedair merch fach ato maes o law gyda bocs siocled agored.

"Gymerwch chi siocled, Syr? Ni sy 'di ennill cystadleuaeth Cwestiynau'r Castell!"

Derbyniodd Peredur un siocled yn llawen.

"Llongyfarchiadau!" meddai, gan wenu ar y merched.

Pennod 38

Bu'n wythnos brysur yn yr ysgol, rhwng popeth, ond roedd Peredur ac Awen wedi trefnu i fynd i Gaer y dydd Sadwrn canlynol. Bwriad Awen oedd mynd i siopa, ac roedd Peredur am ymweld â'r amgueddfa a cherdded y waliau er mwyn trefnu trip arall i blant yr ysgol tua diwedd tymor y gwanwyn. Roedd yn gyfle gwych iddo gasglu gwybodaeth ar gyfer taflen waith y byddai'n ei llunio i gyd-fynd â'r daith. Trefnodd i gwrdd ag Awen ychydig yn ddiweddarach, wedi iddo fod yn cywain gwybodaeth yma ac acw. Roedd yn llawer gwell ganddo hynny na cherdded o amgylch siopau dillad merched.

Yn ôl yng nghwmni Awen, mwynhaodd y ddau ginio yng nghornel dawel un o'r tafarnau a oedd yn cynnig dau ginio rhost am bris un. Roedd prynu tŷ wedi gorfodi Peredur i fod yn ddarbodus.

Trafododd Awen y dillad newydd y cawsai fargen arnynt, a chanmolodd Peredur ei dewis, ond cododd ei aeliau wrth glywed beth oedd pris ambell un ohonynt. Ar y funud, roedd y tŷ newydd yn bwyta i'w holl gynilion ariannol ei hun, ond o leiaf roedd pethau'n siapio'n ddel gyda'i gartref newydd.

Wedi cinio, aethant am dro heibio ambell i siop ddiddorol yng nghwmni ei gilydd. Tynnwyd ei sylw wrth edrych yn ffenest un o'r mân siopau. Yng nghornel y siop hen bethau honno, gwelodd ddysgl fechan o farmor. Onid oedd Sara, ei chwaer, yn sôn byth a beunydd am farmor gwyrdd-ddu? Gofynnodd am ei gweld. Ie, *Mona Marble* oedd hon, roedd bron yn sicr, er na welsai enghraifft ohono ei hun erioed. Roedd Sara wedi sôn cryn dipyn am y marmor pan ymwelodd ag ef, pan ddaeth i gynorthwyo gyda'r paentio.

A oedd y ddysgl yn deillio o ryw oes o'r blaen, pryd yr arferid defnyddio'r marmor yn gyfreithlon i greu eitemau? Neu a oedd hi wedi ei chreu'n ddiweddar, o farmor a oedd wedi ei symud yn anghyfreithlon, er enghraifft? A'r pris?

Doedd neb arall yn y siop fechan ar y pryd, felly gofynnodd Peredur am y pris i'r dyn a safai y tu ôl i gownter bychan oedd wedi ei osod ar draws un gornel o'r siop. Trodd y dyn y ddysgl wyneb i waered, a darllen y cod oddi tani. Yna cyfeiriodd at ryw lyfr oedd ganddo ar y cownter, a darganfod y pris.

"Gwerthu ar ran y perchennog rydan ni," esboniodd yn Saesneg. "Yr un perchennog sy'n gwerthu'r nwyddau ifori." Pwyntiodd y dyn tuag at yr ornaments wedi eu gwneud o ifori a safai ar ddodrefnyn gerllaw.

"Fedrwch chi ddeud wrtha i pwy ydy'r perchennog?" gofynnodd Peredur.

"Na fedra. Mi fyddai hynny'n groes i bolisi'r siop," esboniodd y dyn. "Dydy'r telerau cydweithio ddim yn caniatáu i ni ddadlennu enw gwerthwr unrhyw arddangosfa yn y siop. Felly y mae ein polisi masnachu ni'n gweithio."

Gwyddai Peredur fod hen ifori i'w gael mewn eitemau bychain cerfiedig ar gyfer cau mentyll Siapaneaidd, sef y *netsuke*, ond nid hynny oedd yma chwaith. Rhai gweddol newydd eu gwneuthuriad oedd y rhain, o leiaf i lygad Peredur. Roedd angen lladd eliffantod i gael ifori, pensynnodd. Ai ifori anghyfreithlon oedd hwn, tybed, oedd wedi ei lunio ar ffurf teclynnau mwy modern yr olwg?

P'run bynnag, roedd y ddysgl farmor yn costio llawer mwy nag yr oedd yn bwriadu ei dalu, hyd yn oed pe bai'n meddwl prynu o gwbl. Crocbris yn wir! Roedd rhywun yn sicr o fod yn gwneud elw del o hon, ac, os oedd yn tybio'n iawn, roedd ganddo led syniad yng nghefn ei feddwl pwy oedd y rhai a oedd yn gwerthu'r marmor a'r ifori. Hwyrach, fodd bynnag, ei fod yn ceisio rhoi dau a dau efo'i gilydd, a gwneud pump, a phethau ddim yn gweithio felly'n hollol.

Dywedodd na fyddai'n prynu ar hyn o dro. Diolchodd i'r dyn y tu ôl i'r cownter, a llyncodd Peredur ei boer cyn gadael y siop, gydag Awen wrth ei gwt.

Pennod 39

Roedd carwriaeth Peredur yn mynd rhagddi fel tân gwyllt. Roedd Awen ac yntau'n sicr ar yr un donfedd.

"Wyt ti am ddŵad draw i weld y gwaith addurno diweddaraf ar y tŷ?" gofynnodd i Awen ar y ffordd adref. "Mi ddeudais i wrthat ti bod Sara wedi bod yma'n paentio'n ddygn un diwrnod. Rhwng popeth, mae'r lle'n dechrau dŵad i drefn."

Cytunodd Awen y byddai'n dod i weld y gwaith. Nid oedd angen rhyw lawer o berswadio arni.

"Mi allwn innau ddŵad draw i dy helpu di efo'r paentio ryw dro, os leci di," cynigiodd.

"Mi fyddai hynny'n wych. Mi gei di fy helpu i ddewis lliwiau, os leci di. Mae Sara bob amser yn deud 'y mod i'n ddall bost i liwiau sy'n cyd-fynd, ac mae hi'n deud na ddylwn i fynd am liw magnolia ym mhobman, er bod hynny'n haws weithiau."

Gwenodd Awen ei chydsyniad.

Yna trefnodd Peredur ar ei ffôn iddynt gael y pryd parod cyntaf wedi ei ddanfon i'r tŷ newydd, i'w fwynhau o flaen y teledu, y ddau ohonynt. Diwedd ardderchog i ddiwrnod da.

★

Mi rydw i wrth 'y modd yn ymweld â'r wefan gudd. Gyda gwefan ddirgel fel hon rydan ni'n gallu masnachu heb i lygad barcud awdurdod darfu arnon ni a rhoi eu bysedd yn ein potes, fel mae pobl yn dueddol o wneud y dyddiau hyn. Er, dw i'n sicr bod 'na bobl sy'n ceisio cael mynediad i wefannau fel hon, sef y moch, gan amlaf. Mae gormod o fusnesu ym musnes pobl eraill, yn enwedig mewn lle bach fel Biwmares. Mae gormod o lawer o ymyrryd, at fy chwaeth i. Laissez faire ydy'r ffordd orau o ddigon. Gadael i'r byd fynd yn ei flaen, heb ymyrryd byth a beunydd efo pobl eraill.

Ac mae pobl yn ymddangos yn y siop, ac yn cyrraedd y seler mewn camgymeriad neu ar ryw berwyl neu'i gilydd byth a hefyd. Dyna'r dyn 'na y diwrnod o'r blaen, oedd yn gyfrifol am y bechgyn hynny – yr un dyn yn union ag a welodd Elsie yn dŵad i chwilio am y ddynes ifanc 'na a lwyddodd i fynd i lawr i'r seler a chael ei chloi yno. Rhyfedd, yn wir. Dan ni ddim eisiau gweld mwy o'u siort nhw'n synhwyro o gwmpas y lle ma.

Wel, mi fu'n rhaid i mi feddwl yn gyflym, a sicrhau bod y seler mewn tywyllwch. Roedd y dyn 'na'n edrych yn ddigon od arna i am 'neud hynny hefyd. Hwyrach bod yr hyn wnes i wedi codi amheuon, ond eto i gyd, roedd yn well hynny na bod y crinc yna'n cael cyfle i weld cynnwys y seler a'r ystafell bellach yn glir, a dŵad i gasgliadau ynghylch ein busnes ni. Roedd yn dda o beth 'y mod i wedi meddwl am y swits wrth y mesurydd, ac wedi gallu gweithredu ar fyrder. Mae'n rhaid i'n teip ni feddwl ar ein traed. Gêm felly ydy hi, yn y bôn.

Hwyrach mai camgymeriad hefyd oedd i ni geisio gwerthu nwyddau drwy'r siop 'na yng Nghaer, erbyn meddwl, ond mae'n rhaid i ddyn wneud be' fedr o i gael dau ben llinyn ynghyd. Roedd rhyw ddyn a dynes wedi bod yn holi am brisiau eitemau sydd gynnon ni ar werth yno, yn ôl dyn y siop, ac wedi holi pwy oeddan ni hefyd. Doedd o ddim wedi ein henwi ni, ac mae hynny'n wyrthiol, o ystyried y math o bobl rydan ni'n gorfod ceisio gweithio efo nhw.

Na, wir, does dim rhy ofalus i fod. Dw i'n benderfynol, fodd bynnag, y bydd y pedwar ohonon ni'n gallu 'madael am Lundain cyn gynted ag y bo modd rŵan. Dyna'r unig ffordd allan o'r picil presennol 'ma. Mi wnawn ni ychydig mwy o fusnes efo'r sothach bric à brac yn Llundain hefyd, gobeithio. Mwy o boblogaeth a mwy o arian parod.

Mi faswn i'n taeru bod rhywbeth yn bod ar ben Elsie'r dyddiau yma. Mae hi'n gwneud gormod o gamgymeriadau gwirion, fel gadael drws y seler yn agored. Mae hi'n hen bryd cael diwedd arnyn nhw a symud ymlaen. Lle newydd, dechrau newydd. Mae hynny fel pe bai'n gweithio bob amser. Am ychydig, o leiaf. Ond mi fedrwn ni bob amser symud ymlaen o Lundain i rywle arall os bydd raid. Bydd cyrraedd Llundain yn ddigon i ddechrau arni, gobeithio'n wir!

Beth pe bai rhywun yn digwydd cael gwybod mai ni sy'n ceisio gwerthu yn y siop 'na yng Nghaer? Syniad Gloria oedd hwn yn y gwraidd, ac mi gytunais i y byddwn i'n mynd i weld y dyn. Mi wnes i ei siarsio fo – y dyn oedd yn rhedeg y busnes ar gomisiwn – nad oedd o i ddatgelu enw'r gwerthwr ar boen ei fywyd. Addawodd gadw'r enw'n gyfrinachol, ac roedd yn dra awyddus i wneud busnes pellach efo Relics and Salvage, *meddai fo. Gawn ni weld am hynny! Mae wastad berygl y bydd rhyw Gymry busneslyd yn ymweld â'r lle, ac yn dechrau holi a stilio.*

Peth arall dw i am rhoi sylw iddo fo'n fuan iawn ydy chwalu'r enw Relics and Salvage *oddi ar ochr y fan. Mae wedi bod yn hysbyseb da i'r busnes, ond, o bwyso a mesur pethau, byddai'n well heb yr enw gan nad ydan ni am dynnu sylw at holl fynd a dŵad y fan y dyddiau hyn. Dydw i ddim am roi unrhyw reswm i neb ein stopio, neu ein holi wrth i Dean a finnau fynd allan ambell i noson hwyr, a dychwelyd yn blygeiniol.*

Pennod 40

Y NOS WENER ganlynol, pan oedd wedi picio i'r archfarchnad yn gymharol hwyr, sylwodd Peredur ar fan anferth *Relics and Salvage* yn goddiweddyd ei gar ar frys gwyllt, ar ddarn digon peryglus o'r ffordd. Roedd yn nosi'n gyflym, a dim ond prin y gallai ddarllen yr enw ar y fan o gwbl. Byddai'n dywyll erbyn i'r fan fawr gyrraedd Biwmares.

Penderfynodd Peredur yn sydyn y byddai'n ei dilyn i ben ei thaith. Rhywbeth annoeth, ystyriodd, y funud y gwnaeth y fath benderfyniad. Doedd o ddim am dynnu sylw ei fod yn dilyn y fan chwaith. Dywedodd wrtho'i hun nad oedd un rheswm digonol iddo ei dilyn o gwbl. Roedd ganddo ddigon yn digwydd yn ei fywyd ei hun, heb ymhél â bywyd neb arall.

Mynd adref a noswylio fyddai'r peth call iddo fo ei wneud, wrth gwrs. Ffonio Awen ac yna ymlacio o flaen y teledu. Hwyrach y byddai arni hi awydd galw yno. Yn y pen draw, pa wahaniaeth iddo fo fyddai'r hyn a wnâi perchnogion *Relics and Salvage,* ac nid ei le fo oedd cadw goruchwyliaeth arnyn nhw. Ond peth arall oedd chwilfrydedd, a chwilfrydedd a enillodd y ddadl y tro yma, fel sawl tro arall gyda Peredur.

Parciodd ei gar yn ddigon pell fel na fyddai'n tynnu sylw ato'i hun. Neidiodd allan, a symudodd yn llechwraidd, gan guddio y tu ôl i wal gyferbyn â'r siop. Roedd y fan wedi'i pharcio bellach ar y palmant o flaen y siop, a dyn y lle a dyn arall wedi agor drws y ffrynt, ac yn dadlwytho yn y gwyll. Ni roddwyd y golau trydan ymlaen, ac nid oedd fflachlamp gan yr un o'r ddau. Dim ond y golau o ffenestri'r dafarn gerllaw a daflai unrhyw lewyrch ar y digwyddiadau ac ar y symudiadau llechwraidd.

Gofynnodd Peredur iddo'i hun unwaith yn rhagor beth aflwydd yr oedd yn ei wneud yn busnesu yn y fan hyn yn lle bod gartre yn gwylio gêm bêl-droed ar y teledu ac yn gorffwys ar ddiwedd dydd. Pa wir ddiddordeb iddo oedd ymhel â symudiadau siop fel hyn?

Beth oedd y dynion yn ei ddadlwytho tybed? Craffodd arnynt. Roedd y ddau'n gweithio'n dawel fel y bedd, heb sgwrsio o gwbl. Credai mai eitemau gardd yr oeddent yn eu dadlwytho ar y funud. Cafodd ei hun yn cuchio ac yn craffu gymaint ag y gallai.

Roedd pwysau ar y nwyddau hefyd, oherwydd roedd y ddau yn gafael un bob pen i ambell i gawg. Gallai ddweud eu bod yn drwm o'r ffordd yr ystumiai'r ddau eu coesau o dan y baich. Ai o ryw erddi bonedd y daeth y rhain? Ail-law oedden nhw, yn ôl pob golwg, er mai prin y gallai gadarnhau hynny yn y gwyll fel hyn. Oni fyddai'n haws gwagio'r fan liw dydd, er mwyn sicrhau na thorrid y creiriau? Y gwir oedd, yn sicr, na ddymunid dadlwytho yng ngolau dydd. Dyna'r casgliad y daethai Peredur iddo.

Gwelodd bâr o filgwn mawr hyfryd o garreg neu farmor, neu hyd yn oed o alabastr, yn cael eu cludo o gefn y fan fawr am y siop, os gallai gredu ei lygad yn y lled dywyllwch. Doedd dim wedi ei becynnu mewn papur na chardfwrdd, fel y byddent pe baent wedi eu prynu o ffatri. Yna dadlwythwyd pâr o lewod nobl, a arferai sefyll y naill ochr i borth rhyw gartref mawreddog, hwyrach. Dau gawg arall urddasol yr olwg a ddadlwythwyd nesaf.

Parhâi'r ddau ddyn i weithio'n dawel ac yn fwriadus, ac roeddent yn amlwg yn deall ei gilydd i'r dim, fel pe bai'r dasg dan sylw yn ddim gwahanol i'r hyn a wnaethent sawl tro o'r blaen.

Yna'n sydyn, disgynnodd carreg o'r wal fechan y cuddiai Peredur y tu ôl iddi. Ai ef oedd wedi pwyso yn ei herbyn yn ddiarwybod iddo'i hun? Torrodd sŵn y garreg ar dawelwch y nos. Digwyddodd pethau wedyn yn rhyfeddol o gyflym.

Heb oedi, troddy dyn a welsai Peredur yn y siop i'w gyfeiriad, a pharlyswyd Peredur gan ofn am eiliad, eiliad digonol i'r dyn ruthro i'w gyfeiriad a gafael ynddo'n ddiymdroi. Ceisiodd Peredur ei ryddhau ei hun, gan ymwingo o afael y dyn. Roedd o'n ffit, on'd oedd, diolch byth. Athro ymarfer corff. Ond yna, ar fyrder, roedd y dyn arall yno hefyd, a rhwng y ddau, doedd ganddo ddim gobaith dianc o'u gafael. Beth oedd o wedi'i wneud i haeddu hyn? Roedd gan y gath hawl i edrych ar y frenhines, yn ôl yr hen ddywediad.

Teimlodd ei hun yn cael ei lusgo ar draws y ffordd, gydag un dyn bob ochr iddo, i mewn i'r siop ac i lawr y grisiau tywyll i'r seler, ac i rywle a ymdebygai i ogof ymhellach draw drwy ddrws arall. Roedd y fan honno'n dywyllach fyth, heb yr un ffenestr i adael golau dydd i mewn. Llanwodd yr arogl llaith ei ffroenau.

"Gan dy fod yn hoffi'r lle 'ma gymaint..." meddai'r dyn a welsai'n gynharach yn y siop, gan ei wthio ymlaen yn ddiseremoni.

Caewyd y drws yn glep arno, a chlywodd yr allwedd yn cael ei throi yn nhwll y clo yr ochr arall. Duw â'i helpo.

Gwaeddodd yn groch nes teimlo'i wddw'n gryg. Doedd ei ffôn ddim ganddo, a beiai ei hun am hynny. Roedd wedi ei adael yn y car. Yna eisteddodd mewn anobaith llwyr yn yr ogof laith a thywyll, yn pendroni beth a wnâi nesaf, ac yn gwaredu'r dydd y penderfynodd ddilyn y fan o gwbl.

Oni fyddai'n ganmil gwell pe bai wedi meindio'i fusnes ei hun! Byw bywyd tawel, heb roi ei fys ym mhotes neb arall? Ond roedd yn rhy hwyr i hynny erbyn hyn!

Pennod 41

AETH HYDOEDD HEIBIO. Roedd rhywun yn colli synnwyr o amser. Trôi syniadau ym mhen Peredur fel chwrligwgan gorffwyll. Roedd yn gas gan ddyn ifanc cyhyrog fel ef gyfaddef bod arno ofn, ond dyna oedd y gwir. Ofn yr hyn a oedd o'i flaen o dan law sinachod fel hyn.

Ddaeth cwsg ddim i'w ran y noson honno o gwbl. Dim cwsg. Dim bwyd. Dim ffôn arno. Dim modd cysylltu ag Awen na'i rieni. Dim yw dim. A hynny i gyd oherwydd ei wiriondeb ffôl ei hun. Pa bryd y dysgai ei wers!

A'r cyfan oll oherwydd ei fod wedi bod yn rhy fusneslyd er ei les ei hun, heb fod unrhyw reidrwydd arno i ymwneud â'r bobl hyn. Gadael llonydd i'r byd fynd heibio heb ymyrryd o gwbl oedd ei swyddogaeth ef. Pryd y byddai'n deall hynny? Bu'n noson hirfaith a diflas, a dweud y lleiaf. Eisteddai yn ei gwman mewn lle llaith, â'i ben yn ei blu.

Roedd yn teimlo fel petai wedi ei osod mewn rhyw ddwnjwn canoloesol gan farwn a'i trechodd mewn brwydr, ac a ddymunai ei gadw'n gaeth. Ond roedden ni yn yr unfed ganrif ar hugain yn awr, meddyliodd Peredur. Oedd o wedi camddehongli pethau, wrth iddo feddwl bod pobl yn ymddwyn yn fwy gwaraidd erbyn hyn? Doedd y natur ddynol fyth yn newid, yn ôl pob golwg.

Er mor dywyll oedd y lle heb fath o olau trydan, o'r diwedd gallai Peredur synhwyro bod y wawr wedi torri ar ddiwrnod arall. Roedd ansawdd y tywyllwch wedi newid rhyw gymaint. Diwrnod cymysg a dryslyd, heb lymaid o de na choffi, na dŵr, hyd yn oed. Bellach roedd ganddo gur pen. Os oedd ganddo ei amheuon ynghylch y busnes yma cyn hyn, roedden nhw'n awr wedi eu cadarnhau ddwywaith drosodd. Nid yn unig hynny, ond beth a ddeuai i'w ran yn nwylo melltigedig y dynion hyn, tybed? Roedd ei ddyfodol yn y fantol, os oedd ganddo ddyfodol o gwbl. Dynion gwyllt oedd y rhain, a oedd yn colli'u limpyn yn hawdd iawn. Dau *loose cannon* yn sicr ddigon.

Tybiodd iddo glywed sŵn yn treiddio i'r seler ar un adeg. Gwaeddodd, ond i ddim pwrpas. Bellach, ni wyddai beth oedd orau, ai cael ei anwybyddu yn y fan yma neu gael ei ryddhau a'i gosbi mewn rhyw fodd. Ai yma y byddai'n llwgu i farwolaeth, a rhywun yn dod o hyd i'w sgerbwd mewn oes ddiweddarach? A fyddai'n gweld golau dydd fyth eto? Sylweddolodd sut yr oedd ei chwaer yn teimlo yn y seler. Roedd ef yn awr mewn man pellach, gwlypach a thywyllach fyth.

Bellach, roedd amser wedi hedfan, waeth pa mor araf y teimlai'r amser ar y pryd, ac roedd hi'n dechrau tywyllu unwaith yn rhagor. Byddai'n noson arall ddi-gwsg, ddi-gysur a di-orffwys.

Ond, o'r diwedd clywodd rywun yn dod. A oedd hynny'n beth da neu ddrwg? Sŵn traed cyflym. Cyflymodd curiad ei galon yntau wrth ddisgwyl amdanynt. Daeth un o'r dynion, yr un oedd yn cael ei alw'n Dean, a gwthio gwn yn erbyn ei asennau.

"Symud yn gyflym," gorchmynnodd Dean yn ei acen *Cockney*. "Does gynnon ni ddim amser i'w wastraffu ar sgym busneslyd fel ti!"

Pe na bai gwn ganddo, byddai Peredur wedi ceisio'i daro, gan ei fod yn ieuengach ac yn debygol o fod yn fwy ffit na

Dean. Ond, os oedd y gwn wedi ei lwytho, peth gwirion fyddai ceisio gwneud dim, rhag rhoi unrhyw esgus iddo danio'r arf. Doedd o ddim yn edrych yn foi cyfrifol i fod y tu ôl i faril gwn ar y gorau, ac mi allai fod yn ddigon parod i dynnu'r gliced. Roedd yn well ufuddhau iddo, felly.

Gyrrwyd Peredur ar fyrder gan Dean o'r ogof, drwy'r seler, i fyny'r grisiau i'r siop ac allan drwy'r drws, heb unrhyw amser iddo gael ei wynt ato. Yn y gwyll, gwthiwyd ef i mewn i gar a safai'r tu allan.

"Gollyngwch fi'n rhydd. Dw i 'di g'neud dim o'i le!" sgrechiodd Peredur, ond i ddim pwrpas. "Dim ond edrych oeddwn i."

Nid oedd y daith yn y car yn un hirfaith o gwbl, a ddywedodd yr un o'r dynion air wrtho, dim ond sibrwd yn dawel yn y sedd flaen. Wedyn, llusgwyd ef yn ddiseremoni o'r car gan y ddau, Dean a Maurice, fel y clywsai hwy'n galw ei gilydd wrth glustfeinio. Roeddent wedi cyrraedd rhywle anghysbell ar lan y môr, rhywle na allai ei adnabod drymedd nos, oherwydd clywai Peredur sŵn y tonnau'n torri a gallai anadlu'r heli. Roedd cwch pysgota'n aros amdanynt.

Roedd y ddau ddyn bellach yn gafael ynddo mewn modd na fedrai dorri'n rhydd oddi wrthynt. Teimlai Peredur ei hun yn cael ei fwrw i'r cwch, eto'n ddiseremoni gan freichiau cydnerth Dean a Maurice. Roedd sŵn cryf yn injan y cwch, a chyn i Peredur gael cyfle i ddod i delerau â'i gynefin newydd, ymaith â'r cychwr yn ddi-oed drwy fôr digon gwyllt yn y tywyllwch, nes y teimlai Peredur yn swp sâl, er nad oedd dim yn ei stumog y gallai ei daflu i fyny ar wahân i fustl chwerw.

Gallai nofio'n weddol, ond nid oedd yn nofiwr arbennig o gryf, ac nid oedd yn meddwl llawer o'i siawns o neidio dros ochr y cwch, hyd yn oed pe bai'n rhydd i wneud hynny. Ond roedd Dean a Maurice fel glud wrth ei ymyl, ac yn rhoi eu holl sylw iddo. Pe bai'n ceisio neidio, byddent yn gafael yn ei sgrepan ar fyrder, neu'n ei wthio i'r dwfn yn y gobaith y byddai'n boddi. A byddai honno'n ddamwain arall na fyddai modd ei chysylltu â'r un o'r ddau.

Er na fu yno erioed, daeth yn amlwg mai i Ynys Lannog, neu Ynys Seiriol, fel yr oedd yn fwy adnabyddus hwyrach, yr oedden nhw'n mynd ag ef, oherwydd gallai weld goleudy Trwyn Du hyd yn oed yn nüwch y nos. Yno, onid oedden nhw am ei foddi cyn cyrraedd. Fyddai neb ddim callach pe baen nhw'n gwneud hynny; bwyd i'r pysgod fyddai. Rhedodd ias i lawr asgwrn ei gefn wrth iddo ddychmygu mai eu bwriad, yn fwy na thebyg, oedd ei fwrw dros ochr y cwch i foddi yn y culfor, gan na chredai y byddai'n gallu nofio i'r lan.

Ond ymlaen yr aeth y cychwr, a chyrhaeddwyd yr ynys. Cyn i'r cwch gael amser i lanio, llusgwyd a bwriwyd Peredur yn ddiseremoni allan ohono, er gwaethaf ei brotestiadau. A oeddent am ei ladd ar yr ynys, tybed? Fyddai neb yn darganfod ei gorff am hydoedd, roedd hynny'n sicr; pa reswm fyddai gan neb i ddod i chwilio amdano yn y fan honno?

Dim ond ag adar y cysylltai Peredur y lle, ac ni fyddai unrhyw un arall yn dychmygu am eiliad mai yno y byddai ei gorff, yng nghanol yr adar. Byddai'n fwyd i adar y môr. Dychmygodd y tyllau yn ei benglog lle byddai'r fwlturiaid wedi tynnu ymaith ei lygaid. Byddai wedi mynd ar goll fel cannoedd o bobl o'i flaen, o bosib. Hwyrach bod Dean a Maurice wedi gwneud yr un peth gyda rhywrai o'i flaen ef, a'u bod yn hen gyfarwydd â'r dull yma o gael gwared â phobl.

Fodd bynnag, wedi gwthio'i gorff ymlaen ryw ganllath i dir yr ynys a'i droi'n rhydd, fel tynnu tennyn oddi ar gi, dychwelodd Dean a Maurice yn ddiymdroi i'r cwch a gwelodd

Peredur y cychwr a hwythau'n dychwelyd am dir mawr Ynys Môn, gyda'r cwch yn codi ac yn disgyn dros y tonnau yn y gwyll. Ni allai weld y cwch o gwbl ymhen rhai llathenni. Roedd yntau'n gaeth ar yr ynys unig heb hyd yn oed gôt i'w gadw'n gynnes, ac oerfel y nos yn cydio ynddo.

O leiaf, roedd wedi gweld cefn Dean a Maurice am y tro, ac anadlodd yn ddwfn am y rheswm hwnnw'n unig. Eto i gyd roedd y dyfodol cyn dduwed ag enw goleudy Trwyn Du.

Beth aflwydd a wnâi'n awr? Ai ei dynged, felly, oedd dihoeni i farwolaeth ar yr ynys fechan yma? A fyddent yn dychwelyd i'w ladd rywdro eto? Gobeithiai Peredur y byddai hynny'n digwydd yn gyflym, os felly. O leiaf byddai'n ddiwedd ar y mater dieflig a di-synnwyr.

Y môr oedd ei unig achubiaeth, ond ni allai feddwl am funud am neidio i'r dŵr gwyllt ac oer, a gobeithio cyrraedd rhyddid y lan yr ochr draw. Gwyddai na fyddai'n llwyddo i wneud hynny, ac felly pa bwynt fyddai ymaflyd yn erbyn y tonnau, dim ond i golli'r dydd p'run bynnag? Nid oedd y posibilrwydd o foddi'n apelio ato o gwbl chwaith.

Cerddodd o amgylch ryw fymryn yn y gobaith o ganfod rhywle mwy cysgodol na'i gilydd, rhag awel fain y nos. Roedd ei chwant am fwyd a diod wedi ei adael ers amser bellach ac roedd ganddo boen yn ei stumog.

Penderfynodd eistedd ar glwt o dir nad oedd yn fwy cysgodol nag unrhyw lecyn arall, yn y diwedd, ac eisteddodd yno'n dihoeni am weddill y nos yn y gwynt main.

Pennod 42

Daria, doedd Peredur ddim yn ateb ei ffôn, ac roedd Awen wedi bod yn ceisio'i ffonio ers awr neu ddwy bellach. Prin y byddai ei ffôn wedi ei ddiffodd oni bai ei fod mewn gwers yn yr ysgol. Ond doedd hynny ddim yn bosib yr adeg yma o'r dydd a doedd Peredur ddim yn codi'r ffôn nac yn ei ateb, ac roedd hynny'n peri dryswch pur i Awen. Rhwystredigaeth hefyd, oherwydd doedd hyn ddim yn nodweddiadol ohono o gwbl. Hwyrach y byddai wedi mynd draw ato am ychydig, pe bai wedi clywed ganddo. Roedd hi rhwng dau feddwl mynd i'w dŷ i weld a oedd popeth yn iawn, ond doedd arni ddim eisiau bod yn fwrn arno chwaith.

Byddai Peredur yn ei ffonio y peth diwetha cyn noswylio bob nos, oni fyddai wedi ei gweld y noson honno. Rhaid ei fod wedi blino'n lân ac wedi mynd i gysgu neu rywbeth. Neu rywbeth? Neu beth? Hwyrach y ffoniai Sara, er mwyn gweld a oedd hi'n gwybod rhywbeth, ond efallai mai mynd i weld a oedd ei chariad gartre fyddai orau cyn gwneud unrhyw beth arall.

Pennod 43

Roedd Sara yn crafu ei phen yn ceisio dychmygu lle y gallai Peredur fod. Doedd o erioed wedi mynd i ryw dafarn ac yfed yn wirion, nes ei fod o allan o'i go. Fyddai o byth yn aros am hydoedd yng nghartref ei rhieni, onid oedd rhyw greisis sydyn wedi codi ei ben. Doedd ganddi ddim syniad beth i'w ddweud wrth Awen, ond cafodd syniad sydyn.

"Dw i'n gw'bod," meddai ar y ffôn wrth Awen, "bod Peredur wedi cymryd rhyw ddiddordeb rhyfedd yn y siop honno ym Miwmares. *Relics and Salvage*. Oes a wnelo hynny rywbeth o gwbl â hyn? Go brin hefyd."

Roedden nhw wedi bod yn meddwl am unrhyw le dan haul y gallai Peredur fod ynddo, ac wedi dychmygu popeth a phobman. Roedd Awen bellach wedi picio draw i'r tŷ yn y Borth, a gweld nad oedd golwg o Peredur yn unman.

Ffoniodd Sara ei rhieni wedi hynny.

"Mam, dach chi wedi gweld Peredur?"

Gwyddai'n syth wedi i'w mam ddweud nad oedden nhw wedi ei weld, y bydden nhw'n poeni eu hunain yn sâl, ac felly ceisiodd fod yn ysgafn ei thôn.

"Mae'n siŵr mai wedi picio i rywle y mae o. Mi ffonia i chi'n ôl cyn gynted ag y gwela i o, neu y clywa i gynno fo."

Pe bai yn y dafarn y noson gynt, pam nad oedd ei ffôn ganddo? Oedd o mewn ysbyty wedi cael damwain, tybed?

Yna ffoniodd Rhys hi, fel yr arferai wneud ganol bore, ac esboniodd wrth hwnnw bod ei brawd ar goll.

"Mae arna i ofn ei fod o wedi mynd i fusnesu yn y siop 'na ym Miwmares," mynegodd wrth Rhys. "Mae o'n rhy fusneslyd er ei les ei hun. Wastad eisiau cael at wraidd unrhyw broblem."

"Yli, mi ffonia i rai o'r hogia eraill dan ni'n dau yn eu nabod, dim ond rhag ofn y bydd rhywun yn gw'bod rhywbeth o'i hanes. Mi ffonia i chdi'n ôl cyn gynted ag y bydda i'n gw'bod rhywbeth. Mae o'n fwy tebygol o fod wedi cysgu ar soffa un o'i ffrindiau, yn magu pen mawr."

Doedd Rhys ddim yn credu hynny rywsut chwaith. Roedd Peredur wedi callio gryn dipyn ers dyddiau coleg.

Meddyliodd Sara y byddai'n well iddi fynd i Fiwmares i gael at wraidd y mater. Doedd ganddi ddim syniad sut yn y byd y byddai'n gallu ei achub chwaith, petai angen hynny. Hwyrach yr arhosai am ychydig, rhag ofn bod ateb symlach i absenoldeb Peredur.

Pennod 44

Sicrhaodd Maurice Jeffreys ei fod yn cloi'r seler ac yn cloi drws ffrynt y siop yn ofalus cyn neidio i mewn i gar Dean. Roedd y merched eisoes yng nghefn y car. I ffwrdd am Lundain â nhw i weld y siop y byddent yn ei rhedeg yno. Ac nid cyn pryd chwaith, ym meddwl Maurice.

Pwysodd Dean ei droed ar y sbardun. Cynta'n y byd y byddent yn gadael yr hen ffordd wael o Fiwmares i'r Borth, gorau'n y byd. Rhyw hen ffordd a allai ddisgyn oedd hon pan oedd tipyn o wynt neu dywydd gwael. Wedyn, ar yr A55, gallai roi ei droed i lawr go iawn a phrysuro am yr M6 a'r M1. A hei lwc, byddai'n cyrraedd Llundain cyn pen dim. Mynd oedd orau, rhwng popeth.

Roedd yn anffodus eu bod wedi gorfod dangos be oedd be i'r dyn busneslyd 'na. Synnai Dean ddim na fyddai'r heddlu ar eu holau erbyn hyn. Doedd dim ffôn gan y dyn, roedden nhw wedi sicrhau hynny. Er, wrth gwrs, fyddai dim modd i'r carcharor symud o'r hen ynys 'na os nad oedd am fentro nofio, a fyddai o ddim yn medru dweud dim wrth yr heddlu fel arall. Credai bod Maurice ac yntau wedi dod dros y miri 'na ar y fferm yn Rhoscolyn hefyd heb i'r moch allu cael dim arnyn nhw.

Felly, gwynt teg ar ôl Biwmares ac Ynys Môn. Mi fydden nhw'n dychwelyd am gyfnod byr i drefnu pethau eto, wrth gwrs, i gau'r lle a symud y nwyddau. Roedd gormod o fusnesu mewn lle bach fel yna. Roedden nhw wedi meddwl y byddai'n lle delfrydol, ymhell o bobman, ond doedd hynny ddim wedi bod yn wir. Gadael i bethau setlo ryw ychydig oedd orau cyn dychwelyd yno.

Gyrrodd ymlaen ar ffrwst gan wybod y byddai Elsie a Gloria'n dal eu gafael yn y sedd gefn, yn lle malu awyr a rhyw fân siarad beunydd, am steil gwalltiau a'u hoffter o'r persawr diweddara, beth bynnag oedd hwnnw'n debygol o fod ar y pryd. Gwyddai fod y ddwy yn dechrau gofidio braidd ynghylch y dyn hwnnw ar yr ynys. Merched! Yn gallu bod yn rhy deimladwy o lawer er eu lles. Byddai'n well pe na bai Maurice wedi sôn am y peth o gwbl wrthyn nhw, ym marn Dean.

Pennod 45

Yn dilyn galwadau gan y fyfyrwraig, Sara Môn, a rhyw Miss Awen Parry, yn pryderu bod Mr Peredur Môn ar goll, a bod hwyrach ryw gysylltiad gyda siop *Relics and Salvage*, aeth dau gar plismon i Fiwmares i weld beth yn union oedd yn digwydd yn y siop.

Roedd rhywbeth yn amlwg y tu ôl i'r adroddiadau rhyfedd gan y merched am ryw seler, a phobl yn cael eu cau yn y seler, a sôn am ryw waliau llaith a goleuadau'n diffodd a phopeth. Anghredadwy yn y dydd oedd ohoni! Roedd fel rhywbeth o'r canol oesoedd, o wrando ar y merched yn mynd drwy'u pethau, ond man a man i'r heddlu gael eu gweld gan y cyhoedd yn ymchwilio, ac yn dilyn unrhyw drywydd posibl, er bod popeth yn dipyn o ffars, a dweud y gwir. Soniodd un o'r plismyn ifanc hefyd fod Peredur wedi amlygu amheuon wrtho yn yr ardd, wrth dorri'r lawnt un diwrnod, ynghylch y siop.

Aeth Cwnstabl Derec Huws rownd i gefn y siop, a churodd Cwnstabl Merfyn Parry ar y drws ffrynt. Yn amlwg, doedd y lle ddim ar agor heddiw, ac roedd arwydd 'ar gau' ar y drws.

"Beth petai'r dyn wedi ei gau yn y seler?" gofynnodd Cwnstabl Morfudd Pritchard.

"Wel, dan ni wedi gweiddi'n uchel a does dim ateb. Y gwir ydy, dim ond meddwl oedd y merched fod Peredur Môn yma. Doedd ganddyn nhw ddim sail o gwbl i gredu hynny'n bendant. Dychymyg byw, faswn i'n deud."

"Does gynnon ni ddim gwarant i falu'r drws a mynd i mewn," rhesymodd Merfyn Parry. "Mi fydd yn rhaid i ni adael pethau fel ag y maen nhw am y tro, a chadw llygad barcud ar y lle o hyn allan."

Dychwelodd y ddau gar heddlu yn ôl i Borthaethwy ar ôl siwrnai seithug, i bob pwrpas. Roedd Peredur Môn yn dal ar goll, a doedd gan neb fawr o syniad lle gallai fod.

Pennod 46

Roedd Peredur ar ei gythlwng erbyn hyn. Dim bwyd. Dim diod, ar wahân i ddŵr y môr, ac roedd hwnnw'n rhy hallt o lawer. Doedd ganddo fawr o nerth nac awydd gwneud dim. Roedd yn ceisio dyfalu drwy'r amser sut y byddai'n gallu ffoi. Gwyddai bellach ei fod yn rhy wan i geisio nofio i'r tir mawr. Gresynai braidd na fyddai wedi mentro yn y dechrau, doed a ddelo, a chymryd ei siawns. Ond wedyn…

Dychmygai bob ffordd dan haul o gael i'r lan yr ochr draw, ond doedd dim gobaith yn y byd y gallai eu rhoi ar waith. Nofio. Cael ei achub gan hofrennydd neu awyren oddi fry. Cwch neu long yn mynd heibio. Ond sut aflwydd y byddai neb yn gwybod ei fod yno er mwyn ceisio'i achub yn y lle cynta? Ac wedi'r cyfan, faint o gychod a fyddai'n mynd heibio Ynys Seiriol? Nid Bae Napoli mo'r fan hon, a phrin oedd y llongau pleser a alwai yng Nghaergybi, heb sôn am Ynys Seiriol! Waeth iddo roi'r ffidil yn y to ddim. Roedd yn wynebu ei ddiwedd, doedd dim dwywaith am hynny.

Meddyliodd am ei berthynas ag Awen, ei gariad tuag ati, a'r dyfodol posib a oedd yn ymddatod o'u blaenau. Meddyliodd am ei rieni, a oedd yn poeni yn ei gylch, yn sicr erbyn hyn, o'i weld heb gysylltu yn ôl ei arfer, ac am Sara, ei chwaer. Beth fyddai hi'n ei feddwl, tybed? Roedd hi'n amlwg iddo fod Sara wedi disgyn mewn cariad â Rhys Elidir, un o'i ffrindiau gorau, er nad oedd hi wedi dweud hynny mewn geiriau. Rhyfedd o fyd. A waeth iddi heb â cheisio cuddio'r ffaith, roedd yn ei hadnabod yn rhy dda.

Ond fyddai o, Peredur, ddim o gwmpas bellach i weld twf ei berthynas ei hun na pherthynas Sara. Mi fyddai'r dynion 'na'n dychwelyd efo'r cychwr, ac yn rhoi terfyn ar ei fywyd, oni fyddai wedi marw eisoes. Dychmygodd am funud sut y byddai hynny'n digwydd. Ei foddi'n fwy na thebyg. Byddai'n rhy wan i fedru ymorol amdano'i hun. Doedd o ddim wedi medru dal ei dir yn erbyn y ddau ddyn 'na y noson felltigedig honno ym Miwmares, gwaetha'r modd, heb sôn am rŵan, ac yntau'n teimlo'n saith gwaeth ac yn wan fel cath. Ai fel hyn yr oedd Gulliver yn teimlo yn *Gulliver's Travels*, yr hen nofel honno y bu gofyn iddo'i darllen yn hogyn ysgol?

Ceisiodd gyfri'r oriau ers pan fu yma ar yr ynys. Gormod o lawer i fod heb fwyd na diod o unrhyw fath. Meddyliodd am Robinson Crusoe hefyd ar ynys bellennig yn y llyfr arall hwnnw y bu rhaid iddo'i ddarllen yn yr ysgol. Ond dim ond adar oedd ar ynys Seiriol, a neb byw i ddal pen rheswm efo nhw. Neb o gwbl. Byddai'r unigrwydd rhyfedd yn sicr o effeithio ar ei iechyd meddwl yn hwyr neu'n hwyrach, yn arbennig os byddai yma'n hir yn pydru'n raddol. A oedd o i fod i ddal a bwyta un o'r moelrhoniaid? Sut oedd yn mynd i'w goginio, a chaniatáu y gallai ddal un yn y lle cyntaf? Fo, Peredur, a oedd wedi arwain grwpiau o blant ysgol i aros yn Nyffryn Crafnant er mwyn dysgu sgiliau iddynt. Yn eironig, doedd ganddo ef ei hun ddim syniad o gwbl sut y byddai'n gallu goroesi'r caethiwed yma ar Ynys Seiriol.

Tybed a fedrai roi ryw arwydd i unrhyw un ar y lan? Tynnu ei grys T a'i grogi'n uchel ar ryw fast neu'i gilydd? Ond doedd dim polyn o gwbl at y pwrpas. Lle i adar, ac adar yn unig, oedd yr ynys yma. Cofiodd am Branwen a'i drudwy, ac ystyriodd bod yr adar hynny'n fwy atebol na'r moelrhoniaid yma o'i amgylch. Fyddai'r rhain ddim yn mynd â neges i neb, gwaetha'r modd!

Mae'n rhaid ei fod wedi cysgu rhywfaint, o flinder. Deffrodd o ryw hunllef annifyr, lle roedd yn cael ei boenydio drwy gael tynnu ei gorff i bob cyfeiriad. A dyna pryd y gwelodd rywbeth tebyg i gwch yn dynesu at yr ynys. A allai gredu mai dyna ydoedd? Neu a oedd yn rhyw barhad o'i hunllef ryfedd? Ai gweld pethau yr oedd, oherwydd ei newyn? O bell, gallai hwn fod yn gwch a oedd yn cludo Maurice a Dean. Craffodd yn daer arno'n dynesu dros y tonnau tawel. Roedd yn ddydd, a llygedyn o haul allan i gynhesu rhywfaint ar ei gorff wedi iddo fferru, bron, yn ystod y nos.

Ie, cwch ydoedd, yn bendant. Craffodd arno, a dynesodd y cwch o dipyn i beth. Yn awr gallai ei weld yn gliriach. Nid y cwch a ddaethai ag ef i'r ynys ydoedd, chwaith. Cwch pleser o faint, yn ôl pob golwg, gyda dyrnaid da o bobl ar ei fwrdd ydoedd. Ond sut yr oedd yn mynd i dynnu sylw pobl mewn cwch o'r fath? Gallent fynd heibio, gryn bellter o'r ynys, heb sylwi ar ddyn pitw fel ef o gwbl.

Ceisiodd ei ysgwyd ei hun o'i ddigalondid, a daeth yr adrenalin i'w gynorthwyo. Hwyrach, dim ond hwyrach, nad oedd ei ddiwedd wedi cyrraedd wedi'r cyfan.

Rhedodd yr ychydig lathenni a oedd rhyngddo a'r môr. Chwifiodd ei freichiau, fel pe bai'n orffwyll. Hwyrach bod gorffwylltra wedi cael gafael arno, o ran hynny. Gwaeddodd yn groch. Neidiodd, er mwyn ceisio tynnu sylw at ei sefyllfa anobeithiol, a gweiddi eto.

"Help!"

Yna gwelodd ddwy ddynes yn anelu camera at yr ynys, yn tynnu lluniau'r moelrhoniaid, yn ôl pob golwg. Byddent yn dychmygu mai rhyw dwrist gwirion ydoedd yntau, mae'n debyg, ac yn chwifio'u dwylo'n ôl arno wrth forio heibio ar eu mordaith o amgylch y glannau.

Ond yna, rhoddodd un ddynes bwniad i'r llall, ac edrychodd y ddwy yn syth i'w gyfeiriad. Chwifiodd y ddwy eu breichiau tuag ato. Chwifiodd yntau ei freichiau'n orffwyll a gweiddi'n daerach eto. Oedden nhw'n deall ei sefyllfa, ynteu'n meddwl mai chwifio'i freichiau wrth iddynt fynd heibio yr oedd? Beth fwy y gallai ei wneud?

O'r diwedd, gwelodd Peredur bod un wedi mynd i siarad â'r capten. Ac yna, o fewn eiliadau, roedd y cwch yn newid cyfeiriad rhyw gymaint ac yn anelu'n uniongyrchol at yr ynys. A oedd gobaith iddo gael ei achub, wedi'r cyfan? A oeddent wedi deall bod arno angen cymorth?

Dechreuodd y merched ar y cwch alw arno, a daliodd yntau i weiddi ac ysgwyd ei freichiau, wrth i'r cwch ddynesu at y lan gyda phob ton ysgafn. Roeddent bellach yn ei glywed ac yn deall mai gweiddi am gymorth yr oedd.

Ac yna, o'r diwedd, cyrhaeddodd y cwch y lan, a llwyddodd capten a mêt y cwch pleser i dynnu Peredur ar ei bwrdd. Roedd wedi gweiddi'n groch, a theimlai'n ddigon sigledig ar ei draed oherwydd diffyg bwyd, diod a chwsg.

Cafodd le i eistedd ac yna, o'i holi pryd y cafodd bryd o fwyd ddiwetha, dyna dair o'r merched yn rhannu eu brechdanau a chynnwys eu bocs picnic gydag ef. Tywalltodd un o'r dynion goffi o fflasg dal iddo, a honno, yn ddiamheuol, oedd y baned orau a brofodd Peredur erioed. Edrychodd Peredur ddim i weld beth oedd llenwad y brechdanau, oherwydd ei fod mor falch o gael tamaid o fwyd.

"Felly pam dach chi ar yr ynys 'ma?" gofynnodd y dyn efo acen Saesneg de Lloegr, mewn penbleth.

Ceisiodd Peredur esbonio rhywfaint am yr hyn a ddigwyddodd. Edrychai'r bobl braidd yn anghrediniol arno. Agorodd un dyn ei lygaid led y pen, ac edrych arno'n ddigon od. A oeddent yn teimlo mai rhyw wallgofddyn wedi colli'i bwyll a'i gof ydoedd, ac ar ben hynny, ei fod yn rhaffu stori gelwyddog? Gwyddai Peredur ei fod yn edrych yn eitha sigledig, ond roedd y dyn yma'n edrych arno fel pe bai wedi colli ei feddwl yn lân. Nid oedd Peredur yn meddwl bod y dyn yn credu'r un gair o'i stori. Edrychai un neu ddau arall arno fel pe bai wedi ei adael ar yr ynys yn rhan o ryw branc gwirion noson stag, er enghraifft.

"Cymerwch sosej rôl arall," perswadiodd un o'r gwragedd Peredur, fel pe bai bwyta sosej rôl yn mynd i'w adfer o'i orffwylltra, neu ddod ag ef at ei goed.

Teimlai Peredur ei hunan yn dadebru'n raddol bach, ac yn dod yn fwy rhesymol o dipyn i beth, gan ateb cwestiynau'r teithwyr yn fwy credadwy, er mor wirion y swniai'r hanes. Roedd y rhai a wrandawai arno yn gegrwth, a'u llygaid ar agor led y pen, ond o leiaf bellach, roeddent yn edrych arno fel pe baent yn credu ei fod yn dweud y gwir, yn hytrach nag fel rhyw lembo meddw ar hanner sobri.

"Mi fydd gofyn i chi fynd i'r ysbyty i weld ydy popeth yn iawn ar ôl digwyddiad fel hyn," meddai'r capten, ond ysgydwodd Peredur ei ben.

"Na, does dim angen hynny," meddai, "dw i'n teimlo gryn dipyn yn well erbyn hyn."

Yn y diwedd, wedi gwneud ei orau i resymu ag ef, cymerodd y capten ef ar ei air. Roedd y cwch ar ei ffordd yn ôl i Fangor, ond penderfynodd y capten ollwng Peredur ym Mhorthaethwy, o weld ei fod yn fwy atebol nag a ddychmygai ar y cychwyn. Roedd Peredur ei hun yn teimlo'n well o lawer erbyn hynny.

Roedd wedi cynhesu ac wedi dadebru'n eithaf da gyda'r coffi a'r brechdanau.

Yn sicr ddigon, fe âi i weld yr heddlu ynghylch hyn, ond y cyfan yr oedd arno eisiau ei wneud yn gyntaf oedd newid ei ddillad a mynd i'w wely ei hun i gysgu o dan y dwfe cynnes am rai oriau. Teimlai nad oedd wedi cael cwsg ers talwm iawn. Byddai wedyn yn gallu rhoi adroddiad gwell i'r heddlu. Doedd dim a allai gael effaith well ar rywun nag ychydig o oriau o gwsg.

Yn y cyfamser, wedi iddynt gael golwg dda ar y siop arfaethedig yn Llundain, roedd Maurice ac Elsie Jeffreys a Dean a Gloria Ranger-Smith ar eu ffordd yn ôl i Fiwmares. Doedd dim modd iddynt osgoi dychwelyd i roi trefn ar bethau cyn gallu symud yn barhaol i Lundain, ac wrth gwrs, symud cynnwys y seler a'r ogof y tu draw iddi yn ystod y nos i'r brifddinas. Byddent wedyn yn medru symud ymlaen gyda'u bywydau.

Ond cyn hynny, roedd llygaid Maurice a Dean ar gwblhau'r dasg o dorri a symud gweddill y marmor heb oedi mwy. Byddai hwnnw hefyd yn cael mynd yn uniongyrchol i Lundain a byddai'n fwy hygyrch i'w symud i'r cyfandir, neu dros yr Iwerydd, fel y byddai'r galw gydag archebion ar y wefan gudd.

"O, gyda llaw, mi fydd yn well i chi fynd â thamaid o fwyd a diod i'r dyn busneslyd 'na sydd ar yr ynys," meddai Elsie. "Does arnon ni ddim eisiau marwolaeth ar ein dwylo os gallwn ni beidio. Mae'n siŵr ei fod o bron â llwgu bellach."

Sut yr oedd wedi bod mor ffôl â sôn wrth Elsie am y dyn, ni wyddai Maurice. Roedd gofyn iddo yntau ddysgu cau ei geg ambell waith.

Meddyliodd Maurice am yr hen ffermwr yn y lle Pwllpillo hwnnw am funud. O leiaf, doedd Elsie'n gwybod dim am hwnnw. Roedd ei farwolaeth ef ar eu dwylo hefyd, pe bai'r moch yn cael gwynt ar hynny.

"Gobeithio y bydd o wedi dysgu ei wers, ac na fydd o'n mynd yn syth at yr heddlu," mynegodd Maurice. "Dan ni angen amser i ddianc efo'r nwyddau o'r Ynys Môn bellennig 'ma."

"Fyddai neb fawr callach pe bai o'n aros ar yr ynys, allan o'n ffordd ni am dipyn mwy," meddai Dean. "Does dim angen poeni gormod am ei fwydo fo, ddyliwn i."

"Does arnon ni ddim eisiau iddo farw o newyn chwaith," meddai Elsie, "neu mi allwn ni gael ein harestio am ei lwgu o, ar ben popeth arall, os daw'r moch i wybod am y peth."

"Dim ond os bydd rhywun yn darganfod hynny," atebodd Dean.

"Dyna ddigon am y dyn yna," meddai Maurice. "Mi eith Dean a finnau draw efo'r cychwr pan fydd hi wedi nosi. Ac wedi hynny, bydd noson dda o gwsg yn ein gwelyau ein hunain yn fendithiol i ni, cyn ein taith eto cyn pen dim yn ôl i Lundain."

*

Mae'n siŵr y byddai'n well i Dean a finnau bicio draw i'r ynys 'na efo'r ychydig frechdanau sydd gynnon ni dros ben ar ôl y daith i Lundain – dim ond digon i'w gadw fo'n fyw a gadael yr ychydig hylif sydd ar ôl gynnon ni yn y poteli diod ar ei gyfer. Mi fydd Dean a finnau'n sicr o'i rybuddio fo, y dyn gwirion iddo fo, na fydd o'n gweld y tir mawr fyth eto os ydy o'n meddwl mynd at yr heddlu.

Mae gan Dean ryw ffordd o allu dychryn unrhyw un pan fo gofyn am hynny. Mae ei edrychiad o'n ddigon i rai. Dyna'i natur o, ac mae o'n reddfol wrth ymateb i bobl, ac yn brofiadol mewn trin pobl sy'n tarfu ar ei gynlluniau. Mae o'n gallu troi fel cwpan mewn dŵr, o fod yn neis neis, ar yr wyneb o leia, i fod yn genau cas pan fo'n teimlo'r angen i weithredu. Mae hynny wedi'n cadw ni'n dau rhag mynd i helbul lawer gwaith, a chadw pobl ar hyd braich. Mae creu tipyn o arswyd mewn pobl yn gallu gweithio'n ffafriol i ni ar adegau.

Cael gafael ar Tricky Hayden ar fyrder fydd ei angen yn awr. Mae hwnnw efo'i fys ym mhob potes hefyd, ac yn un anodd cael gafael arno ambell waith. Rhif ffôn gwahanol ar gyfer y cyhoedd, a rhif ffôn arall ar gyfer ei gyfeillion agos, fel ni. Bydd yn rhaid i ni weithredu ben bore 'fory er mwyn trefnu ei fod o'n dŵad efo ni i dorri'r marmor felltith 'na unwaith eto, fel y gallwn ni lenwi'r fan a gwneud trip hwyr i Lundain yn y nos.

Ond digon i'r diwrnod ydy hi am heddiw. Dydan ni'n cael fawr o gyfle i eistedd efo'n traed i fyny.

Pennod 47

ROEDD ELSIE JEFFREYS wedi gafael yn y brechdanau a oedd ar ôl ganddynt yn y bocs wedi'r daith i Lundain, ac ambell i botel o sudd ffrwythau, a'u stwffio'n ddiseremoni i ryw focs bychan a oedd ganddynt yn y tŷ. Roedd Dean wedi cael gafael ar y cychwr, a ffwrdd â Maurice a Dean o'r tai yr oeddent yn eu rhentu'n gyfagos, am y cwch. Ni fuont fawr o dro yn y gwyll yn croesi i Ynys Seiriol.

Byddai'n well cadw'r dyn yn fyw er mwyn arbed tynnu mwy o sylw atyn nhw'u hunain, meddyliodd Maurice. Hwyrach mai cam gwag oedd mynd â fo i'r ynys yn y lle cyntaf, ond roedd o wedi bod yn niwsans ac roedd angen dangos be oedd be iddo fo. Siawns na fyddai hynny wedi dysgu gwers iddo beidio â busnesu efo neb arall a meindio'i fusnes ei hun, o hyn allan. Mi fydd y cenau gwirion yn sicr wedi cael amser i ystyried pethau ar yr hen ynys 'na. Gobeithio y bydd o wedi callio, ac y bydd yn arswydo rhag sôn amdanon ni weddill ei fywyd.

Neidiodd Dean a Maurice i'r lan ar Ynys Seiriol wedi i'r cychwr dynnu'r cwch at ochr y tir. Doedd dim angen gwastraffu llawer o amser yn gwneud hyn. Wedi'r cyfan, ynys fechan oedd hi. Dechreuodd y ddau edrych o'u hamgylch, yma ac acw. Aeth y ddau i gyfeiriadau gwahanol.

Ond lle roedd y mwnci gwirion? Doedd bosib ei fod wedi cael lle i guddio ar ynys mor fechan! Hwyrach ei fod wedi llewygu. Ond yn lle? Oedd o wedi ceisio neidio i'r môr a boddi, tybed? Hynny oedd wedi digwydd, roedd Maurice yn bendant; hwyrach ei fod o'n fwy o ffŵl nag a ddychmygent. Doedd dim ar y newyddion bod dyn yn y môr, ond hwyrach y byddai'r pysgod wedi gloddesta ar ei gorff cyn iddo dynnu sylw neb. Roedd gobaith, felly, na fyddai ei gorff yn dod i'r lan.

A hithau'n ynys fechan, ni chymerodd lawer o amser i Dean a Maurice redeg yma ac acw yn y gwyll yn ceisio cael gafael ar eu carcharor, ond aflwyddiannus fu eu hymdrechion.

"Lle rwyt ti'r mwnci gwirion?" galwodd Maurice, ond roedd hynny fel siarad â cherrig byddar.

"Fedrwn ni ddim cadw'r cychwr i aros am fwy o amser," meddai Dean o'r diwedd. "Mae'n rhaid ei fod o wedi neidio i'r dŵr a cheisio nofio. Y ffŵl gwirion iddo fo. Wedi boddi, fwy na thebyg."

"Gobeithio felly na fydd neb yn darganfod ei gorff o. Er, fydd gan neb fawr o syniad ein bod ni'n gysylltiedig â'r mater, ddyliwn i," sylwodd Maurice.

Byddai'n dda gan Maurice pe gallai gytuno â Dean, ond heb unrhyw brawf mai wedi boddi yr oedd y dyn, roedd meddwl Maurice yn aflonydd hollol yn dychwelyd gyda'r cychwr am y lan yr ochr draw. Wyddech chi ddim beth allai'r ffŵl gwirion ei wneud! Ac ella'i fod o'n gallach nag roedden nhw'n ei feddwl.

Trefnodd Maurice eu bod yn cysgu am ychydig oriau ac yn cychwyn yn ôl am Lundain yn syth wedyn. Mynd ar unwaith oedd y peth callaf iddynt yn awr, a dychwelyd pan fyddai pethau wedi tawelu. Ie, dychwelyd – i nôl yr hen farmor hwnnw, gan obeithio y byddai'n werth y drafferth.

Pennod 48

BEN BORE DRANNOETH, wedi cysgu'n drwm a bwyta fel ceffyl, ffonio Awen, ei rieni a Sara ei chwaer, aeth Peredur ar ei union i swyddfa'r heddlu.

"Eich dal a'ch symud efo cwch i Ynys Seiriol!" meddai'r plismon yn anghrediniol. "Chlywais i erioed am y fath beth yn digwydd o'r blaen!" meddai, fel pe na bai'n credu'r hyn a ddywedai Peredur wrtho. "Wnaethoch chi sefyll yn gadarn yn erbyn hynny?"

"Roedd dau ddyn yn gafael ynof i," ceisiodd Peredur esbonio, "a gwn gan un ohonyn nhw."

Aeth yn ei flaen i roi manylion y profiad chwerw o'r funud y'i daliwyd y tu allan i'r siop, tan y cyrhaeddodd yn ôl i Borthaethwy drwy garedigrwydd y cwch pleser a'i deithwyr meddylgar.

"O ia," meddai Peredur cyn gadael. "Roedd Maurice a Dean yn sôn am Lundain. Newydd ddŵad o Lundain, ac ar eu ffordd yn ôl i Lundain, os deallais i'n iawn."

"Gadewch bethau efo ni," esboniodd y plismon a oedd wedi cymryd datganiad ganddo. "Mi wnawn ni'n gorau i gael gafael arnyn nhw."

Roedd llawer o bobl bellach wedi sôn wrth yr heddlu am gastiau pobl *Relics and Salvage*. Roedd yn hen bryd cael gafael arnynt, a chael at wraidd y mater, ystyriai'r sarjant.

Pennod 49

CYSYLLTODD YR HEDDLU ym Mhorthaethwy â Heddlu'r Metropolitan ar fyrder.

"Dach chi'n brysur?" holodd Sarjant Davies.

"Dan ni dan y don efo gwaith! Pobl ifanc efo cyllyll ar y strydoedd!" atebodd y sarjant yn y pen arall.

"Dan ni'n chwilio am bedwar o bobl sy wedi dod i Lundain ar fyrder, ac sy'n bwriadu agor siop yn rhywle. Adfer hen greiriau y maen nhw, ond eu bod yn lladrata eitemau gwerthfawr yma ac acw, o erddi bonedd ac yn y blaen, yn ôl yr hyn dan ni'n ei amau," aeth Sarjant Davies ymlaen.

"Oes rhywun wedi ei lofruddio?" holodd y sarjant ar ddyletswydd yn Llundain.

"Wel, nac oes, dim hyd y gwyddon ni, ond…"

"O, does neb wedi'i ladd. Ychydig iawn fedrwn ni'i wneud, felly, dan yr amgylchiadau. Dw i wedi cymryd manylion personol y pedwar, hynny dach chi'n ei wybod, ond 'sgynnoch chi ddim manylion ym mha ardal y maen nhw ar fin agor siop?… Na'u cyfeiriad nhw yn Llundain?… Mi gymera i ddisgrifiad o'u pryd a'u gwedd, sut maen nhw'n edrych, fel petai, os gwyddoch chi hynny… Mi wnawn ni'n gorau, ond fedra i addo dim. Mi fyddwch chi'n deall bod Llundain yn fawr, wrth gwrs, a sgynnon ni ddim staff i fynd ar ôl pob congl o'r ddinas 'ma… Cofiwch mai'r heddlu dan ni, dim etifeddion Paul Daniels, ac mae hud a lledrith y tu hwnt i ni. Ond fel y deudais i, mi wnawn ni'n gorau."

Gofynnodd Sarjant Davies iddo'i hun pam yr oedd yn gwastraffu amser ar adegau.

Pennod 50

Tra bod Elsie a Gloria yn glanhau ac yn sgleinio tipyn ar y siop yn Llundain, roedd Dean a Maurice bellach yn crwydro canolbarth Ffrainc. Roedden nhw wedi cael gafael ar fan fwy, yn rhad, er mwyn tyfu'r busnes ymhellach. Hwyrach y byddai'n haws llenwi'r siop newydd gyda nwyddau o Ffrainc am y tro, yn hytrach na thrio 'madael â phopeth o'r seler a'r ogof ym Miwmares; am ychydig, o leiaf.

Chlywson nhw ddim byd wedyn am y dyn busneslyd hwnnw; wedi boddi, siŵr o fod. Mi welodd nad oedd hi'n talu i fod yn rhy fusneslyd; dysgu ei wers y ffordd anodd. Fyddai o ddim yn eu poeni fyth eto, yn sicr ddigon.

Roedd Dean wedi cael gwynt am leoliadau nwyddau arfaethedig digon defnyddiol yn ardal Charente a Deux-Sèvres. Do, mi brynon nhw ambell i beth digon di-werth yma ac acw, ac roedd derbynebau swyddogol gan y ddau am yr arian a wariwyd ar y manion hynny. Yng nghrombil y fan, fodd bynnag, roedd nwyddau llawer mwy gwerthfawr. Beth oedd colli cwsg ambell i noson, er mwyn mynd i browla mewn rhyw hen *château* neu ddau fin nos? Dyna oedd natur eu busnes, wedi'r cyfan. Roedd gwell opsiwn yma yn Ffrainc nag yng Nghymru dlawd hefyd, yn ôl pob argoel. Mwy o sgôp o'r hanner!

Roedd llwyth da ar y fan erbyn iddyn nhw deithio yn y gwyll yn ôl am Lundain. Wedi dangos ychydig o ffurflenni cyfreithlon, am nwyddau y talwyd prisiau isel amdanynt, wrth fynd drwy'r tollau, a diolch nad oedd neb yn cymryd sylw mwy nag arwynebol, roedd y ddau'n teithio'n gyflym yn ôl am y siop.

Mewn byr amser, roedd cynnwys y fan fawr newydd bellach yn ei le yn y siop, a Gloria ac Elsie am y gorau yn prisio'r nwyddau ac yn eu gosod yn ddeniadol. Roedd unrhyw beth o werth, gyda'u tarddiad yn fwy anodd ei esbonio, yn llechu yn y seler o dan y siop. Syniad da oedd cael seler o dan adeiladau! Syniad hanfodol, yn eu hachos nhw, wrth gwrs.

Talodd hynny iddynt ar ei ganfed, oherwydd yn y dyddiau dilynol gwerthwyd cyfran helaeth o'r nwyddau a addurnai'r siop a llwyddodd Dean a Maurice i werthu ambell wrthrych o'r seler, wedi ei hysbysebu ar eu gwefan gudd. Y rhyngrwyd tywyll a oedd yn gymaint o gymorth i'w busnes. Beth aflwydd y byddent yn ei wneud heb wefannau cudd! Dygodd Maurice i gof mor anodd oedd pethau yn yr hen ddyddiau, pan oedd dyn yn ceisio cael 'madael â nwyddau, a hynny heb dynnu sylw'r byd a'r betws.

Roedd y lle yn Llundain yn ganmil gwell ym mhob ystyr na'r siop ym Miwmares. Cynta'n y byd y gallen nhw ddod i ben yn y twll dinab-man hwnnw, gorau'n y byd. Mi allen nhw ymdoddi'n llawer gwell yn y dorf yma yn Llundain, heb os nac oni bai.

Fe gaen nhw asesu a fyddai'n werth mynd ar ôl y marmor gwyrdd-ddu yn fuan, er bod Maurice wedi rhoi ei galon ar ei gael. Roedd wedi addo peth ohono eisoes i rai o ddilynwyr y wefan gudd, am brisiau mawr.

Pennod 51

WRTH I'R DYDDIAU fynd rhagddynt, teimlai Maurice Jeffreys ryw ryddid newydd yn ei fywyd. Teimlai'n fwy diogel mewn lle prysur fel Llundain, lle nad oedd bellach fawr neb yn ei nabod. Roedden nhw wedi bod yn tynnu gormod o sylw mewn lle bach fel Biwmares.

Roedd modd ymdoddi i'r dyrfa yma yn y brifddinas, heb i unrhyw un fod yn gofyn cwestiynau annifyr a dyrys. Doedd neb yn cymryd diddordeb anghyffredin yn y symudiadau o amgylch y siop. Os nad oedd arnoch eisiau i bobl weld beth oedd yn mynd a dod drwy ddrws eich siop, yna gallech weithredu yng nghefn dydd golau, a fyddai neb yn amau dim, yn arbennig felly mewn lle prysur. Roedd ganddo ef a Dean yr opsiwn o ddefnyddio'r drws bychan na thynnai sylw neb i fynd â nwyddau mwy amheus eu tarddiad yn uniongyrchol i'r seler fin nos, neu drymedd nos, fel y bo'n hwylus.

Ac yn wir roedd nwyddau'n symud fel slecs yn y siop yn Llundain, mewn cymhariaeth â Biwmares bell, ac roedden nhw'n rhydd o fusnesu'r Cymry bondigrybwyll. Roedd arian yn dod i mewn dros y cownter i gadw pethau i fynd gyda'r treuliau bob dydd. Roedd hyd yn oed Gloria'n gallu lliwio a thrin ei gwallt fel y mynnai a chyn amled ag y mynnai. Gallai ei fywyd yn wir fod wedi ei wyrdroi.

Roedd Maurice yn dechrau teimlo'n fwy hyderus, rhwng popeth, ac roedd ganddo ryddid i wireddu rhai o'i freuddwydion gyda'r busnes ar y rhyngrwyd tywyll. Roedd sawl gwerthiant wedi digwydd, er nad oedd unrhyw werthiant yn ddigon da lle gellid gwell, wrth gwrs.

Byddai pethau'n well fyth, siawns, pan allent fynd yn ôl am gyfnod byr i Ynys Môn, a chael gafael ar weddill y marmor gwyrdd, gymaint ohono ag a fyddai o unrhyw werth iddynt. Ni fyddai'n dasg hirfaith unwaith y byddai Hayden ar waith. Un da oedd Hayden. Unwaith y gallai yntau, Maurice, dderbyn y talpiau trwm o farmor a chael 'madael ohono o'r seler yn Llundain, wel, dyna ni, byddai popeth yn iawn. 'Marmor gwyrdd-ddu godidog', felly yr oedd rhai o'i gleientiaid yn cyfeirio ato eisoes, yn arbennig y rhai a oedd mewn ciw i dderbyn darn ohono. Byddai angen i'w bris adlewyrchu ei brinder, wrth gwrs. Byddai angen ystyried hefyd a fyddent yn cael rhywun i'w lunio'n eitemau fel cloc neu ddysgl, fel y gwnaethant ar gyfer y siop yng Nghaer. Yna gallent bennu'r pris. Doedd hynny ond synnwyr cyffredin, wedi'r cyfan. Doedd ar neb awydd torri cnau gwag, yn arbennig Maurice a Dean.

Byddai'r cyfan wedi ei werthu cyn hir ond fyddai dim o'r un math o beth yn dod yn ei le. Doedd marmor gwyrdd-ddu na phorffor ddim yn tyfu ar goed; dyna'r unig ddrwg. Byddai'n rhaid ymchwilio i bosibiliadau eraill yn dra buan, er mwyn hybu'r busnes. Roedd rhywbeth yn sicr o godi'i ben a dangos posibiliadau iddynt; felly y bu hi erioed.

Ond ar y funud roedd pethau'n mynd yn lled dda, a doedd bywyd ddim mor ddrwg, wedi'r cyfan. Ond iddyn nhw gael llonydd yn Llundain, byddai'n nefoedd fach arnyn nhw.

Pennod 52

Doedd bywyd ddim yn ddrwg o gwbl i Sara chwaith. Roedd hi mor falch mai rhywun clên a chariadus fel Rhys oedd ei thiwtor arbennig gyda'i maes ymchwil. Fedrai hi ddim dymuno neb amgenach. Roedd pethau'n mynd yn iawn yn academaidd, yn rhedeg fel wats, a'r ymchwilio a'r cofnodi'n mynd rhagddynt yn hwylus ddigon. Roedd bellach yn teimlo'i bod wedi cael gafael go iawn ar ei phwnc, ac yn cael blas ar ei thasg wrth i amser fynd yn ei flaen.

Er hynny, roedd y profiad erchyll a ddaeth i ran Peredur, ei brawd, yn gyrru ias i lawr ei hasgwrn cefn. Roedd yn adlais o'r hyn a ddigwyddodd iddi hi pan gafodd ei chau yn yr hen seler honno, a diolchodd nad oedd unrhyw un wedi ei llusgo hi i Ynys Seiriol yn erbyn ei hewyllys, fel oedd wedi digwydd i Peredur. Meddyliai am y peth fin nos cyn cysgu, gan ddeffro yn y bore gyda'r digwyddiad ar ei meddwl wedyn. Ofnai gael mwy o hunllefau am y mater. A rŵan roedd y bobl hynny yn y siop wedi ei heglu hi i Lundain, yn ôl fel y deallodd hi gan Peredur, a dim sôn bod yr heddlu am eu dal, dim hyd yma, o leiaf.

A sôn am Lundain, yn ei thiwtorial nesaf gyda Rhys gwahoddodd yntau hi i Lundain i weld sioe yn y West End. Jest fel'na! Yn annisgwyl, ond yn ogoneddus. Ceisiodd osgoi codi ar ei thraed a dawnsio o'i flaen yn y fan a'r lle, ond gwenodd yn llydan gan na allai guddio'i brwdfrydedd. Fu hi erioed yn gwylio sioe mewn theatr yn Llundain, ac roedd hynny ar fin newid.

"Dw i erioed wedi cael cyfle i weld *Chicago*," esboniodd Rhys. "Neu fyddai hi'n well gen ti weld *Mamma Mia*, hwyrach? Dw i am i ti ddeud yn blaen pa sioe y byddet ti'n ei rhoi ar ben y rhestr."

Cytunodd hithau ar *Chicago*, a chynnig arian iddo am ei thocyn, gan ei fod am archebu tocynnau ymlaen llaw. Eisoes roedd hi ar bigau'r drain a brwdfrydedd yn byrlymu ohoni. Roedd bywyd ar i fyny!

"Paid â meddwl am y fath beth," gwenodd Rhys wrth ei gweld yn dechrau ymbalfalu yn ei bag llaw am arian. "Dw i'n falch dy fod ti 'di cytuno i ddŵad efo fi. Dw i wrth 'y modd, a deud y gwir." Gwenodd yn llydan arni. "Dw i'n siŵr y cawn ni hwyl iawn."

Doedd gan Sara ddim amheuaeth o hynny.

Aeth Rhys ymlaen.

"A rŵan, fe wnawn ni ryw esgus o diwtorial, er mwyn i mi gael cyfiawnhau fy modolaeth yma yn y coleg! Wyt ti'n cytuno?"

Ond cyn pen dim, roedd y ddau ohonynt wedi llithro eto i drafod Llundain a sioeau cerdd a pherfformiadau eraill yma ac acw. Roedd y ddau fel pe baent am ddal gafael ar bob eiliad o awr ddynodedig y tiwtorial er mwyn manteisio ar gwmni'i gilydd. Llithrodd yr amser fel defnydd sidan yn disgyn drwy ddwylo rhywun, a daeth yn bryd cael cwtsh sydyn cyn ffarwelio.

Yn ôl yn y fflat, paciodd Sara fag ar fyrder ar gyfer y trip Llundain. Doedd dim amser i'w wastraffu. Ei ffrog newydd, trowsus a siwmper, ei hoff flows, côt gynnes a phersawr. Doedd hi ddim am anghofio'r olaf! O, roedd hi ar ben ei digon!

Ar y daith hir yng nghar Rhys i Lundain, teimlai Sara ei bod yn dod i'w adnabod, gam wrth gam, yn well o hyd, ac roedd hi wrth ei bodd gyda hynny. Roedd hi'n syrthio'n ddyfnach amdano bob gafael. Er nad oedd yn ei adnabod ers amser hir, roedd yn teimlo fel pe bai Rhys wedi bod yn rhan o'i bywyd erioed. Am Rhys y meddyliai bob dydd, erbyn hyn, a phob nos cyn mynd i gysgu.

Pan wahoddodd Sara ef, yr wythnos flaenorol, i ddod i gyfarfod â'i rhieni, roedd yn amlwg eu bod hwythau wedi cymryd at Rhys o'r cychwyn cyntaf.

"Dw i wedi dy gyfarfod di o'r blaen, tybed?" holodd mam Sara. "Mae rhywbeth yng nghefn 'y meddwl i'n deud hynny."

Ni allai Rhys feddwl ar y pryd, ond yn nes ymlaen, meddai wrth Sara:

"Erbyn i mi gofio, dw i'n eitha sicr 'mod i wedi aros yng nghartref dy rieni, efo Peredur a rhyw ddau arall o'r hogia, yn nyddiau coleg, pan oedden ni yn y flwyddyn gynta, ella. Roedden ni 'di bod mewn rhyw gig neu'i gilydd ar Ynys Môn yn gwylio rhyw ganwr yn perfformio, a Peredur wedi trefnu ein bod ni'n cael cysgu ar soffa ac ar lawr lolfa dy rieni. Wn i ddim lle roeddet ti ar y pryd chwaith," dyfalodd. "Does gen i ddim cof o weld merch ifanc ddel o amgylch y lle. Mi fyddwn i'n sicr o fod wedi dy gofio pe bawn i wedi dy gyfarfod di."

Cofiai Sara am nifer o droeon y daeth Peredur â chyfeillion i aros ar ôl cyngerdd neu'i gilydd yng Nghae'r Sioe, rhag iddyn nhw orfod teithio ymhell i berfeddion Gwynedd, a gallai eto weld ei mam yn gwneud brechdanau cig moch i lond bwrdd ohonyn nhw yn y bore. Weithiau, fodd bynnag, byddai hi wedi mynd i aros gyda Hawys, ei ffrind, neu at ei nain a'i thaid, er mwyn osgoi'r halibalŵ. Ai dyna pam nad oedd hi wedi cyfarfod â Rhys ynghynt? Sut bynnag, roedden nhw'n 'eitem' yn awr.

"Fydd neb ddim callach yn Llundain 'y mod i'n rhoi mwy o sylw i ti nag i weddill y myfyrwyr i gyd efo'i gilydd," sylwodd Rhys. "Ac mi wyt ti'n haeddu pob mymryn o sylw fedra i ei roi i ti, wrth gwrs."

Doedd arno ddim eisiau dweud wrthi eto y byddai'n gwneud trefniadau eraill yn fuan i gael tiwtor arall iddi. Gwyddai nad oedd yn mynd i allu cadw pellter gweddus oddi wrth Sara am lawer o amser eto, ac yn sicr, roedd pobl yn mynd i sylwi ar hynny. Roedd pob eiliad yn ei chwmni yn eiliad o bwys iddo. Gobeithiai bod Sara'n teimlo'n debyg, ond ni allai fod yn hollol sicr o hynny eto, er bod pob arwydd yn dangos ei bod hithau'n mwynhau ei gwmni. Ac roedd hi wedi cytuno'n syth i ddod efo fo i Lundain.

Roedd y gwesty yn Llundain wrth fodd Sara, ac roedd Rhys yntau wrth ei fodd bod lle iddo barcio'n hwylus yng nghefn yr adeilad. Aeth gweddill y nos Wener heibio mor gyflym ag un o gigs yr Eisteddfod, yn gloddesta ac yn siarad am hydoedd. Roedd ganddynt gymaint yn gyffredin, ac roedd rhyw deimlad gobeithiol yn treiddio drwyddynt, bod dyfodol yng nghwmni ei gilydd yn ymestyn o'u blaenau.

Wedi brecwast hwyr a helaeth fore Sadwrn, defnyddiodd Rhys fap bychan i'w cynorthwyo pan aethon nhw i siopa. Ymhen dipyn, roedd ar y ddau awydd troi cefn ar y siopau mawr yn Oxford Street a Regent Street, a phenderfynodd Rhys a Sara ddisgyn ar hyd y grisiau serth i grombil y ddinas. Dal y trên tanddaearol i ryw gyffiniau dieithr, lle nad oedd y llu o ymwelwyr arferol wedi mentro iddo, oedd y nod; cyrraedd stryd o siopau swbwrbaidd llai a oedd yn gwerthu pob math o geriach mwy anghyffredin. Daeth y ddau oddi ar y trên mewn gorsaf ddieithr iddynt, ar hap a damwain, fwy neu lai. Roedd hwyl mewn gwneud peth felly ambell waith; gallech ddarganfod ardal newydd annisgwyl wrth wneud rhywbeth fel yna.

Croesodd y ddau'r ffordd a mynd i mewn i siop hynafol, ddiddorol yr olwg, ac edrych o'u hamgylch wrth eu pwysau. Ar lawr isaf y siop hen lyfrau honno, gwelodd Rhys gyfrol eithaf prin a fyddai'n ei gynorthwyo gyda'i faes diddordeb yntau mewn creiriau, ac wedi cael gair cyflym gyda Sara, aeth ati i brynu'r gyfrol ar fyrder.

"Mi fyddai hi wedi bod yn anodd cael gafael ar y gyfrol yma yng ngogledd Cymru," esboniodd, fel pe bai wedi ennill y wobr orau un ar stondin sioe ym Mhwllheli yn nyddiau ei febyd. Ymhen tipyn roedd arogl hen y siop yn llenwi ffroenau Sara, ac wrth weld ei gariad yn crychu ei thrwyn, gwyddai Rhys ei bod yn hen bryd iddyn nhw adael.

"Rŵan am dipyn o awyr iach," meddai, wrth i'r ddau esgyn y grisiau simsan a dod allan o'r siop.

Wedi iddynt gerdded ychydig lathenni i lawr y stryd, daethant ar draws siop gyda chreiriau a bric à brac o bob math. Ni allai Sara ddirnad ar y funud pam bod y siop yn canu cloch yng nghefn ei meddwl. Ni wyddai pam y dylsai, ond deuai â rhyw atgof pell iddi, er na allai roi ei bys ar hynny.

"Mae hon yn edrych yn siop eitha diddorol," meddai wrth Rhys, gan graffu yn y ffenestr Sioraidd hyfryd, gyda chwareli bychain twt ynddi.

"Awn ni i mewn i gael gwell golwg, os mynni di," atebodd Rhys. "Dw i'n meddwl bob y siop yma yn fwy at dy chwaeth di na fi, cofia, ond waeth i ni gael golwg arni ddim."

"Ella y gwela i Pierrot bach tegan arall i'w ychwanegu at 'y nghasgliad," meddai Sara. Gwyddai na allai fforddio ystyried unrhyw beth rhy werthfawr, am y tro. Cyfyngiadau ariannol bywyd myfyrwraig! Buont yn edrych yn fanwl ar ambell eitem, gan drafod yn agored, a'u hacenion Cymraeg yn llenwi'r siop wag. Roedd digonedd o amser ganddynt y bore 'ma i edrych a chwilota.

Yna, yn sydyn, trodd y ddynes wrth y cownter ei llygaid barcud arnynt.

"Chi eto!" meddai yn ei Saesneg *Cockney*, gan syllu ar Sara. "Chi aeth i'n seler ni ym Miwmares!" meddai'n gyhuddgar o annifyr.

Doedd Sara ddim wedi sylwi arni cyn hynny, ac aeth i'w chragen ar unwaith, gan deimlo'i brecwast yn dechrau corddi yn ei stumog.

Galwodd y ddynes yn uchel ar fyrder ar rywun o gefn y siop.

"Maurice, tyrd i weld y ddynes 'ma a aeth i lawr i'r seler yn y siop ym Miwmares. Hen gnawes fusneslyd! A rŵan, mae hi wedi'n dilyn ni'r holl ffordd i Lundain! Mae'r peth yn warthus!"

Cyn i Rhys na Sara gael achub eu cam nac esbonio dim o gwbl, daeth dau ddyn yn uniongyrchol o gefn y siop, ac edrych yn filain arnynt. Dynesodd y ddau atynt, heb dynnu eu llygaid oeraidd oddi ar y ddau ddarpar gwsmer, nes bod Sara yn teimlo'n annifyr iawn ac yn ansicr iawn ohoni'i hun, ac edrychai Rhys yntau'n syfrdan braidd ar y dynion haerllug.

"Dŵad yma i fusnesu, ia! Yr holl ffordd i Lundain! O'r Ynys Môn 'na! Mae angen dysgu gwers... O, oes..."

O gofio hanes Peredur, dechreuodd y ddau grynu yn eu hesgidiau, a sylweddolodd Rhys yn syth mai gadael y lle yn ddiymdroi oedd orau. Fyddai dim modd darbwyllo a dal pen rheswm efo'r dynion hyn. Gafaelodd ym mraich Sara a'i thynnu'n gyflym.

"Ty'd allan ar unwaith!"

Sleifiodd y ddau am y drws, mor ddiffwdan ag oedd modd, a rhuthro allan. Roeddent yn hynod o falch o fod yn berffaith glir o'r siop ac ar y palmant y tu allan. Roedd y ddau ddyn yn dal i ysgyrnygu arnyn nhw, erbyn hyn, o ddrws y siop.

"Ty'd, Sara," meddai Rhys. "Mi awn ni ymhell o'r hen le yma cyn gynted ag y bo modd. Dydy'r dynion 'na ddim i'w trystio o gwbl."

Cerddodd y ddau yn gyflym iawn ar y palmant y tu allan, heb hyd yn oed gymryd y cyfle i ddweud gair o'u pennau wedi hynny am sbel fach.

Dim ond ar ôl paned boeth o goffi, mewn cornel guddiedig mewn caffi ar stryd arall, y daeth y ddau dros y digwyddiad rhyfedd. Doedd ar Rhys ddim awydd treulio oriau yn swyddfa'r heddlu, er mai dyna oedd ei adwaith cyntaf wedi dod i gysylltiad â'r dynion bygythiol eu hagwedd. Ond roedd y trip presennol i Lundain yn rhy werthfawr yng nghwmni Sara i orfod gwneud hynny. Byddai'n rhoi adroddiad i'r heddlu wedi dychwelyd adra, fodd bynnag. O, byddai! Nid fel hyn yr oedd pobl i fod i ymateb i'r cyhoedd, heb fath o reswm dilys!

Pennod 53

Pan ddaeth Rhys a Sara allan o'r caffi wedi yfed eu coffi, cawsant gip ar y ddau ddyn, Maurice a'i bartner, yn mynd yn gyflym i lawr y stryd, ac roedd hynny'n ddigon i godi ias ar y ddau unwaith yn rhagor.

"Mi awn ni heb oedi at y trên tanddaearol cyn i'r un ohonyn nhw droi'n ôl a'n gweld ni eto," sibrydodd Rhys. Doedd dim rhaid iddo sibrwd, mewn gwirionedd, oherwydd bod y ddau ddyn gwgus wedi mynd yn wyllt i'r cyfeiriad arall.

Ond hyd yn oed yn y gwesty, wrth iddi newid i'w ffrog a phincio, ar gyfer mynd i weld y perfformiad fin nos, roedd Sara'n teimlo'n anniddig. Erbyn iddyn nhw gyrraedd y theatr ar gyfer y sioe, parhâi i deimlo fel pe bai rhywun yn dal gwn yn eu hwynebau. Sut aflwydd yr oedd y ddynes yn y siop yn credu eu bod wedi dod yr holl ffordd i Lundain, dim ond i fusnesu gyda'u busnes hwy, ni allai Sara ddirnad! Roedd pobl fel y rhain yn cael camargraff mawr o sefyllfaoedd, yn ôl pob golwg.

Ymlaciodd rywfaint yn y theatr wrth suddo i'w sedd ac wedi i Rhys ei hannog i fwyta peth o'r siocled yr oedd wedi ei brynu ar eu cyfer. Yna, cyn dechrau'r perfformiad, meddyliodd Sara am y golygfeydd a welsai yng nghwmni Rhys y prynhawn hwnnw: Abaty Westminster, Cadeirlan Sant Paul, Palas Buckingham, Tŵr Llundain, a mwy. Roedden nhw wedi mwynhau taith ar fws deulawr heibio i nifer o brif atyniadau'r ddinas.

"Mi gawn ni dreulio mwy o amser yn mynd i weld pob un ohonyn nhw'n iawn rywdro eto," cynigiodd Rhys, "gan mai byr ydy'r amser y tro yma. Mi wn i mai dim ond cip sydyn iawn gawson ni arnyn nhw."

Roedd Sara wedi'i chalonogi o glywed y byddai troeon eraill yn ei gwmni. Ac eto fyth, teimlai'n ddiogel gyda braich Rhys yn gafael amdani yn y theatr. Roedd hi wedi dod i'w weld fwyfwy fel ei gwarchodwr a'i chynhaliwr, ac roedd hi'n anodd dychmygu ei bywyd heb Rhys yn rhan ohono bellach.

Roedd y perfformiad yn wych, ac yn fodd i'r ddau ymgolli'n llwyr, pe bai ond dros dro.

Pennod 54

Dychwelodd Rhys a Sara adref mewn peth dychryn oherwydd y digwyddiad yn y siop, ond mewn hapusrwydd mawr oherwydd eu penwythnos yng nghwmni ei gilydd. Ac roedd yn gysur meddwl, os oedd y dihirod ynfyd yna yn Llundain, yna byddent hwythau'n ddiogel ar Ynys Môn. Roedd eu llawenydd o ddarganfod ei gilydd bellach yn treiddio drwy berthynas Rhys a Sara. Buasai'n lled amlwg o'r dechrau fod tynfa fawr rhwng y ddau. Roedd y cyfnod yn Llundain wedi cadarnhau hynny a mwy.

Gwyddai Rhys fod yr amser wedi dod iddo golli Sara fel myfyrwraig, ond gwyddai y byddai'n ennill llawer iawn mwy na hynny wrth i'w perthynas ddatblygu a dyfnhau. Fyddai'r hyn a gollai'n academaidd yn ddim o'i gymharu â'r hyn y byddai'n ei ennill yn ei fywyd personol, roedd yn sicr o hynny.

Cymerodd yr amser hefyd i ymweld â swyddfa'r heddlu; roedd hynny'n ddyletswydd arno, o gofio tynged Peredur, yn arbennig, ac o gofio fel yr oedd yr heddlu wedi ei holi ef a Sara ynghylch y ffermydd lle ceid y marmor. Roedd yn amlwg bod angen esbonio'r sefyllfa'n llawn, er mwyn cael unrhyw wir obaith y byddai rhywbeth yn digwydd i ddod â'r bobl dan sylw i wynebu cyfiawnder.

Rhoddodd Rhys gyfeiriad y siop yn Llundain iddynt, a

disgrifiad manwl o ymarweddiad y ddau ddyn anghynnes a'r ddynes nerfus y tu ôl i'r cownter.

"Mi gawsoch chi eich dychryn? Eich bygwth? Gyffyrddodd unrhyw un o'r ddau ddyn ynoch chi?… Mi godon nhw ofn arnoch chi?"

Roedd y cwestiynau'n aneirif. Câi Rhys y teimlad weithiau nad oedd yr heddlu'n gwbl ddiffuant wrth iddo geisio esbonio nad oedd neb wedi cyffwrdd pen bys ynddynt, ond bod y dynion wedi edrych yn filain ar y ddau ohonyn nhw, ac y gallai gwaeth fod wedi digwydd pe baent wedi oedi mwy yn y siop. Faint oedd yn rhaid i'r dynion garw ei wneud er mwyn ennyn gwir ddiddordeb yr heddlu mewn ymchwilio mwy i'w hanes, ni wyddai.

"Ond wnaethon nhw ddim niwed i chi, ar wahân i'ch dychryn chi?" pwysleisiodd y sarjant.

Dychwelodd Rhys braidd yn ddigalon i'w swyddfa yn y coleg. Ond ni allai fod yn ddigalon yn hir chwaith, wrth feddwl am Sara. Byddai gofyn iddynt gynllunio'u dyfodol gyda'i gilydd yn ddiymdroi. Roedd y ddau'n hen barod i symud ymlaen gyda'u bywydau personol, yng nghwmni ei gilydd. Lle byddai ef, byddai Sara, neu felly y breuddwydiai Rhys am eu dyfodol.

Pennod 55

Roedd Peredur bron â mynd o'i go wrth feddwl am Maurice a Dean â'u traed yn rhydd. Roedd rhaid cael gafael arnynt yn ddiymdroi. Nid y byddai'n cael gafael arnynt yn bersonol, wrth gwrs. Roedd wedi glanio mewn digon o ddŵr poeth drwy ddim ond edrych arnyn nhw o hirbell yn gweithredu liw nos! Ond ni allai weld bod dim yn digwydd i'r dihirod, ac ofnai y byddai rhywun arall yn mynd i drafferthion a phoendod o dan eu dwylo oni bai eu bod yn cael eu dal ar fyrder. Doedd dim rheswm eu bod yn dal yn rhydd ac yn gallu peri ofn arswydus i eraill.

A rŵan roedd Sara wedi cysylltu, yn dweud yr hyn a oedd wedi digwydd iddi hi a Rhys yn Llundain. Os na ellid dal y dihirod, yna byddent yn gallu codi ofn ar bobl ddiniwed eraill. Daeth y gair *'vigilante'* i'w feddwl, ond gollyngodd y syniad ar unwaith oherwydd na allai, mewn difri calon, ei weld ei hun yn gweithredu fel *vigilante* o gwbl. Faint o amser oedd rhaid aros nes y gellid rhoi Maurice, Dean a'u siort o dan glo, a hynny am gyfnod hir? Oedd yn rhaid i lofruddiaeth neu ddwy ddigwydd cyn y gellid rhoi trefn ar bethau?

Roedd yn bur amlwg bod gan y bobl hyn rywbeth i'w guddio gan eu bod wedi teimlo'r angen i ymateb i gwsmeriaid yn y fath fodd. Fyddai pobl ddieuog ddim yn cael eu cythruddo fel hyn gan eraill, yn sicr. Fyddai pobl dda a gonest ddim yn mynd ag aelod o'r cyhoedd i Ynys Seiriol a'i adael yno i gymryd ei siawns!

★

Dw i yma yn y seler yn edrych ar res o fasys Tsieinïaidd. Dim ond fi sy'n gwybod cefndir y fasys 'ma, cefndir sy'n ymestyn yn ôl i'r cyfnod cyn i Dean a Gloria ddod yma i fod mewn partneriaeth efo ni. Os llwyddwn ni i werthu'r fasys yma ar y wefan gudd, yna mi gawn ni afael ar ein lle ein hunain ym mherfeddion Ffrainc, ymhell o grafangau'r heddlu ac ymhellach fyth oddi wrth lygaid craff y Cymry ifainc 'na, sydd â'u bysedd ym mhotes pobl eraill. Unwaith y byddwn ni yn Ffrainc, mi fentra i y gallwn ni aros yn y fan honno fyth mwy.

Ddylai'r symud i Ffrainc ddim bod yn rhy hir cyn digwydd bellach chwaith. Mae 'na beth diddordeb wedi'i fynegi yn y nwyddau yma ar y wefan, a fyddai ond yn rhaid gwerthu rhai enghreifftiau er mwyn newid ein bywydau'n gyfan gwbl. Mae hi'n hen bryd i hynny ddigwydd hefyd.

Ro'n i 'di meddwl y bydden ni'n gwbl ddiogel yma yn Llundain. Pwy fasai 'di meddwl, mewn difri, y byddai'r pâr ifanc gwirion 'na'n cyrraedd yma ac yn darganfod ein siop newydd ni! Roedd Elsie'n meddwl eu bod nhw wedi cyrraedd yma'n fwriadol, er mwyn ysbïo arnon ni. Roedd hi'n gwbl grediniol mai felly yr oedd hi. Dw i ddim yn rhy sicr mai hynny a ddigwyddodd, mewn gwirionedd, ond wyddoch chi ddim efo'r Cymry busneslyd 'ma. Fedrwn ni ddim bod yn rhy ofalus. Sut bynnag, mae'n rhaid eu bod nhw wedi chwilio am amser hir cyn cael gafael arnon ni! Dydan ni ddim mewn lle amlwg o gwbl yma, ond mewn stryd gefn, fwy neu lai. Y taclau iddyn nhw! Mae rhai pobl yn mynd yn rhy bell er eu lles nhw'u hunain!

Mi dw i'n cadw llygad ar y we ar y funud am le yn Ffrainc y gallen ni ei brynu'n rhad, am arian parod hwyrach. Rhyw hen dŷ efo digonedd o gytiau i gadw'r holl bethau rydan ni wedi eu casglu dros y misoedd – os nad y blynyddoedd – diwethaf, ac yn wir, dros hanner ein hoes.

Yr eironi ydy bod llawer o'r nwyddau dan sylw wedi dŵad o Ffrainc yn y lle cynta, a rŵan, os bydd y Cymry gwirion 'na wedi ennyn diddordeb yr heddlu ynon ni, wel, bydd gofyn mynd am Ffrainc ar fyrder. Ond dan ni'n hen lawiau ar ddianc o flaen helbul a thrafferth. Fel 'na mae bywyd wedi bod i ni ers degawdau – symud yma a symud draw. Cyfnodau yn y carchar, ambell dro, wrth gwrs – a'r rheiny wedi c'ledu llawer arnon ni, rhai fel fi a Dean. Bywyd Romani, bron â bod! Ond nid mwyach, efo tipyn o lwc!

Un darn o newydd da ydy bod y cychwr hwnnw ar Ynys Môn yn gwybod am gwch go fawr sy'n mynd ar werth yn rhad. Peidiwch â gofyn unrhyw gwestiynau yn ei gylch, ond mae ei 'berchennog' presennol angen cael gwared arno ar fyrder, gan ei fod wedi dod i'w ran drwy ddirgel ffyrdd. Byddai cwch felly yn ardderchog ar gyfer symud nwyddau yma a thraw. Ac mae llai o fusnesu ym musnes pobl ar y môr nag sy 'na gyda fan ar y ffordd fawr, ddyliwn i.

Pennod 56

Plygodd Maurice Jeffreys ymlaen dros ei gyfrifiadur i gael cip gwell ar yr eiddo a oedd ar werth. Symudodd y llygoden o un darlun i'r llall drwy'r rhestr faith o fythynnod a phlastai anghysbell ym mherfeddion Ffrainc. Doedd dim ots faint o waith adfer fyddai ar yr eiddo. *Château*, o ddewis, ond roedd pris ar y rheiny. Rhywle rhad fel baw, o bosibl, a fyddai wedi bod yn wag ers blynyddoedd, ond y gellid symud iddo ar fyrder pe bai pethau'n poethi ar ôl cael gafael ar y marmor. Rhywle gyda chytiau o'i amgylch, hwyrach. Cadw'n dawel fyddai orau iddyn nhw mewn lle felly, dan yr amgylchiadau. Cadw, yn arbennig, o olwg y Cymry busneslyd 'na. Biwmares? Llundain? Na, roedd gwell gobaith iddynt gadw'u crwyn yn iach yn Ffrainc. Go brin y deuai'r taclau i chwilio amdanyn nhw yno!

Byddai Dean yn gwerthu'r hen fan ym Miwmares, mynd â'r fan bresennol yn weddol wag drosodd i Ffrainc, ac mi fydden nhw'n symud y stwff gwerthfawr yn y cwch mawr newydd ac yn docio yn y nos mewn porthladd bach tawel. Hwyrach y deuai'r cychwr a werthodd y cwch iddyn nhw i'w helpu, o ran hynny. Mater bach wedyn fyddai i Dean nôl cynnwys y cwch yn y nos gyda'r fan. Byddai'n rhaid bod yn ddyfeisgar, wrth gwrs, wrth drafod yr holl nwyddau a oedd ganddynt. Roedd angen cael cartref sefydlog i bopeth. Hen gytiau fyddai'n ddelfrydol, i gadw popeth gyda'i gilydd.

Roedd gofyn gwneud trefniadau manwl gyda gwaith fel hyn, wrth gwrs, ond roedd Dean ac yntau'n hen lawiau ar bethau o'r fath. Pe bai hi'n mynd i hynny, roedd y ddau wedi trafod tactegau tebyg pan oedden nhw yn y carchar flynyddoedd ynghynt.

Cawsai Maurice dipyn o waith yn perswadio Dean i ymuno â'i fusnes, ond roedd popeth felly wedi ei setlo bellach, a byddent yn ffynnu eto'n fuan. Roedd ambell un arall yn chwilio am Dean i wneud jobsys gyda hwy, bob hyn a hyn. Roedd wedi torri i mewn i fanc unwaith, yn ôl yr hyn a ddywedodd. Ond roedd Dean ac yntau'n gwneud tîm da. Tra byddai ef, Maurice, yn cynllunio ymlaen llaw, byddai Dean yn delio â'r sefyllfa yn y fan a'r lle, pe byddai angen. Roedd pethau ar i fyny.

Yn y cyfamser, byddai gofyn cau i lawr yn Llundain, a chlirio popeth o Fiwmares. Os nad oedd modd cael trefn ar bethau yn y wlad yma, wel, roedd Ffrainc yn galw, ac nid cyn pryd.

Ond roedd mater y marmor gwyrdd-ddu'n dal ar ben yr agenda. Cynta'n y byd, gorau'n y byd y gellid delio efo hwnnw. Byddai'n rhaid gweithredu'n fuan ac yn bendant, a mynd â'r slabiau ar unwaith i Ffrainc. A dyna lle byddai'r cwch mawr newydd – wel, newydd iddyn nhw – yn ddefnyddiol tu hwnt, i fynd â'r cyfan ymhell oddi wrth y moch. Mynd i le na fyddai neb yn eu hadnabod. Dechrau o'r newydd eto, efo llechen lân.

Pennod 57

Roedd pen Sara wedi bod yn y sêr ers ei phenwythnos yn Llundain gyda Rhys. Roedd eu perthynas wedi datblygu'n gyflym – cyn iddi gael amser i droi, rywsut – ond fynnai Sara ddim byd gwahanol i hynny. Mewn gwirionedd, buasai ei phen yn y sêr i ryw raddau ers iddi daro llygad ar Rhys gyntaf erioed. Os oedd o'n gweld dyfodol iddyn nhw gyda'i gilydd, wel dyna sut y gwelai Sara bethau hefyd, doedd ganddi yr un owns o amheuaeth ynghylch hynny. Ac fel y dywedodd Rhys, pam aros yn hwy, a hwythau'n amlwg yn siŵr o'i gilydd.

Agorodd ei ffôn, ac edrychodd ar y lluniau yr oedd wedi eu tynnu o'r ddau ohonyn nhw yn Llundain. Ni allai lai na gwenu wrth edrych ar Rhys a hithau yn Sgwâr Trafalgar, ac ar y bws gerllaw Abaty Westminster. Aeth ymlaen yn gyflym i edrych ar weddill y lluniau, a chaeodd ei llygaid am funud wrth geisio cofio, a chanolbwyntio ar bob atgof unigol. Nid y lleoedd neu'r atyniadau a oedd yn arbennig iddi, ond cael bod yno yng nghwmni Rhys, a'r ddau yn eu mwynhau gyda'i gilydd, fel yr oedd y llu o hunluniau yn tystio. Roedd Rhys wedi addo y caent fynd i weld pobman eto pan fyddai gan y ddau fwy o amser. Byddai hynny'n rhywbeth i edrych ymlaen ato ar gyfer y dyfodol.

Yr unig gwmwl ar eu penwythnos oedd y dynion yna'n ysgyrnygu arnyn nhw, y dynion a oedd wedi carcharu Peredur. Aeth rhyw gryndod drwyddi wrth feddwl unwaith eto amdanyn nhw, ond gwyddai bod yn rhaid iddi roi'r bobl hynny yng nghefn ei meddwl. Ni allai adael i ryw bobl ddifanars a chas lywio ei bywyd na dylanwadu ar ei dyfodol.

Fel pob amser, roedd gwaith yn galw. Roedd hi'n ddigon aeddfed i wybod y byddai'n rhaid iddi gadw ei thraed ar y llawr rŵan, hyd yn oed os oedd ei phen yn y sêr, ac y byddai'n rhaid iddi fwrw ymlaen gyda'i hymchwil. Po fwyaf o waith a wnâi, po fwyaf y gwelai gynnwys ei hymchwil yn cynyddu, oherwydd roedd rhyw drywydd newydd yn ymagor o'i blaen byth a beunydd, a hithau'n teimlo rhyw reidrwydd i ddilyn y trywydd hwnnw. Ceisiai ei hatal ei hun rhag mynd i hela sgwarnogod, fodd bynnag, gan y gwyddai pa mor bwysig oedd cadw at y llwybr a fyddai'n cynnig ateb i'w damcaniaethau ac yn cyflawni pwrpas ei hymchwil, yn y pen draw.

Roedd wedi dod i'r casgliad y byddai gofyn iddi ymweld â Maes Mawr unwaith yn rhagor, er mwyn cael dod i ben â'r rhan honno o'r gwaith. Roedd wedi meddwl ei bod wedi cwblhau popeth yno eisoes ond, wedi ystyried eto, teimlai mai gwell fyddai gweld ambell beth yn gliriach unwaith yn rhagor. Roedd rhyw fanion yng nghefn ei meddwl y byddai'n rhaid iddi siarad ag Ifan Rowlands amdanyn nhw, i sicrhau ei bod wedi deall yn iawn yr hyn yr oedd wedi'i ddweud wrthi. Roedd ganddi gymaint mwy i'w gyflawni, ar safleoedd eraill nad oedd wedi edrych arnyn nhw eto, ond roedd amser i bopeth.

Ond y bore 'ma, agorodd ffeil arall ar ei gliniadur er mwyn bwrw ymlaen i ysgrifennu ambell i droednodyn i gyd-fynd â lluniau yr oedd wedi cael eu datblygu'n ddiweddar. Edrychodd unwaith eto ar eu hansawdd. Byddent yn ddi-fai i'r pwrpas.

Roedd gofyn rhoi esboniad byr yn awr o arwyddocâd pob un o'r lluniau hynny. Cyn pen dim amser, roedd Sara wedi ymgolli yn y gwaith hwnnw, a miri'r dynion cas wedi cilio o'i meddwl yn gyfan gwbl am y tro.

Pennod 58

Roedd Ifan Rowlands wedi deffro ar doriad gwawr, gyda'i arfer o godi'n gynnar yn deillio o hen drefn y dyddiau pell yn ôl hynny pan arferai fynd allan i odro'i fuches. Ni roddodd y golau ymlaen, er mwyn gadael i'w wraig barhau i gysgu'n braf heb darfu arni. Gwyddai ei bod yn gynnar iawn yn y bore. Gorweddai yn ei wely gan synfyfyrio. Am faint eto y byddai'n parhau i ffermio cyn ymddeol, tybed? Ar y funud, roedd ei iechyd yn caniatáu iddo wneud ei dasgau amaethyddol, ac roedd yntau'n cael cysur o'r gwaith, fel y cawsai erioed. Cofiodd fel yr oedd wedi dechrau ffermio yn llefnyn pedair ar ddeg oed yng nghwmni ei dad, ac o dan gyfarwyddyd y Gamaliel hwnnw ac wrth ei draed.

Clustfeiniodd am funud. Wir, os nad oedd yn camgymryd, roedd yn clywed sŵn cerbyd ar y ffordd y tu allan. Nid yn unig hynny, ond roedd y cerbyd wedi stopio. Ofnai yn ei galon fod y dynion hynny wedi dychwelyd. Fyddai Sara, y ferch o'r brifysgol, fyth yn dod yno yn y plygain fel hyn, na neb o'i chydnabod chwaith.

Codi i edrych fyddai raid. Gwnaeth hynny cyn ddistawed ag y gallai rhag deffro'i wraig. Gwyddai na fyddai hi'n fodlon ei weld yn mentro allan i'r gwyll ar ei ben ei hun. Yna clywodd ei wraig yn ymystwyrian ac yn galw, "Ifan?", ond yna trodd drosodd yn y gwely ac aeth i gysgu drachefn.

Gwyddai Ifan ei fod yn mentro – yn peryglu ei fywyd, o

bosibl – ond pa opsiwn arall oedd ganddo, mewn gwirionedd? Doedd ganddo ddim awydd gadael i dresmaswyr dorri'r marmor fel y mynnent a dianc gyda'r darnau. P'run bynnag, roedd hi'n blygain yn hytrach nag yn drymedd nos y tro yma, a hwyrach mai rhyw sŵn arall a glywsai. Doedd dim pwrpas mynd o flaen gofid.

Wedi mynd allan i'r buarth a thrwy'r giât i'r cae, symudodd Ifan yn ddistaw gyda chysgod y gwrych. Ac yna fe'u gwelodd. Tri dyn, un yn torri darn o farmor o flaen ei lygaid. Saethai'r gwreichion o'r dril arbennig yn ei law, a chlywodd Ifan wich uchel fain wrth i'r peiriant dorri drwy'r garreg galed. Brysiodd un o'r dynion eraill i gludo'r darn o farmor tuag at y trelar bychan a safai'r tu ôl i'r car yn y ffordd fawr, y tu allan i wal y cae. Roedd y gwrych braidd yn simsan yn y fan honno, a modd i ddyn heini gamu drwy'r bwlch cul yn uniongyrchol i'r lôn.

Roedd hi'n gwawrio'n gyflym bellach, a golau dydd yn ffrydio drostynt, ac Ifan yn sefyll fel delw yn ei sioc o ganfod yr hyn a oedd yn digwydd o flaen ei lygaid.

Hwyrach nad oedd wedi gwerthfawrogi'r marmor yn llawn dros y blynyddoedd, ond yn awr, gyda'r garreg unigryw yn diflannu o flaen ei lygaid, teimlai ryw berchnogaeth ryfedd arni. Ei dir o oedd hwn, a'i lwc, neu ei anlwc o, oedd bod y marmor yn rhan o'i etifeddiaeth. Dyn rhyfedd a fyddai'n anwybyddu ei dreftadaeth ac yn gadael i estron sleifio o'i fferm gyda'r trysor. Roedd gofyn i rywun roi ei droed i lawr, a doedd neb ond y fo i wneud hynny.

Ond yna, rhewodd. Roedd y dyn efo wyneb cas yn syllu arno'n flin. Daeth hwnnw'n syth ato, a heb unrhyw drafodaeth, trawodd Ifan yn galed ar ei ben a rhoi cic iddo yn ei stumog nes ei fod yn ei ddyblau. Syrthiodd y ffermwr druan i'r llawr yn llipa fel pyped ar ddarn o linyn, yn fwd ac yn faw ac yn anafus ofnadwy. Aeth yn hollol ddu arno.

Dihangodd y tri dihiryn ar fyrder. Ymhen rhyw funud neu ddau daeth Ifan ato'i hun, ond bu peth amser nes y gallodd hyd yn oed feddwl am geisio codi. Roedd yn gweld sêr, ac yn teimlo'n boenus dros ben. Eisteddodd am beth amser yn ceisio cofio'r hyn a oedd wedi digwydd iddo. Ni allai feddwl yn glir am rai munudau. Ond yna daeth y dynion yn y cae yn ôl yn glir i'w feddwl. Lle roedden nhw? A fydden nhw'n dychwelyd i'w ladd? Rhoddodd ei ben yn ei ddwylo am rai eiliadau eto.

Ni chredai ei fod wedi bod yn anymwybodol yn hir, ond aeth cryn amser heibio cyn y gallodd godi ar ei eistedd, heb sôn am allu sefyll ar ei draed. Oedodd, gan bwyso ar giât y cae am sbel go hir, gan fod ei asennau'n brifo, cyn gallu mentro eto i gyfeiriad y tŷ. Dechreuodd gerdded yn araf ac wrth ei bwys, ac wedi dychryn cymaint nes bod ei galon yn curo fel morthwyl yn ei frest. Cerddai yng nghysgod y gwrych am fod arno ofn i'r dihirod ddychwelyd a'i anafu ymhellach. Roedd yn angenrheidiol iddo gyrraedd y tŷ cyn iddyn nhw ddychwelyd i roi terfyn ar ei fywyd.

Roedd yn falch eithriadol o allu cyrraedd y ffermdy. Unwaith yr aeth i mewn drwy'r drws cefn, disgynnodd i gadair freichiau. Galwodd yn egwan am gymorth ei wraig, a chlywodd hithau ei gri. Gwrandawodd am ennyd ar ei stori cyn ffonio'r meddyg teulu, a threfnodd hwnnw i ambiwlans alw. Yn ffodus, ni fu'r ambiwlans fawr o dro cyn cyrraedd, a bellach roedd Ifan a'i wraig ar eu ffordd i Adran Damweiniau ac Achosion Brys yr ysbyty lleol.

Ni allai'r ddau ond melltithio'r marmor a ddaeth â'r miri hwn yn ei sgil. Onid oedd eu bywydau'n fwy o werth na'r garreg wyrdd-ddu!

Pennod 59

Gwyddai Rhys fod Sara am fynd i weld Ifan Rowlands, Maes Mawr y diwrnod hwnnw. Roedd hi wedi sôn am ymweld eto â'r lle, ac roedd hi wedi trefnu gyda'r ffermwr pryd y byddai'n dod. Fel yr oedd yn digwydd, roedd ganddo yntau ychydig o amser ar ei ddwylo, ac fel ei thiwtor am gyfnod byr yn ychwanegol, penderfynodd y byddai'n ei chyfarfod yno yn syrpreis iddi. Roedd am gael gweld drosto'i hun y man y disgrifiodd Sara mor fanwl iddo, ble'r oedd y marmor gwyrdd-ddu yn llechu, yn y chwarel ac ym môn y cloddiau. Doedd o erioed wedi gweld y marmor arbennig yma, ac felly man a man iddo'i weld yn bersonol, a gwybod yn union am beth yr oedd hi'n sôn. Doedd dim i guro gweld drosoch eich hun.

Ar ei ffordd, meddyliodd y gallai alw am Peredur, gan fod gan hwnnw hefyd beth diddordeb yn y pwnc. Roedd hi'n wyliau ysgol, wedi'r cyfan, a fyddai Peredur ddim yn gweithio. Doedden nhw ddim wedi bod yn unlle yng nghwmni ei gilydd ers cantoedd.

Felly gyrrodd Rhys i Borthaethwy. Yn rhyfedd ddigon, roedd Peredur wedi codi, a fu dim rhaid dwyn perswâd arno o gwbl, oherwydd bod 'antur' yn rhan o'i enw a'i gynhysgaeth bob amser. Bywyd yn y lôn gyflym oedd pethau Peredur.

"Mae'r marmor yna'n sicr o fod mewn perygl o gael ei ddwyn a'i symud, yn arbennig efo'r dynion yna o siop Biwmares o gwmpas y lle," mynegodd Peredur. "Dw i'n grediniol mai darn ohono welodd Awen a finnau mewn siop hen bethau yng Nghaer y dydd Sadwrn hwnnw."

"Ro'n i'n meddwl eu bod nhw wedi ei heglu hi am Lundain, a gadael y sioe i fyny yn y fan yma," eglurodd Rhys. "P'run bynnag," aeth ymlaen, "mi fyddwn ni yno mor fore, a bydd yn syrpreis i Sara, pan gyrhaeddith hi, gweld ei brawd a'i thiwtor... ym... ei *chariad*, yno o'i blaen."

Doedd o ddim wedi cyfeirio at Sara fel ei gariad yn gyhoeddus hyd yma, er bod Peredur yn rhan o'r teulu ac yn deall i'r dim beth oedd yn mynd ymlaen, ym marn Rhys.

"Felly mae'r garwriaeth yn mynd o nerth i nerth!" sylwodd Peredur. "Cofia fy rhybuddio mewn da bryd pan fydd angen siwt newydd arna i a ballu. Paid â phriodi'n sydyn ac yn ddirgel, heb i neb w'bod nes ei bod hi'n rhy hwyr. Mae'n teulu ni'n lecio tipyn o ddathlu, 'sti."

Chwarddodd Rhys, ond nid oedd am wadu'r dyfodol gyda Sara a oedd bellach yn gwbl amlwg iddo.

"Dw i am fynd dros Fynydd Parys y bore 'ma," meddai Rhys, "yn lle torri ar draws gwlad drwy bentre Llanfechell. Mae hi'n fore mor braf, ac mi gyrhaeddwn ni mewn da bryd, dw i'n meddwl."

Roedden nhw bellach wedi troi i gyfeiriad Amlwch yn sgwâr Llannerch-y-medd, ac wedi dringo i fyny'r allt wrth eu pwys o Ros-y-bol nes eu bod nhw bron ar fan uchaf y ffordd dros Fynydd Parys.

"Golygfa unigryw ydy hon," meddai Rhys, nad oedd mor gyfarwydd â Peredur â'r cwr yma o Ynys Môn. "Lliwiau arallfydol, bron. Mae'r hen fynydd 'ma'n werth ei weld, mae'n rhaid deud."

"Ydy, dw i'n cytuno. Dan ni, ar yr ynys, ddim yn

gwerthfawrogi ein treftadaeth hanner digon, am ei bod mor gyfarwydd i ni, hwyrach. Ac i feddwl mai cloddio dyn sy'n gyfrifol am y lliwiau rhyfeddol 'ma!"

Ond yna, wrth gymryd cip heibio i Rhys drwy'r ffenestr, sylwodd Peredur bod car a threlar wedi parcio yno ar ben uchaf y ffordd ar y man gwastad lle roedd lle i ryw hanner dwsin o geir barcio ar ochr y mynydd. Mor fuan yn y bore bach hefyd, a hwythau wedi cychwyn bron cyn dydd.

"Mae'n rhaid bod ymwelwyr wedi aros yma dros nos," sylwodd Rhys, "neu bod criw ymddiriedolaeth a threftadaeth Amlwch yn bwriadu gwneud rhyw waith cynnal a chadw yma. Neu rywbeth…"

"Aros funud!" galwodd Peredur, gan grychu ei aeliau wrth iddo sylwi ar ddau ddyn yn dod allan o'r car, a dyn arall yn symud o'r sedd gefn at fan fechan a oedd wedi parcio gerllaw, yng nghysgod eithinen. "Arafa'r car, wnei di, am eiliad. Ia, dyna ti, stopia i mi gael gweld yn well."

Stopiodd Rhys y car oherwydd bod Peredur yn cymell mor daer.

Roedd hi eto braidd rhwng dau olau er ei bod yn gwawrio'n gyflym, ond yn y llwydolau hwnnw, roedd yn amlwg i Peredur mai'r ddau ddyn o Fiwmares oedd y rhain, y ddau yr hoffai eu gweld dan glo ers tro byd. Oherwydd y rhain y bu'n dihoeni ar Ynys Seiriol, yn ansicr o'i ddyfodol. Y rhain a ddaeth yn agos at ddwyn ei ddyfodol oddi arno, pan fu bron â llwgu i farwolaeth.

"Dw i'n mynd o'r car i weld be sy'n mynd ymlaen," meddai Peredur. "Mae'r rhain ar ryw berwyl drwg yn y fan yma yr adeg yma o'r bore."

"Paid, y ffŵl!" gorchmynnodd Rhys. "Mae'r rhain yn beryglus, mi rwyt ti'n gw'bod hynny. Aros yn y car. Gad i ni adael ar unwaith. Dyna fydd orau. Mi awn ni'n syth at yr heddlu yn Amlwch."

Ond roedd hi'n rhy hwyr. Roedd Peredur wedi llamu i wynebu'r dynion, fel teigr ar ôl ei brae. Byddai'n dda gan Rhys pe bai ei ffrind yn ymbwyllo, yn lle neidio i'r dwfn. Gan gymaint ei ofn, teimlai Rhys yn analluog i wneud dim, ond gwyddai y byddai'n rhaid iddo yntau ddilyn ei gyfaill i roi hynny o gefnogaeth ag oedd modd iddo. Teimlai y gallai wneud efo rhyw fath o erfyn, hyd yn oed ffon yn ei law, cyn mynd i dynnu'r dihirod yma yn ei ben.

Wrth i'r trydydd dyn symud ei gelfi o gist y car a'u symud i gist ei fan yntau, cafodd Peredur gip iawn ar y darn o farmor gwyrdd-ddu a orweddai bellach ar waelod cist y car.

"Rhys, ty'd i weld hwn," galwodd Peredur. "Mae'r rhain 'di bod yn torri'r marmor."

Symudodd Rhys yn dra ofnus i sefyll yn nes at ei ffrind, a gwelodd yntau â'i lygaid ei hun y marmor yn gorwedd yng nghist y car, heb ei orchuddio o gwbl rhag llygaid y byd.

Wrth gwrs, doedd y dihirod ddim yn disgwyl i neb ddod ar eu traws wrth iddyn nhw brysuro adref gyda'r trysor. Roedd y tri yn rhoi eu holl sylw i symud y celfi i fan y trydydd dyn, fel nad oeddent am ychydig yn ymwybodol o'r ddau yn eu gwylio'n gwneud hynny. Roedd yn beth rhyfedd nad oedd ganddynt fwy o'r marmor, ystyriai Peredur. O nabod y diawliaid yma, byddech wedi disgwyl iddynt dorri'r holl farmor ar yr un tro, yn eu barusrwydd hyll a digywilydd.

Heb ystyried ei ddiogelwch ei hun, roedd Peredur ar fin eu cyhuddo o'r anfadwaith, er gwaethaf y protestiadau a sibrydai Rhys ynghylch diogelwch. Buan y sylweddolodd y tri fod ganddynt gynulleidfa. Cyn i Peredur allu yngan gair o'i ben, camodd y dyn milain yr olwg o'u blaenau, a dal gwn i'w hwynebau. Gwyddai Peredur, o'i brofiad ysgytwol cynharach o gael ei gludo i Ynys Seiriol, mai Dean oedd hwn. Sylwodd, fel y gwnaethai o'r blaen, ar y graith droellog a ymestynnai i fyny o ochr ei geg ar hyd ei foch. Doedd hwn ddim yn ddyn i chwarae gydag ef, nac i'w gymryd yn ysgafn. O, pam y bu mor ffôl â gosod ei hun yn brae i'r dihirod unwaith yn rhagor! A oedd ei ffawd yn mynnu ei fod yn marw dan ddwylo'r drwgweithredwyr yma?

"Cerddwch yn eich blaenau y funud 'ma, y ddau ohonoch chi. Fydd dim dianc y tro yma, mi alla i eich sicrhau chi. Y bastards gwirion."

Gwthiodd Dean Ranger-Smith y gwn yn erbyn cefn Peredur, a'i orchymyn i fynd yn ei flaen.

"A thithau'r penci," galwodd ar Rhys wrth weld hwnnw'n arafu ei gerddediad. "Ty'd yn dy flaen, wnei di! Waeth i ti heb â thrio cuddio y tu ôl i'r penbwl yma!"

Bellach, roedd mynediad i un o'r siafftiau yn ymagor o flaen Rhys a Peredur, fel pydew peryglus yn niffeithwch Jwdea lle daeth pen ar fywyd aml i Arab ac Iddew anffodus cyn hyn.

"I lawr!" gorchmynnodd Dean. Safai Maurice Jeffreys y tu ôl iddynt. Roedd dyn y fan wedi gyrru oddi yno ar garlam; yr euog a ffy oedd hi yn hanes hwnnw. "Nid chi fydd y rhai cyntaf i ddod i ddiwedd sydyn fel hyn," ysgyrnygodd Dean. Roedd ei wên yn sbeitlyd wrth weld yr ofn ar wyneb y ddau ffrind.

Roedd Sara wedi codi'n weddol gynnar er mwyn gwneud y gorau o'i hamser, a bellach roedd yn teithio dros Fynydd Parys yn ei char bach du. Dyna'r ffordd y dewisodd hithau ei chymryd i gyfeiriad Llanfechell y bore hwnnw. Ni fyddai fyth yn pallu rhyfeddu at liw copr anarferol yr hen fynydd a roddai ryw olwg arallfydol iddo, yn arbennig yn gynnar yn y bore fel hyn. Fe âi drwy Amlwch, y tro yma, i gyfeiriad Llanfechell i graffu mwy ar leoliadau'r marmor ym Maes Mawr. Hwn fyddai ei hymweliad olaf â'r lle, mae'n siŵr. Dylai fod ganddi'r holl wybodaeth angenrheidiol ar ôl ymweliad y bore 'ma.

Ond wrth fynd heibio'r mynydd, cymerodd gip i'r dde, a gwelodd gar wedi ei barcio'n flêr braidd yn y maes parcio bychan. Car tebyg i gar Rhys, ond bod miloedd o rai o'r un math, wrth gwrs. Car glas, y gallai daeru bron mai car Rhys ydoedd, ond fyddai hwnnw fyth wedi parcio ym Mynydd Parys mor gynnar â hyn. Fyddai o fyth wedi ymweld â'r lle, p'run bynnag. Ni allai hithau ddarllen rhif cofrestru'r car o'r ffordd.

Gyrrodd ymlaen i lawr yr allt i gyfeiriad Amlwch. Aeth heibio i Ysgol Syr Thomas Jones ar y chwith, ac i lawr i gylchfan Grogan Goch yn y gwaelod. Dilyn y ffordd yn uniongyrchol drwy Amlwch i Borth Llechog a gweld y tonnau oedd ei bwriad, a gyrru ymlaen wedyn i gyfeiriad Llanfechell.

Eto, roedd rhyw anniddigrwydd yn ei phigo. Beth os mai car Rhys oedd ar Fynydd Parys? Pam y byddai yno, Duw a ŵyr. Doedd cerdded ben bore bach fel hyn ddim yn ei natur, hyd y gwyddai. A pham y byddai mor bell o Fangor?

Daeth hen syniad annifyr i'w phen i darfu arni. Doedd hi erioed wedi ystyried y gallai Rhys fod yn dioddef o iselder – arswydodd wrth i'r gair olaf hwnnw fynnu dod i'w meddwl – i'r gwrthwyneb yn hollol, fe gredai. Doedd bosib ei fod yn meddwl am... Na, ni allai feddwl ar hyd llinellau felly. Roedd hi wedi dod i'w adnabod yn eithaf da bellach. Ond gallai fod yn sâl...

Penderfynodd mai gwell fyddai mynd i weld car pwy oedd yno, er mwyn cadarnhau iddi ei hun nad Rhys oedd yno o gwbl. Doedd arni ddim brys gwirioneddol i gyrraedd Maes Mawr. Rywbryd cyn diwedd y bore yr oedd hi wedi ei ddweud wrth y ffermwr, er mwyn rhoi amser i hwnnw gael porthi a rhoi gwellt o dan ei stoc. Nid dyn ifanc mohono.

"Ty'd pan fynni di," yr oedd yntau wedi ymateb ar y ffôn. "Mi fydda i o gwmpas y buarth 'ma yn edrych ymlaen at dy weld."

Felly, fel yr oedd yn gadael Amlwch am ffordd Porth Llechog, penderfynodd Sara'n sydyn droi yn ei hôl, ac anelu'n uniongyrchol am Fynydd Parys. Doedd hi ddim ymhell, wedi'r cyfan, a gwell fyddai iddi gadarnhau iddi hi ei hun nad car Rhys mohono. Yn ôl deddf cyfartaleddau, roedd yn bur debygol nad car Rhys fyddai; roedd cymaint o geir lliw glas tebyg iawn iddo. Ond byddai wedi cael rhoi gorffwys i'w meddwl cyn mynd ymlaen â phwrpas ei diwrnod, sef ymweld â Maes Mawr. Gallai wedyn ganolbwyntio'n well ar astudio'r marmor.

Parciodd ei char yn y maes parcio bychan, ac allan â hi i edrych. Ac yno cafodd ei sioc gyntaf. Nefoedd wen, rhif cofrestru Rhys oedd hwn! Car Rhys! Sut aflwydd yr oedd wedi ei barcio yma, mor gynnar yn y bore? Sut aflwydd yr oedd wedi ei barcio yma o gwbl, o ran hynny? Soniodd Rhys ddim wrthi am unrhyw fwriad i ymweld â'r mynydd. Nid bod yn rhaid iddo ddweud wrthi am ei holl symudiadau, wrth gwrs, ond roedd o'n dueddol o grybwyll wrthi unrhyw le y byddai'n ymweld ag ef. Pa reswm fyddai ganddo i fod yma? Gallai fynd i gerdded am dro i unrhyw fan o amgylch Bangor, er enghraifft. Roedd Mynydd Parys yn ddewis anghyffredin iddo'i wneud. Ar ba berwyl yr oedd yma, tybed?

Teimlai Sara'n anghyfforddus, a dweud y lleiaf. Teimlai beth panig hefyd. Doedd hi ddim yn deall y sefyllfa o gwbl.

Cerddodd i gael cip gwell ar gar ei chariad. Pam y byddai'n cloi'r car a'i adael yma? Ond, wrth iddi afael yn reddfol a thynnu handlen y drws tuag ati, cafodd fod y car yn agored. Doedd hynny, ynddo'i hun, ddim yn nodweddiadol o Rhys, y dyn gofalus a deddfol yr oedd hi'n ei nabod mor dda bellach.

Clywsai ganwaith am fechgyn ifanc yn lladrata car rhywun a'i barcio mewn lle anghysbell, filltiroedd i ffwrdd. Ai hynny oedd wedi digwydd yma? Oedd y car wedi ei adael ar frys, tybed? Wedi ei barcio'n flêr, a'i adael yn agored? Beth aflwydd oedd yn mynd ymlaen? Galwodd rif Rhys, ond doedd ei ffôn ddim ymlaen.

Dechreuodd ofni'r gwaethaf. Allai hi ddim credu bod unrhyw beth ofnadwy wedi digwydd. Ond beth yn enw popeth yr oedd hi i'w gredu felly? Byddai'n rhaid iddi gael at wraidd y mater yma, er gwell neu er gwaeth.

Dechreuodd gerdded yn grynedig ymlaen ar hyd y llwybr a arweiniai drwy ganol y mynydd. Doedd dim copa walltog i'w weld o amgylch y bore 'ma. Nid oedd unrhyw un y gallai ofyn iddo a oedd wedi gweld rhywun yn cerdded ar hyd y llwybr. Prysurodd ymlaen, â'i phen i lawr, nes y daeth at geg ryw siafft.

Er iddi gael ei magu yn Llangefni, ni fuasai erioed yn troedio llwybrau'r hen fynydd 'ma hyd heddiw, ac nid taith bleserus oedd hon o gwbl! Roedd wedi darllen digon am y cloddio ar yr hen fynydd, hanes Twm Chwarae Teg a Cadi Rondol, y copr yr aed ag ef i Gernyw i'w broseu, y gweithwyr gyda'u tafodau sychion a gadwai dafarnau niferus Amlwch yn brysur, y merched a eisteddai'n curo'r copr ddydd ar ôl dydd, y Copr Ladis enwog.

Ond peth arall yn hollol oedd sefyll yma yng nghanol yr

hen fynydd, heb yr un syniad o'i ffordd. Ac yn fwy na hynny, dim syniad chwaith o gerddediad Rhys yn y tirwedd rhyfedd hwn. Teimlai'r dagrau'n cronni yn ei llygaid.

Gwyddai bod sawl un yn y gorffennol wedi dod i'w ddiwedd annhymig yng ngwaelod rhai o'r siafftiau peryglus, a byddai gofyn iddi wylio lle roedd yn mynd, rhag iddi hithau syrthio'n bendramwnwgl i ryw bydew diwaelod, a mynd i ddifancoll.

Daeth awydd mawr arni i redeg yn ôl am ei char ar unwaith. Dyna fyddai orau. Roedd golwg ryfedd y lliw copr o'i hamgylch yn codi arswyd arni. Roedd unigrwydd y lle yn gafael ynddi ac yn ei brawychu, er cymaint y ceisiai ei darbwyllo'i hun bod popeth yn iawn.

Trodd, er mwyn cychwyn yn ôl am ei char, pan feddyliodd iddi glywed llais egwan yn galw o rywle. Ai o'r siafft y deuai'r sŵn, tybed? Gorfododd ei hun i sefyll a gwrando. Yna cerddodd yn nes at geg y siafft a galwodd.

"Oes rhywun yna? Rhys, wyt ti yna?"

Daeth y lleisiau'n amlycach. Mwy nag un llais. A oedd rhyw ellyllod yn galw o grombil y mynydd? Teimlai Sara ias i lawr asgwrn ei chefn. Galwodd yn ôl ar yr ellyllod.

"Pwy sy 'na? Byddwch dawel, wnewch chi!" Gallai grio'n hidl ar amrantiad.

Ac yna daeth y lleisiau eto, yn gryfach y tro hwn. Dau lais gwahanol, ond dau lais yr oedd yn eu hadnabod, os nad oedd yn camsynied yn fawr.

Rhedodd ymlaen at geg y siafft a galw'n ôl nerth ei phen.

"Dach chi'n 'y nghlywed i? Rhys? Peredur? Be dach chi'n 'neud i lawr yn y fan 'na?"

"Sara!" bloeddiodd Rhys.

"Sara sy 'na," ategodd Peredur.

"Fedrwch chi ddringo i fyny 'ma?" gofynnodd Sara.

"Na fedran siŵr, neu mi fasen ni wedi g'neud hynny!" meddai Peredur. "Tria gael help i ni ar unwaith! A ffonia'r heddlu, wnei di!"

"Be ddigwyddodd, felly?" gofynnodd Sara.

"Mi gei di'r hanes i gyd eto," galwodd Rhys o bell. "Ffonia, da ti!"

Ffoniodd Sara'r heddlu ar fyrder ar ei ffôn symudol. Cafodd syniad arall.

"Dw i am fynd i weld oes 'na rywun o griw treftadaeth Amlwch ar gael. Maen nhw'n gw'bod popeth am yr hen siafftiau 'ma."

Cyn iddyn nhw gael amser i feddwl mwy, roedd Sara wedi neidio i'r car ac ar ei ffordd i Borth Amlwch, lle roedd canolfan a chaffi gan y criw treftadaeth.

Fel pe bai lwc o'i thu, mewn sefyllfa hynod o anlwcus, roedd un dyn ar gael yn y ganolfan honno, ac wedi i Sara esbonio'n sydyn beth oedd yn bod, dywedodd y dyn ei fod ef a'i gyd-aelodau wedi hen arfer mynd â thwristiaid i lawr un o'r siafftiau amlycaf.

"Ond pam dw i'n siarad yn y fan yma! Mi a' i i chwilio am ddau o 'nghyfeillion ar unwaith, ac mi fyddwn ni wedi cyrraedd pen y mynydd cyn pen dim."

Rhuthrodd Sara hefyd yn ei hôl i ben y mynydd, a chyrraedd ychydig cyn y dynion a oedd yn mynd i gynorthwyo. Roedd ei chalon yn dal i guro fel drwm ond roedd ganddi ffydd yn y dynion treftadaeth. Roedd ei chariad a'i brawd yn fyw, o leiaf.

Wedi hynny, digwyddodd popeth ar unwaith. Cyrhaeddodd yr heddlu. Cyrhaeddodd pedwar dyn o Dreftadaeth Amlwch. Roedd Sara'n crynu erbyn hyn, rhwng popeth, a syllodd yn dawel ar yr heddlu a'r dynion yn trefnu beth oedd yn mynd i ddigwydd nesaf. Yn ei sioc, ni allai ddweud rhyw lawer mwy nag yr oedd wedi ei ddweud eisoes wrth yr heddlu. Teimlai'r dagrau'n cronni unwaith eto.

Bu sgwrs sydyn rhwng y dynion a'r heddlu, a llawer o ysgwyd pennau. Yn wir, roedd tri char heddlu wedi stopio bellach gerllaw ceir Rhys a Sara, ac yna daeth ambiwlans gyda'i olau glas a'i sŵn byddarol. Bu cydweithio rhyfeddol rhwng pawb, gyda'r dynion yn deall ei gilydd i'r dim. Gyda rhaffau cryf a phwrpasol a gwybodaeth o natur yr hen siafft, gweithiodd y pedwar dyn yn galed i gynorthwyo Rhys a Peredur.

O dipyn i beth, er mawr galondid i Sara, gwelodd ei brawd yn esgyn yn ddiogel dros ochr y siafft i'r wyneb, ac yn cael ei ddilyn gan Rhys. Rhedodd Sara ar unwaith i roi cwtsh i'r ddau.

Credai'r heddlu bod angen ambiwlans i gludo'r ddau i'r ysbyty wedi eu trawma, ac roedd y dynion ambiwlans yn barod ar y safle. Fodd bynnag, gwrthod hynny'n bendant a wnaeth Peredur a Rhys, gan fynnu eu bod yn iawn, er bod golwg digon sigledig arnyn nhw am ychydig. Roedd yr arswyd yn dal ar eu hwynebau.

"Fuon ni ddim i lawr yn y siafft yn hir," esboniodd Rhys. "Er i mi daro fy phen-glin yn ddrwg wrth gael fy ngorfodi i fynd i lawr yn y lle cynta," ychwanegodd wedyn, gan hopian o amgylch.

Wedi setlo am ychydig yng nghar Sara, penderfynodd Rhys ei fod yn ddigon abl i yrru ei gar yn ôl i gyfeiriad Bangor, ond penderfynwyd mai i dŷ Peredur yr aent i ddechrau, ac mai yno yr âi Sara ar eu holau hefyd, yn hytrach na gyrru ymlaen i Faes Mawr. Rhoddwyd amlinelliad i'r heddlu o'r hyn a ddigwyddodd. Trefnodd yr heddlu, hwythau, y byddent yn galw cyn nos am ddatganiad pellach, wedi i bawb gael ei wynt ato. Roedd ganddynt lond eu dwylo o waith yn ceisio dilyn y dynion a oedd wedi cyflawni'r drosedd. Roedd y rheiny, gwaetha'r modd, wedi dianc ers meityn.

"Mae ymosodiad wedi bod ar Ifan Rowlands, Maes Mawr hefyd," esboniodd yr heddlu cyn iddynt adael y safle.

Esboniodd Sara mai mynd i gyfeiriad Maes Mawr yr oedd hi ond ei bod wedi penderfynu, o dan yr amgylchiadau, mai gwell fyddai gohirio'r ymweliad am y tro. Roedd wedi dychryn pan soniodd yr heddlu am Ifan Rowlands. Dyn hoffus oedd y ffermwr, ac roedd wedi bod yn allweddol yn ei gymorth iddi.

"Pa mor ddrwg ydy o?" gofynnodd Sara i'r plismon.

"Mae o wedi dechrau dod ato'i hun dipyn gwell yn yr ysbyty," esboniodd hwnnw, "ac mae o wedi gallu rhoi llawer o wybodaeth i ni eisoes. Mae'n ffodus ei fod yn cofio cymaint ag y mae, wedi cael ysgytwad fel yna, yn ei oed o."

Teimlai Sara fod ganddi ddigon o waith ar ei dwylo yn paratoi lluniaeth a chysur i'w brawd a'i chariad am y tro, heb feddwl am ei hymchwil am weddill y diwrnod. Ac roedd hi'n falch eithriadol fod Ifan Rowlands yn fyw.

Bellach, roedd y dihirod wedi dianc am Lundain hyd ffyrdd anghysbell a diarffordd. Fyddai neb yn meddwl eu dilyn ar y ffyrdd hynny. Roedd cymaint i'w ennill o osgoi'r ffyrdd uniongyrchol. Byddent wedi ennill awr, o leiaf, ar yr heddlu, pan fyddai'r rheiny'n dechrau eu herlid.

*

Dw i'n edrych ar un o'r fasys Tsieinïaidd i lawr yma yn y seler yn Llundain. Bydd yn rhaid bod yn ofalus wrth symud hon i Ffrainc. Mae tipyn o hanes yn perthyn iddi hi.

Ym meddiant 'y nhad yr oedd y fas arbennig yma. Fas Qing

famille rose *ydy hi. Mae fas felly yn werth llawer o arian. Mae hi yn 'y meddiant i ers deng mlynedd bellach.*

Cafodd 'nhad y fas yn wythdegau'r ganrif ddiwetha. Dw i'n cofio'r hanes yn iawn.

Roedd dyn lleol, o dras Tsieineaidd, yn ardal Llundain bryd hynny, mewn diffyg ariannol mawr, ac roedd o bron â mynd o'i go yn poeni sut y byddai'n gallu dod allan o'i bicil dyrys. Gwyddai 'nhad nad oedd y fas werthfawr wedi dod i feddiant Kim Wong mewn modd cyfreithlon, oherwydd ei gwerth mawr. Mi darodd 'y nhad, felly, tra bod yr haearn yn boeth, a dywedodd sut yr oedd wedi darbwyllo Kim i werthu ar fyrder. Mi brynodd 'y nhad y fas am lai nag un rhan o ddeg o'i gwerth, neu ei hamcan werth, yn ei farn ar y pryd. Ganddo fo y cefais i'r cariad at bethau hen a gwerthfawr, ac at y ffordd o'u cael yn rhad, neu'n rhad ac am ddim, yn amlach na pheidio.

Mi dw i 'di darganfod fod y fas ddeuddeng modfedd gyda dwy handlen yn werth llawer iawn mwy erbyn hyn. Fas gyda gwydredd 'falancai ruby' ydy hi, yn dwyn marc yr Ymherodr Qianlong, o gyfnod 1735 i 1796. Yn ôl yr hyn yr ydw i'n ei ddeall, roedd y fas, o bosibl, wedi ei lladrata yn y lle cyntaf o'r Palas Imperialaidd yn Tsieina yn ystod gwrthryfel Boxer rhwng 1899 a 1901.

Bryd hynny, meddai 'nhad, fe gychwynnodd rhyw gymdeithas gudd Tsieinïaidd a alwai ei hun yn Boxers neu Focswyr, ryw ymgyrch dreisgar i yrru pob estron o Tsieina. Yn rhyfedd ddigon, drwy ryw wyrdro annisgwyl, ymhen degawdau wedi hynny roedd y fas yn nwylo Kim Wong yn Llundain.

Ond does gen i ddim amser bellach i edrych ar y fas 'ma, gan fod amser yn hedfan. Bydd yn rhaid meddwl o ddifri rŵan am symud i Ffrainc efo'r llwyth cyfan o bethau sy gynnon ni yn y seler.

Wedi'r holl firi ar Ynys Môn yn ceisio cael gafael ar y marmor, dim ond ychydig bach a gawson ni cyn i'r hen ffermwr 'na ddŵad i fusnesu. Wedyn, wrth geisio symud yr hen garreg farmor 'na o gist car

Hayden, mi gawson ni ein darganfod gan y dynion busneslyd hynny, sy'n ymddangos bob tro dan ni'n ceisio mynd ymlaen efo'n busnes yn dawel bach, a bu'n rhaid i Dean eu gorfodi nhw i fynd i lawr yr hen siafft. Ar eu gwaethaf yr aethon nhw, ond mi gynorthwyodd Dean eu cwymp drwy roi hergwd sydyn iddyn nhw. Un call a chyfrwys ydy Dean, dw i'n wastad wedi deud hynny. Wn i ddim sut y byddwn i'n gallu parhau i redeg y sioe hebddo fo, efo cymaint o bobl yn barod i'n herio ni y dyddiau yma.

Rhwng hyn oll, mi fydd symud i Ffrainc yn hanfodol. Does wybod am faint y byddan nhw i lawr yn y siafft. Wn i ddim fydd yr hen ffermwr 'na'n byw. Ella'i fod o'n gelain ar y cae pan adawodd Dean o. Ac wn i ddim be ddaw o'r ddau ddyn 'na i lawr y siafft, yn y pen draw. Llwgu i farwolaeth, synnech chi ddim. Cynta'n y byd yr awn ni, gorau'n y byd, o dan yr amgylchiadau. Tasai'r hen ffermwr yn dod ato'i hun ac yn dechrau agor ei geg go iawn, wel, mi fydden ni mewn dŵr poeth ofnadwy.

Pennod 60

Edrychodd Maurice a Dean ar y cwch mawr y llwyddwyd i'w berchnogi am bris isel. Byddai'n ddiogel yn yr harbwr bychan diarffordd, rai milltiroedd o brysurdeb Llundain. Cawsai Dean a Maurice wers syml iawn ar sut i'w drin gan y gwerthwr, ac roedd y cychwr yn fodlon eu cynorthwyo dros Fôr Udd hefyd. Maurice fyddai'n teithio ar y cwch y tro yma.

"Bydd angen i ti symud ar fyrder, felly," meddai Dean, "er mwyn cyrraedd Ffrainc yn yr oriau mân."

"Bydd," atebodd Maurice. "Mi fydd hynny'n ein galluogi ni i osgoi'r tollau, ac osgoi pobl fusneslyd yn holi cwestiynau anodd."

"Mi fydda inna," aeth Dean ymlaen, "wedi cyrraedd yn Ffrainc efo'r fan wag yn fuan, ac yna fyddwn ni fawr o dro yn nôl y pethau o'r cwch. Un trip. Dau drip, hwyrach."

"Cael y pethau i'r cwch yn gyflym fydd ein tasg nesa," meddai Maurice.

Roedd bywyd yn gallu bod yn eithriadol o gymhleth a phrysur, ond peth fel'na oedd busnes, ac roedd natur eu busnes nhw'n fwy cymhleth na'r cyffredin.

"Bydd yn rhaid gwagio pethau o seler Biwmares yn yr oriau mân heno, os bydd modd," esboniodd Dean. "Mi fydd yr heddlu'n sicr o gael gwynt ar bethau gan y dynion 'na, os byth y do'n nhw'n rhydd o'r hen siafft. Mae peryg iddyn nhw fod yn gwylio'r siop."

"Os bydd y ddau foi ifanc 'na'n gallu dianc o'r siafft, mi fydd yn wyrthiol," chwythodd Maurice anadl allan yn swnllyd. "Dw i'n sicr bod llawer un wedi dod i ddiwedd sydyn i lawr yr hen siafftiau 'na.

"Mi fuon ni'n lwcus yn prynu'r hen blasty blêr 'na yn Auvergne am bris isel, neu mi fasen ni mewn tipyn o bicil rŵan," nododd Dean.

"Mae'n dda o beth bod y perchennog mor falch o gael gwared â'r lle fel ei fod o'n barod i ni symud yno ar unwaith, ac efo pres yn newid dwylo'n answyddogol fel'ma. Mae'n dda na wnaeth o ddweud hynny wrth y cyfreithiwr, neu fyddai'r un o'n traed ni yno am fisoedd lawer. Mi fyddai 'na fiwrocratiaeth rif y gwlith efo cyfreithiwr, a'n henwau ni ar bob math o ddogfennau. Mae sôn am y *notaires* Ffrengig 'ma... Mi a' i ymlaen efo'r pacio ar frys, felly," meddai Maurice. "Fyddwn ni fawr o dro yn cyrraedd y cwch efo'r nwyddau yma, cyn cychwyn am Fiwmares."

Pennod 61

YM MHERFEDDION FFRAINC, i lawr ffordd gul ac anghysbell, llechai plasty hynafol a threuliedig yr olwg a oedd bellach ym meddiant y dynion anghymeradwy o Fiwmares. Eu cartref newydd.

Roedd Maurice Jeffreys a Dean Ranger-Smith yn gwylio'r lorri symud dodrefn ychwanegol yn dod i aros o flaen eu cartref helaeth. Mae'n wir ei fod wedi dirywio'n helaeth, yn dadfeilio mewn mannau, a bod tyfiant blynyddoedd o chwyn a llwyni ymledol o'i amgylch, ond gallent wneud rhywbeth ynghylch hynny gydag amser.

Doedd Maurice na Dean ddim eto wedi dod atynt eu hunain ar ôl y daith hir o Fiwmares i Lundain, heb sôn am y daith felltigedig yn union wedi hynny i gyrraedd Ffrainc. Buasai'n joban ofnadwy y diwrnod cynt yn ceisio llenwi'r cwch, gyda Dean yn gyrru'r fan i Ffrainc, a Maurice yn hwylio'r cwch gyda'r cychwr. Wedyn bu'n rhaid gwagio cynnwys y cwch yr ochr arall i Fôr Udd, gan lenwi'r fan, a gyrru gyda'r nwyddau i'r lle newydd. Sôn am balafa! Byddai unwaith mewn oes yn hen ddigon i wneud taith o'r fath.

Wedi hynny, penderfyniad munud olaf oedd llogi lorri yn ychwanegol, oherwydd faint o stwff oedd i'w symud. Roedden nhw wedi casglu tomen o nwyddau dros y blynyddoedd diwethaf. Roedd dynion y lorri bellach yn brysur yn dadlwytho'i holl gynnwys yn chwim ac yn bwrpasol. Roedd

Dean a Maurice wedi teithio'n ôl er mwyn dod gyda'r lorri honno heddiw. Er bod y ddau wedi ymlâdd yn llwyr, roeddent yn benderfynol o gael y nwyddau i'w lloches derfynol.

Roedd Maurice a Dean wedi gofalu bod y creiriau amheus eu perchnogaeth yng nghanol y llwyth bob tro. O'r tu allan roedd dodrefn a chelfi tŷ digon cyffredin yr olwg yn cuddio cynnwys mwy dadleuol, a orweddai ym mherfeddion y lorri. Cynnwys oedd hwnnw a allai eu rhoi'n uniongyrchol yn y carchar, er bod y rhan fwyaf o'r pethau dadlennol wedi mynd yn y fan at y cwch, ac wedyn wedi teithio ymlaen yn y fan yr ochr arall. Roedd yr holl drefniadau a'r holl deithio brys wedi rhoi cur pen i Maurice, ond roedd yn gobeithio bod enfys ar ddiwedd y cwmwl.

Ychydig ynghynt, eisteddai'r ddau yn nhu blaen y lorri gyda'r gyrrwr, ar y daith ddi-ben-draw o Fiwmares. Buont mewn ciw hirfaith am ddwyawr eisoes. Nid oedd gwŷr y tollau wedi cymryd mwy na golwg arwynebol ar gynnwys y lorri; y ffaith ei bod yn hwyr yn y dydd, ym marn Maurice, oedd yn bennaf gyfrifol am hynny.

"Mi wnawn ni ddadlwytho'r llwyth cyfan, os leciwch chi, i chi gael golwg well arno," cynigiodd Maurice Jeffreys, er bod lluniau cyfrifiadurol sylfaenol wedi eu cymryd eisoes. Doedd gyrrwr y lorri ddim yn hapus o glywed hynny, ond fe weithiodd cynllun Maurice. Gwnaeth ystum i ddod i lawr o'i sedd yn nhu blaen y lorri, i danlinellu nad oedd wahaniaeth ganddo ddadlwytho popeth pe bai dynion y tollau yn mynnu hynny. Man a man iddo wneud hynny, dim ond iddyn nhw ddweud hanner gair, esboniodd.

Roedd dau ddyn y tollau yn dod i ben eu shifft. Roeddent wedi cymharu'r rhestr o nwyddau datganedig gyda'r hyn y gallent ei weld yn nhu ôl y lorri. Nid oedd y cynnwys dibwys, rhad yr olwg a welent o'u blaenau wrth agor cefn y lorri yn codi unrhyw awydd arnynt i dreiddio'n ddyfnach i gynnwys y llwyth. Ychydig a wyddent, meddyliodd Maurice!

Edrychodd dynion y tollau'n hurt ac yn ddiamynedd ar y dyn a oedd yn disgyn o'r lorri, cyn chwifio'r lorri ymlaen heb oedi mwy. Anadlodd Maurice a Dean yn rhwyddach wedi hynny, ac roedd perchennog y lorri'n falchach fyth.

Pennod 62

Roedd Rhys wedi bod yn pendroni cryn dipyn. Bu'n dadlau ac yn ymryson gydag ef ei hun.

Roedd cryn amser i ddod cyn y byddai Sara'n ennill ei doethuriaeth, ac ni wyddai sut y gallai gadw'u perthynas led braich gyhyd â hynny. Roedd pethau dros ben llestri eisoes, pe bai ond yn cyfaddef hynny.

Nid un i'w chuddio dan lestr oedd Sara chwaith. Roedd Rhys am i bawb yn y byd ddod i wybod eu bod ill dau'n eitem cyn gynted ag y bo modd. Roedd o am ofyn iddi ei briodi y tro nesaf y gwelai hi, a byddai'r dyweddïo'n digwydd yn uniongyrchol hefyd. Roedd bellach yn benderfynol o hynny.

Yn gyntaf oll, roedd am drefnu gyda'i bennaeth i gael tiwtor personol arall ar gyfer Sara. Byddai hynny'n ddoeth, rhag bod neb yn gallu honni bod unrhyw wrthdaro buddiannau'n bodoli wrth iddo bwyso a mesur ei gwaith. Doedd o ddim am i unrhyw amheuaeth godi wrth i'r coleg ddyfarnu doethuriaeth iddi yn y pen draw. Roedd hi'n llwyr haeddu hynny, wrth gwrs.

Gallai yntau wedyn roi cymorth heb fod mor oddrychol iddi. Nid bod ar Sara angen llawer o gymorth, mewn difri, dim ond ambell i awgrym yn awr ac yn y man. Roedd hi bob amser yn dilyn y canllawiau gosodedig o ran ei dull o ddyfynnu, ac roedd ei harddull ysgrifenedig eisoes yn benigamp.

Roedd Rhys yn derbyn yn llwyr fod ganddo ragfarn o'i

phlaid hi, ond welodd o erioed fyfyriwr ymchwil llawn mor ddisglair â hi. Nac mor ddel… ond mater arall oedd hynny. Roedd Sara'n feistr ar ei phwnc, ac roedd wedi rhagweld bron pob awgrym a fyddai ganddo iddi mewn tiwtorial. Byddai'n ei cholli'n fawr fel myfyrwraig, ond doedd dim ond llawenydd o'i flaen os gallai ei chael i gytuno i'w briodi.

Gorau po gyntaf i hynny ddigwydd cyn belled ag yr oedd ef yn y cwestiwn. Pam oedi pan oedd yn sicr o'i bethau?

Pennod 63

Roedd Sara'n benderfynol o ysgrifennu dwy fil o eiriau pellach at ei thraethawd hir cyn mynd am diwtorial gyda Rhys. Ond y funud y cyrhaeddodd y targed yr oedd wedi ei osod iddi'i hun, cymerodd seibiant bach ac aeth i ymuno â Hawys, ei ffrind, am goffi.

"Mae dy lygaid di'n serennu bod tro rwyt ti'n cyfeirio at Rhys Elidir," meddai Hawys. "Mi fasai rhywun yn meddwl eich bod chi'n canlyn yn selog, o'r ffordd yr wyt ti'n sôn amdano fo, Sara."

Chwarddodd Sara wrth godi oddi wrth y bwrdd yn y tŷ coffi a oedd ar gyfer myfyrwyr yn bennaf, a gwisgo'i chôt cyn mynd i weld ei thiwtor. Hwyrach, yn wir, fod rhywbeth da'n prysur egino rhwng Rhys a hithau, ond roedd angen pwyllo o hyd. Fel yr oedd Rhys wedi'i ddweud, byddai gofyn iddyn nhw aros cyn gwneud dim yn gyhoeddus yn lleol a allai beri i unrhyw un edliw eu perthynas agos, neu awgrymu ei bod hi wedi cael unrhyw driniaeth ffafriol ganddo. Roedd pobl mor barod i siarad.

Os oedd hi am lwyddo i ennill doethuriaeth, doedd arni ddim eisiau cael ei chyhuddo o dderbyn unrhyw driniaeth arbennig. Roedd hi'n benderfynol o lwyddo ar ei liwt ei hun, heb fewnbwn uniongyrchol gan unrhyw un, na marciau na chanmoliaeth uwch na'i haeddiant. Roedd awgrymiadau cynnil ei thiwtor hyd yma wedi bod yn ddigonol iddi allu gweld ei ffordd ei hun yn glir yn y maes.

Byddai'n trefnu eto i fynd i Faes Mawr pan fyddai Ifan Rowlands wedi dod ato'i hun. Roedd wedi ffonio eisoes i holi yn ei gylch, a'i wraig wedi ei sicrhau bod Ifan ar wella, yn raddol bach. Doedd hi ddim am ruthro yno cyn i Ifan gael ei gefn ato chwaith. Roedd ganddi ddigon o agweddau eraill ar ei gwaith y gallai roi sylw iddynt yn y cyfamser.

Pennod 64

Roedd Peredur yn hen barod i dystiolaethu mewn llys barn yn erbyn Maurice Jeffreys a'i bartner. Roedd Maurice Jeffreys a Dean Ranger-Smith wedi codi ei wrychyn go iawn, wrth iddynt ei garcharu ar Ynys Seiriol, i ddechrau, heb sôn am yrru Rhys ac yntau i lawr y siafft ar Fynydd Parys. Roedd sawl un a ddioddefodd fynd i lawr un o'r siafftiau hynny heb weld golau dydd fyth wedyn. O, oedd, roedd gan yr hen fynydd lu o gyfrinachau, ac roedd llawer un wedi cael beddrod unig yn ei grombil, doedd dim dwywaith.

Dim ond y ffaith bod Sara wedi digwydd gyrru heibio'r hen fynydd, ac wedi digwydd gweld car Rhys a throi yn ei hôl i ymchwilio, oedd yn gyfrifol bod Rhys ac yntau'n fyw ac iach yn awr, o bosibl. Dim ond hap a damwain, bod Sara wedi digwydd dod heibio'r hen fynydd y bore hwnnw, a barodd bod y ddau ohonynt wedi eu hachub mor fuan. Byddai rhywun wedi canfod car Rhys yn y maes parcio bychan yn hwyr neu'n hwyrach ac wedi dod i chwilio amdanyn nhw, efallai. Ond proses ofnadwy o araf fyddai honno. Gallai rhywun fod wedi lladrata'r car, pe bai hi'n mynd i hynny, gan fod y drws yn agored a'r allwedd yn ei lle.

Byddai Maurice a Dean wedi bod yn dreth ar Gristion pybyr, hyd yn oed Seiriol Sant ei hun, credai Peredur. Byddai hwnnw wedi ei chael hi'n anodd maddau i'r ddau a dangos gras ac amynedd tuag atynt, heb sôn am feidrolyn cyffredin fel ef ei hun. Roedd hi'n hen bryd i'r ddau gael eu dal; byddai llawer yn elwa o'u gweld dan glo am gyfnod hir.

Erbyn hyn, roedden nhw wedi ymosod ar yr ail ffermwr, druan ag ef. Gobeithiai na fyddai pethau'n profi'n angheuol i hwnnw, fel yn hanes y ffermwr yn ardal Rhoscolyn. Doedd ganddo ddim prawf, ond roedd a wnelo'r diawliaid hyn rywbeth â'i farwolaeth, ym marn Peredur.

Tybed a ellid adfer rhai o'r hen greiriau drudfawr a welsai yn cael eu dadlwytho ym Miwmares i'w gwir berchnogion? O leiaf, roedd o'n dyst o'u bodolaeth, ac o'r fan lle cedwid hwy. Credai'n gryf mai wedi eu lladrata yr oeddent. Gyda darnau o farmor wedi eu torri ymaith byddai hynny'n fwy anodd, wrth gwrs, ond dylai perchnogion y ffermydd gael cyfle i wneud rhywbeth cain o'r darnau, gan mai eu heiddo nhw oedd y marmor. Daethai ar draws un eitem yn y siop honno yng Nghaer, ac roedd Rhys a Sara hefyd wedi dod ar draws y dihirod yn Llundain, lle buont hwythau'n dystion i giamocs rhyfedd a beiddgar Maurice a Dean.

Roedd gan y ddau lawer i'w guddio, yn ddigamsyniol. Cynta'n y byd, felly, y gellid eu dwyn i gyfraith.

Pennod 65

GRESYNAI Mr Wong fod ei dad wedi mynd i wth mawr o oedran. Roedd yntau ei hun yn dal i edifarhau gwerthu'r fas ddrudfawr am bris mor ofnadwy o isel a gwael. Roedd y fas liw rhosyn a gawsai gan ei deulu – drwy gyfrin ffyrdd, mae'n rhaid dweud – yn hynod werthfawr, ond roedd y dyn Jeffreys hwnnw wedi bod yn fygythiol ei agwedd pan fentrodd ofyn am ychydig mwy o arian am y fas. Roedd wedi meddwl gwneud rhywbeth ynghylch y mater ar y pryd, ond roedd yntau'n dechnegol wedi 'dewis' gwerthu – o'i rydd ewyllys, gallech ddweud – er mwyn gallu talu rhai o'i ddyledion i'r banc. Ni allasai fod wedi cario ymlaen i gynnal ei fusnes na'i deulu fel arall.

Daliai Mr Wong y gobaith gwan y gellid gwneud rhywbeth ynghylch y sefyllfa. Edrychodd ar y dderbynneb bitw a ysgrifennodd Maurice Jeffreys am y fas. Doedd dim pennawd ar y darn papur yn dangos enw ei fusnes, na dim swyddogol ynghylch y peth. Gallai fod wedi talu am unrhyw hen fas, mewn gwirionedd. Hwyrach bod y fas naill ai wedi torri'n deilchion bellach neu wedi cael ei gwerthu am grocbris i rywun ym mhen draw'r byd; synnech chi ddim.

Waeth iddo yntau roi'r ffidil yn y to ynghylch y mater. Eto, hwyrach y câi air rywbryd gyda'r heddlu. Roedd wedi meddwl yn aml a fyddai rywfaint elwach o fynd at y glas i ddweud wrthynt am y digwyddiad, ynteu a ystyrid mai ef ei hun a oedd ar fai yn y lle cyntaf yn gwerthu'r fas o dan ei gwerth. Hwyrach y mentrai fynd i ddweud yr hanes rywbryd, hyd yn oed wedi'r holl flynyddoedd.

Pennod 66

Dewisodd Sara fodrwy ddyweddïo gydag un diemwnt trawiadol arni, ac roedd Rhys yn ei elfen yn syllu ar ei ddyweddi'n codi ei llaw er mwyn craffu ar y fodrwy gyda gwên ar ei hwyneb, fel cath a gawsai'r hufen i gyd. Ni fu angen iddo ofyn iddi ei briodi fwy nag unwaith. Teimlai na allai ei fywyd personol godi i uchelfannau uwch na hyn.

Esboniodd wrth Sara ei fod wedi trefnu i gael tiwtor arall ar ei chyfer, ac nad oedd yn dymuno aros yn hir cyn ei phriodi. Doedd dim angen iddo ddwyn perswâd arni, yn hynny o beth. On'd oedd hi'n barod i drefnu popeth! Mynnodd Rhys wneud ei ran hefyd.

"Mi fydd Mam ar ben ei digon yn gwneud trefniadau hefyd, gei di weld. Mae pethau felly'n dod yn ail natur iddi," esboniodd Sara.

Roedd Peredur fel pe bai'n hanner disgwyl am gais Rhys i fod yn was priodas iddo. Fel hen gyfeillion coleg a phopeth, roedd yn amau'n gryf mai ef a gâi'r fraint a'r cyfrifoldeb. I beth y mae ffrindiau'n da, ynte?

"Dydy hyn yn dŵad fel dim newydd i mi, dim ond yr hyn roeddwn i'n ei ddisgwyl, braidd. Wrth gwrs, mi wna i fod yn was priodas i ti. Cofia di am gastiau mae gwas priodas yn gallu eu chwarae!"

"Paid â mynd dros ben llestri rŵan," rhybuddiodd Rhys, ond gwyddai na fyddai'n gwrando.

Doedd gan Rhys fawr o ddiddordeb mewn trefniadau

priodasol, fel y cyfryw. Dim ond cael Sara'n wraig iddo oedd yn cyfrif, nid y miri gyda'r ffrogiau a'r gwisgoedd a'r halibalŵ i gyd. Ond gwyddai y byddai'n rhaid iddo gydymffurfio gyda phopeth o'r fath, er mwyn i Sara gael diwrnod a fyddai wrth ei bodd. Felly, anadlodd yn ddwfn, a gwenodd yn aml, wrth i Sara fynnu bod angen iddo fynd i fesur am siwt a phrynu esgidiau newydd, a hyn a'r llall.

Gwibiodd amser heibio fel sidan yn llifo drwy eich dwylo. Heb esgeuluso'u gwaith coleg, llwyddodd Rhys a Sara i wneud hynny o drefniadau a oedd yn angenrheidiol ar gyfer eu diwrnod mawr. Doedd yr un o'r ddau'n chwilio am steil a fyddai'n tynnu sylw, fel y cyfryw.

Felly, roedd diwrnod priodas Rhys a Sara yn berffaith, o leiaf yn eu golwg nhw ill dau, a doedd fawr o wahaniaeth ganddynt am yr hyn a feddyliai pobl eraill, gan mai eu diwrnod nhw oedd hwn i fod.

Er hynny, roedd y trefniadau gofalus yn golygu bod y gwahoddedigion i gyd wedi llwyr fwynhau eu hunain hefyd. Roedd Peredur yn ei elfen yn gweithredu ei ddyletswyddau gwas priodas. Cafwyd cryn chwerthin yn ystod ei araith, ond doedd hynny ond yn naturiol gyda Peredur yn bwrw iddi yn ei ffordd nodweddiadol ei hun.

Pwysleisiodd ei fod yn adnabod y ddau a oedd yn priodi yn dda iawn.

"Dw i'n nabod un ers pan oedd hi yn ei chlytiau," meddai, "a'r llall o'i ddyddiau coleg gwyllt ond gweithgar."

Roedd Hawys yn hynod o ddel yn ei ffrog o liw porffor, yn sefyll wrth ymyl Sara.

"Ro'n i'n gw'bod o'r dechrau bod gan Rhys le arbennig yn dy galon di, Sara," mynnai ddweud fwy nag unwaith, ac wrth unrhyw un a oedd gan glustiau i wrando arni.

"Dw i'n sicr y cytunwch chi," meddai Rhys yn ei araith fer a phwrpasol yntau, pan ddaeth ei dro, "nad oes neb yma heddiw cyn ddeled â Sara yn ei gwisg briodas."

Dilynodd bonllef o gymeradwyaeth oddi wrth y gwahoddedigion oll.

Nid oedd rhieni Sara wedi dychmygu y byddai eu merch yn priodi ar ganol ei chwrs doethuriaeth yn y coleg, ond ar y llaw arall, wedi cyfarfod Rhys, ni allent weld bai arni. Nid oedd Rhys na Sara yn bobl rhwysg a rhodres, ac felly syml, ond trawiadol, oedd eu priodas.

A dyna'u cartref newydd hefyd. Roedd Rhys wedi defnyddio'r cymynrodd a gawsai yn ewyllys ei nain ac wedi gwario'i gynilion yn helaeth i roi blaen-dal sylweddol ar y tŷ, ar stad newydd ar gyrion Bangor. Byddai lleoliad eu cartref yn gweddu i'r dim i swydd Rhys yn y coleg.

Yn gwbl wahanol i ymadawiad brysiog Maurice, Dean a'r teulu am Ffrainc gyda'u holl drugareddau, syml oedd gwaith symud Rhys a Sara. Ni fu'n waith hirfaith o gwbl pacio cynnwys y ddau fflat a'u symud i'r tŷ newydd. Gyda fan fawr wedi ei llogi ganddynt ar gyfer un bore Sadwrn, a Peredur a thad Sara, a rhieni Rhys yntau, yn rhoi cymorth i'r ddau, buan iawn yr aed â'r cyfan i'r tŷ newydd. Fu Sara a'i mam fawr o dro yn cael trefn ar y lle wedyn.

Edrychodd Sara ar y ddau Pierrot bach a osododd i sefyll ar y silff ben tân yn y lolfa, ac ni allai fod yn fwy balch o'i chartref newydd. Hwyrach, un diwrnod, y byddai'n eu newid am grair neu ddau mwy sylweddol, ond ar hyn o bryd, beth a allai fod yn well nag eitemau syml a oedd yn taro deuddeg gyda hi? Roedd hi ar ben ei digon.

Pennod 67

Roedd Elsie, a hyd yn oed Gloria ar brydiau, yn dueddol o fân siarad, gyda chwsmeriaid y siop neu gyda phobl eraill, yn y salon trin gwallt, yn y parlwr trin ewinedd neu dros baned mewn siop goffi. Doedden nhw ddim fel pe baen nhw'n deall yn iawn, hyd yn oed wedi symud cartref gymaint o weithiau'n ddiweddar, pa mor ofnadwy o bwysig oedd dweud dim mewn perthynas â'r busnes. Roedd Elsie fel pe bai hi'n cynnig gwybodaeth i hwn a'r llall, hyd yn oed heb geisio gwneud hynny, ac roedd perygl mewn peth felly. Roedd Dean a Maurice yn gorfod bod yn gas gyda phobl yn eithaf aml oherwydd cam gwag Elsie, yn arbennig.

Hwyrach bod y merched yn fwy tueddol o fân siarad am eu bod yn deall ryw gymaint, ond nid popeth, ynghylch y busnes. Doedden nhw ddim yn gwybod, yn wahanol i Maurice ei hun, beth oedd tarddiad rhai o'r eitemau yn y selerydd. Cyn dod i Ffrainc byddai Elsie'n gofyn, mewn difri weithiau, pam na allent arddangos ambell ddarlun olew neu fas arbennig o'r seler yn y ffenestr flaen, er mwyn denu cwsmeriaid blaenllaw i'r siop.

"Dw i'n ceisio cadw ein dyfodol ni'n ddiogel rhag pobl sy'n dymuno ymyrryd," ceisiodd Maurice esbonio am y canfed gwaith. Doedd arno ddim eisiau dweud yn gwbl blaen mai ceisio osgoi llid y moch yr oedd Dean ac yntau, ac mai wedi eu lladrata yr oedd yr eitemau hynny i gyd.

Yn awr yn Ffrainc, yr unig gysur oedd nad oedd yr un o'r pedwar ohonyn nhw'n siarad Ffrangeg. Doedden nhw chwaith ddim wedi medru'r Gymraeg ym Miwmares, ond mater arall oedd hynny. Ni fyddai mor hawdd i'r merched agor eu cegau wrth Ffrancwyr, siawns.

Ond teimlai Maurice y byddai'n well iddo roi mwy o wybodaeth i'r ddwy ynghylch mater y marmor gwyrdd-ddu. Roedd am iddyn nhw ddeall nad oedd wiw iddyn nhw grybwyll dim amdano, o leiaf nes y bydden nhw i gyd yn byw yn derfynol ym mherfeddion Ffrainc, ac wedyn, dim ond yn eu plith eu hunain. Ceisiodd Maurice grybwyll pwysigrwydd y wefan gudd, nad oedd yn weladwy ond i rai pobl, ar gyfer gwerthu nwyddau amgenach na'i gilydd. Doedd o ddim am ddweud yn blwmp ac yn blaen bod y nwyddau hynny'n boeth, ond gobeithiai y byddai agweddau ar fod yn ofalus yn treiddio rhywfaint i benglogau Elsie a Gloria.

Felly, cymerodd amser i roi ychydig mwy o wybodaeth i'r ddwy yng nghegin yr hen blasty bregus dros banad. Dim ond gwenu bob hyn a hyn a wnâi Gloria, ond agorai Elsie ei llygaid led y pen wrth wrando ar rai o'r ffeithiau.

Gorffennodd Maurice drwy siarsio'r ddwy eto nad oedden nhw i yngan gair ynghylch y marmor, yn arbennig, neu byddai'n rhaid iddo droi'r tu min. Wedi'r cyfan, roedd ambell un, hyd yn oed ym mherfeddion y wlad yn y fan hyn, yn deall rhywfaint o Saesneg, a rhai yn deall gormod o lawer. Roedd ambell un yn sicr yn deall mwy o Saesneg nag yr oedden nhw'n ei ddeall ar y Ffrangeg; doedd hynny ddim yn anodd. Doedden nhw ddim yn rhedeg siop bric à brac yn Ffrainc eto, ac felly doedd neb yn dod i gysylltiad â nhw, a da o beth oedd hynny.

Gallai weld yr arswyd yn llygaid Elsie wrth iddo'u

rhybuddio, ond fel'na roedd pethau, a gwell i'r ddwy ddeall y sefyllfa cyn i bethau fynd yn rhy bell. Roedd y ddwy'n cael bywyd digon difyr, a Dean ac yntau oedd yn gorfod cymryd pob risg mewn perthynas â'r busnes.

★

Wir, mae'n rhaid i mi ddeud bod pethau ar i fyny ers i ni gyrraedd Ffrainc. Mae Dean 'di bod yn sgowtio o amgylch yr ardal helaeth yma, sydd efo ychydig iawn o boblogaeth o'i chymharu â Llundain, ac ychydig hefyd o'i chymharu â Biwmares, mewn gwirionedd. Mi ellwch chi fynd allan i'r siop leol i brynu bara ffres a llefrith a theithio rhyw wyth cilomedr heb weld undyn byw. Does dim rheidrwydd mawr i siarad Ffrangeg, dim ond pwyntio at y nwyddau, heb na gwên nac unrhyw lol. Does dim cymdogion amlwg yma i holi yn ein cylch, ac mae rhywbeth yn braf iawn yn hynny. Mi fedrwn ni fwrw ymlaen efo'r agenda, heb i neb darfu arnon ni o gwbl, gyda lwc.

Mae busnes yn ddigon fflat ar y funud ar y wefan dywyll, a does gynnon ni ddim siop i werthu bric à brac chwaith, wrth gwrs. Mae gofyn i ni gadw proffil isel iawn ar hyn o bryd, oherwydd nad ydan ni eisiau tynnu sylw'r gendarmerie. *Wyddon ni ddim be ydy hyd a lled y* gendarmerie *eto. Mae gofyn i ni yrru'n ofalus hefyd ar ochr dde'r ffordd, ac osgoi cerbydau eraill fel pe bai ein bywyd yn dibynnu ar hynny, rhag i ni gael ein stopio a thynnu unrhyw sylw atom ein hunain.*

Y gwir ydy nad ydan ni'n gallu siarad Ffrangeg o gwbl, ond mi fedrwn ni ailadrodd pethau yn Saesneg nes y bydd y bobl 'ma yn deall, os bydd raid. Siarad yn uwch ac edrych yn gas, ac mi fyddan nhw'n sicr o gael y neges, yn arbennig os bydd Dean yn cyfathrebu efo nhw. Ond fyddwn ni ddim angen cyfathrebu rhyw lawer. Wnaethon ni ddim rhoi cynnig ar siarad Cymraeg ym Miwmares; gormod o "ch" a "th" a "ll" a rhyw hen synau felly, a doedden ni ddim yn bwriadu aros yn hir yno, beth bynnag. Hen iaith hen ffasiwn, ddyliwn i. Fydd hi fawr cyn marw allan, debyg. Fydd hi ddim mor hawdd osgoi bodolaeth y Ffrangeg, fodd bynnag.

Un diwrnod, hwyrach y gall Elsie a Gloria redeg lle gwely a brecwast, wedi i ni drin a chaboli tipyn ar yr hen le 'ma. Ella bydd hynny'n well na siop bric à brac yn y lle pellennig 'ma. Gawn ni weld am hynny eto. Ond fydd hynny ddim yn digwydd ar fyrder, yn sicr. Gadewch i ni setlo yma'n gyntaf.

Mae Dean a finnau wedi cyflawni un neu ddwy o jobsys ganol nos ers i ni gyrraedd yma. Rhyw hen blastai tebyg i hwn, a neb wedi byw ynddyn nhw ers blynyddoedd lawer. Llawer o hen geriach yn y cytiau helaeth o'u hamgylch, a mynediad hawdd i'r plastai eu hunain. Diawch, mi gaethon ni siandelîr werthfawr ddigon yn un ohonyn nhw y noson o'r blaen, ac mae pris i'w gael hefyd am rai o'r hen gelfi rhyfeddol sy'n gorwedd o amgylch yn ddibwrpas yn y cytiau. Dydyn nhw ddim yn gymaint o sothach di-werth ag y byddech chi'n tybio, mewn difri, yn enwedig i rai fel ni, sy'n deall be ydy be yn y byd hen bethau 'ma.

Mae'n braf o beth nad oes neb yn ein nabod ni yma a does neb yn ein gwylio'n mynd o gwmpas ein pethau; dim fel y dyn hwnnw oedd yn ein gwylio ni'n dadlwytho ym Miwmares, fydd bellach wedi trengi i lawr yr hen siafft 'na. Felly mae rhwydd hynt i ni ddilyn ein natur entrepreneuraidd yn dawel fach yn y fan yma. Byddai rhai yn mynnu mai lladron dan ni, ond dw i ddim yn hoffi'r disgrifiad hwnnw chwaith. Rhyw ailddosbarthu arian ydan ni, gan droi pob dŵr i'n melin ein hunain. Mae gan Dean arwyddair go dda, "y trechaf treisied, a'r gwannaf gwichied."

Mae'n well i mi ddechrau ar y gwaith o ll'nau'r siandelîr 'na rŵan, cyn rhoi llun ohoni ar y wefan gudd. Mi ddaw â cheiniog ddel *i ni fedru cario ymlaen, neu fyddai hi'n well i mi ddeud, ychydig o ewros angenrheidiol. Mae'n bryd i ni anghofio am y ceiniogau a'r punnoedd bellach.*

Pennod 68

HEDDIW ROEDD GAN Sara'r dasg o gyfarfod â'i thiwtor newydd. Roedd Dr Gareth Isaac yn tynnu am ei drigain oed ac yn eithaf ffurfiol ei ffordd, ond eto'n ddigon dymunol ei natur.

"O'r hyn wela i, Mrs Elidir, dach chi wedi cwblhau llawer o'r gwaith eisoes."

Symudodd lygoden ei gyfrifiadur drwy dudalennau'r gwaith yr edrychai arno ar y sgrîn o'i flaen.

"Dw i wedi darllen yr holl waith dach chi wedi'i anfon ata i, yn fras, ddoe, ac mae wedi gadael argraff ffafriol iawn arna i, mae'n rhaid i mi ddeud. Os bwriwch chi ymlaen ar yr un llinellau, mi fydd popeth yn iawn."

"Mae gen i gryn dipyn o waith eto," mynegodd Sara. "Dw i ond wedi prin gyffwrdd rhai agweddau ar greiriau'r ynys."

"Wrth gwrs. Wel dyna ni, felly. Dal ati ar yr un trywydd fydd orau, ac mi gawn ni sgwrs fanylach y tro nesaf. Cofiwch fi at Dr Rhys Elidir. Hwyl i chi, Mrs Elidir."

"Pnawn da, Dr Isaac."

A dyna'i thiwtorial cyntaf gyda'r Dr Gareth Isaac ar ben! Cof da am ei chyfarfodydd tiwtorial gyda Rhys!

Pennod 69

DOEDD YR HEN ferch unig, Marie Segoulène Le Gard, ddim yn cofio lle roedd rhai o'r trysorau wedi eu cadw'n ddiogel ers dyddiau'r Ail Ryfel Byd. Cofiai, pan oedd yn ifanc iawn, fod ei rhieni wedi gorfod cuddio llawer o drysorau'r *château* bychan yn Auvergne rhag i'r Almaenwyr ddod i fusnesu.

Roedd ei brawd, a oedd dair blynedd yn hŷn na hi, bellach wedi marw, a doedd ganddi neb i'w holi mwyach ynghylch yr hen bethau. Roedd fel pe bai niwl yn dod dros ei chof ambell waith, a doedd hi ddim yn gallu cofio pethau'n glir pan fyddai hynny'n digwydd. Roedd 'na ddodrefn a llestri, a llestri arian, os cofiai'n iawn, ond prin y byddai'n eu nabod bellach. Lluniau a delwau hefyd, er nad oedd ganddi'r un syniad sut rai oedden nhw erbyn hyn. Hwyrach mai yn nenfwd y *château* neu yn y colomendy neu'r cytiau y cuddiwyd yr eitemau.

Biti hefyd, oherwydd roedd posibilrwydd y câi ewro neu ddwy amdanyn nhw, yn ôl yr hyn a awgrymai'r dyn yma a oedd bellach yn sefyll wrth ochr ei chadair yn y gegin. Roedd dyn arall yn hofran yn y drws. Doedd hi'n deall fawr arnyn nhw'n siarad, nac yn eu clywed yn dda iawn chwaith, er i un o'r dynion godi ei lais yn uchel. Dim Ffrangeg roedden nhw'n siarad; Saesneg, yn sicr, oedd eu hiaith. Byddai'n adnabod Almaeneg yn syth bìn.

Cymerodd Dean gam neu ddau yn nes ati, oherwydd gallai

weld bod arni angen cymorth i gofio. Pwysodd Dean ei fysedd i ysgwyddau esgyrnog yr hen wraig.

Doedd arni hi ddim ofn y dyn ar y dechrau, yn gafael amdani o'r cefn. Ond yn fuan, sylweddolodd ei fod yn pwyso, pwyso mwy i'w chnawd. Man a man iddi awgrymu iddo fod rhyw hen gelfi yn yr atig ac yn y colomendy, hwyrach. Mae'n sicr bod rhyw bethau i'w cael yno, er nad oedd ganddi syniad clir beth oedden nhw mwyach. Efallai wedyn y byddai'r dyn yn rhyddhau'r pwysau a roddai ar ei hysgwyddau wrth gladdu ei fysedd yn ddwfn i'w chnawd. Wedi'r cyfan, prin y byddai arni hi bellach angen pethau a oedd wedi eu storio ers cyhyd. Roedd ganddi ormod o daclau o'i chwmpas hyd yn oed yn y gegin gefn, erbyn hyn. Ac roedd golchi'r mymryn llestri hynny'n dechrau mynd yn dreth arni, heb sôn am y llestri arian a'r ornaments cain y tybiai, ambell waith, a oedd yn rhai o'r ystafelloedd pan oedd hi'n blentyn ifanc; neu a oedd ei meddwl yn chwarae triciau arni?

Diolchodd i Dduw pan aeth y dynion o'r ystafell ac i fyny i'r atig, a hwyrach wedyn iddi eu clywed yn mynd allan am y colomendy. O leiaf, roedd hi'n cael llonydd am y tro. Gobeithiai y caent eu bodloni, er mwyn iddynt beidio â dod yn ôl i'w mwydro a'i brifo hi. Roedd yr hen ddyn cas hwnnw wedi ei dychryn gryn dipyn, pe bai ond yn fodlon cyfaddef hynny. Hi, Marie, a fu'n gweithredu'n eofn yn y *Résistance* adeg y rhyfel! Pam roedd hi'n gadael i hen ddyn cas fel hwn ei brifo, ni wyddai!

Ymhen rhyw awr hwyrach, clywodd y fan fawr y gwelsai gip arni drwy'r ffenestr yn gadael. Welodd hi'n un ewro, ond gobeithiai na fyddent yn dychwelyd o gwbl ar ôl hyn. Dichon eu bod wedi cael digon o bethau yn y fan enfawr i adael llonydd iddi hi fyth mwy.

Tybed a ddylai ffonio'r *gendarmerie* i roi gw'bod iddyn nhw am y dynion 'ma? Ddylai dynion o'r fath ddim cael rhyddid i fynd i blagio hen bobl o amgylch y wlad, roedd hynny'n sicr. Ond mae'n debyg eu bod ar eu ffordd yn ôl i Loegr erbyn hyn.

Roedd hi wedi blino'n lân, rhwng popeth, ac onid oedd hi'n bryd iddi gael cyntun bach? Byddai'n cysgu ychydig yn ei chadair bob prynhawn, ac yn adfywio'n nes ymlaen. Gallai alw'r *gendarmerie* bryd hynny, os cofiai.

Pennod 70

Roedd gan y postmon lythyr i Marie Segoulène y bore arbennig hwnnw. Prin y byddai hi'n cael llythyrau o gwbl, ar wahân i bapurau treth y cyngor a bil dŵr. Bil dŵr oedd llythyr heddiw, yn ôl yr arwyddair ar yr amlen.

Hen ferch glên oedd hi, yn y bôn, er ei bod wedi dechrau colli ei meddwl yn ddrwg erbyn hyn. Byddai'n mynnu rhoi paned o goffi *espresso* cyflym iddo ar ei rownd sawl tro. Digwyddai hynny ers blynyddoedd bellach, a gwyddai Jean Duval mai hoffi cwmni yr oedd Marie Segoulène, pe bai ond am bum munud ambell fore. Roedd hynny'n amlach na pheidio ar garreg y drws, a hithau'n dal pen rheswm efo fo orau y gallai, er bod ei dawn i ymresymu'n prysur gilio. Hoffai Marie glywed ganddo pwy o'i chydnabod a oedd wedi marw neu wedi mynd i'r ysbyty, er enghraifft.

Heddiw, roedd hi allan wrth y drws, a rhyw olwg ofnus yn ei llygaid. Doedd o ddim wedi ei gweld yn edrych yn gynhyrfus fel hyn o'r blaen. Beth oedd yn ei phoeni, tybed? Doedd hi ddim yn dda, hwyrach.

"Dach chi'n iawn, Mme Le Gard?" holodd Jean Duval.

"Mae arna i ofn i'r hen ddynion 'na ddŵad yn ôl," sibrydodd. "Mi wna i goffi i chi rŵan."

"Pa hen ddynion? Oes rhywun wedi bod yn tarfu arnoch chi?" holodd y postmon, yn ansicr a oedd yn derbyn pytiau o wirionedd, neu a oedd Marie ym myd y tylwyth teg ac yn dychmygu pethau, fel y byddai'n dueddol o wneud y dyddiau hyn.

"Y rheiny sydd wedi mynd â'r hen drysorau a oedd wedi eu cuddio adeg y rhyfel, yntê," ceisiodd Marie esbonio. "Ond mi wna i goffi i ni."

Ac yntau'n hofran ger y drws praff, dychwelodd Marie Segoulène gyda dwy gwpanaid fechan o goffi tywyll fel triagl. Y tu allan roedd bwrdd bychan o haearn a oedd wedi gweld dyddiau gwell, a mainc o boptu iddo.

Gosododd Marie'r ddwy gwpan ar y bwrdd ac eisteddodd Jean yn ddiolchgar am funud. Prin y deuai'r un o uwch-reolwyr y post ar ei warthaf yn y fan hon. Roedd y coffi wedi dod yn arferiad blynyddoedd ar yr achlysuron prin pan oedd post ar gyfer Marie.

"Pwy sy 'di bod yma?" holodd Jean, a chafodd yr hanes i gyd, i'r graddau yr oedd Marie yn cofio'r digwyddiad.

"Mi bwysodd y dyn cas ei hen ddwylo'n drwm i esgyrn 'y ngwegil i," ceisiodd esbonio.

Roedd gan Jean dipyn o feddwl o'r hen ledi. Byddai'n arfer cofio amdano adeg y Nadolig, yn ei dyddiau gwell, o leiaf. Dywedodd, felly, y byddai'n cael gair efo'r *gendarmerie* y pnawn hwnnw, os mynnai Marie.

"Wel ia, pam lai," nodiodd Marie, gan yfed gweddill ei choffi. "Er na fydd hynny'n gwneud fawr o wahaniaeth, mae'n debyg." Roedd hi wedi mynd bellach yn dipyn o hen sinig, ac allai Jean weld dim bai arni am hynny chwaith.

"Cadwch yn ddiogel, a rhowch glo ar y drws 'na, wir!" galwodd Jean wrth adael. "Peidiwch ag ateb i neb os nad ydach chi'n eu nabod nhw."

★

Mae pethau 'di bod yn haws o lawer i ni yma yn Ffrainc. Gwlad fawr. Ychydig o boblogaeth. Neb i'w weld yn malio o gwbl be dan ni'n 'neud o ddydd i ddydd. Pawb yn cael llonydd i fynd ar ôl ei fusnes. Does dim hen lythyrau cas wedi'n cyrraedd ni o Gymru na Lloegr yn deud ein bod ni ar ei hôl hi efo treth y cyngor, biliau dŵr neu filiau trydan. Does neb yn gw'bod lle rydan ni, ac mae hynny'n nefoedd ynddo'i hun. Ymhell oddi wrth bawb a phopeth. Yng nghefn gwlad go iawn. Dim cymdogion o fewn cyrraedd agos. Paradwys yn wir!

Mi gafodd Dean a finnau helfa orau ein gyrfa yn yr hen château *'na efo'r hen ddynes efo dementia. Fyddai honno'n nabod dim arnon ni pe bai hi'n ein gweld ni eto. Pethau gwerth eu cael hefyd. Doedd neb wedi edrych arnyn nhw ers dros saith deg o flynyddoedd. Mae rhai ohonyn nhw bellach ar y wefan dywyll, ac mae digon o ddiddordeb ynddyn nhw. Roedd gwe pry cop blynyddoedd arnyn nhw, wrth gwrs, ond wedi eu glanhau, roedden nhw fel newydd. Tipyn o sgleinio a chaboli, a dyna ni. Beth yn fwy mae ar rywun ei eisiau!*

Wedi hynny, mi fu Dean a finnau o amgylch hen château *arall. Roedd hwn eto'n dew o we pry cop, a golwg fel pe bai rhywun wedi troi cefn arno fo ddegawdau'n ôl. Sgŵp arall. Wedyn mi aethon ni neithiwr i ryw hen blasty anferth. Os oedd rhywun yn byw ynddo, doedd neb ar gyfyl y lle pan oedden ni yno. Mae 'ma drysorau yn y siediau 'ma erbyn hyn. Mae'r lle'n orlawn, ond maen nhw'n symud fel slecs. Dyna sy'n dda.*

Does dim dwywaith nad ydy'n busnes ni ar i fyny. Hwyrach y bydd gwir lewyrch ar y fenter, ac na fydd angen i Dean na finnau fynd allan yn y nos yn llechwraidd am amser hir eto. Ella byddwn ni ar ben ein digon yma'n fuan.

Os pery pethau fel hyn, fydd dim rhaid i Elsie a Gloria feddwl am gadw busnes yma chwaith. Peidio â thynnu pobl yma ydy'r peth calla i'w wneud. Byw fel meudwyod. Mae llawer i'w ddweud dros hynny. Teithio ar led i sbecian ymhlith rhai o'r hen châteaux *ambell dro, a dyna ni, llwyddiant ysgubol, os nad ydw i'n methu'n fawr. Mae Dean yn canfod hen blastai efo potensial ar y map ac ar y cyfrifiadur. Mae Dean yn werth ei halen i'r bartneriaeth 'ma.*

Pennod 71

Mae mistar ar Fistar Mostyn, meddan nhw. Mae cyfiawnder yn trechu yn y pen draw. Neu felly y dylai pethau fod. Felly y credai Rhys a Sara, er nad oedden nhw wedi clywed dim mwy am yr hen bobl *Relics and Salvage* hynny. Yn ôl pob golwg, roedden nhw wedi gadael Biwmares am Lundain, ond doedd dim sôn bod neb wedi eu dwyn i gyfrif am eu hanfadwaith.

"Fydd Ifan Rowlands byth yr un fath ar ôl cael ei ddychryn a'i anafu gymaint, faswn i'n meddwl," meddai Rhys dros goffi amser brecwast.

"Mi fydd yr ymosodiad ar ei feddwl weddill ei oes," dywedodd Sara, "ond, diolch byth, mae o'n gwella'n raddol, meddai ei wraig dros y ffôn. Mi fydd yn rhaid i mi fynd i holi sut mae o un diwrnod, a dod â f'ymweliadau â'r lle i ben."

"Mi ddo i efo ti pan fyddi di'n mynd yno. Does dim pwynt mentro y bydd popeth yn iawn, er ein bod ni'n credu bod y dihirod 'na yn Llundain. Wyddost ti ddim lle bydd y taclau yna."

Pennod 72

Roedd gan y postmon, Jean Duval, lythyr braidd yn aflêr yr olwg, wedi ei ailgyfeirio yn y Deyrnas Unedig a'i bostio ymlaen i ryw Maurice Jeffreys a oedd yn byw yn La Vieille Maison. Roedd y tŷ hwnnw i lawr lôn gul a throellog a arweiniai i ben draw'r dyffryn diffaith yr olwg, ymhell o gyffiniau'r pentref. Gwyddai Jean nad oedd unrhyw un wedi byw yn yr hen blasty ers blynyddoedd lawer. Rhaid bod ugain mlynedd a mwy, pe bai'n gorfod dweud pryd. Ni fu raid iddo ddanfon post o gwbl i'r lle cyn hyn. Yn wir, ni chofiai erioed fod i lawr y lôn fach o'r blaen.

Gyrrodd y fan bost yn araf ar hyd y lôn dyllog, i lawr i waelod y dyffryn, gan obeithio na fyddai'n rhwygo un o deiars y fan wrth wneud hynny. Pan gyrhaeddodd du blaen y tŷ, a pharcio'r fan bost, cerddodd allan gyda'r llythyr yn ei law.

Roedd dau ddyn ar yr iard yn brysur yn cario dodrefn, yn ôl pob golwg, i un o'r cytiau anferth y tu allan; rhyw ysgubor hynafol a simsan oedd hi, yn ôl ei hedrychiad. Roedd hen fan fawr wedi ei pharcio o flaen y plasty, oedd wedi mynd â'i ben iddo ar ôl bod yn wag cyhyd.

Fel yr oedd yn cerdded am y tŷ, daeth un o'r dynion ato ar frys gwyllt, a golwg syn ar ei wyneb, fel pe na bai'n disgwyl gweld undyn byw yn dod yno o gwbl. Fel pe na bai erioed wedi gweld undyn byw, o ran hynny. Cythrodd yn ddiseremoni am y llythyr a ddaliai Jean Duval o'i flaen. Ni chafodd Jean na gair o'i ben na diolch yn fawr, na nòd na gwên o gwbl, dim ond gwg. Ni chafodd sylw am y tywydd. Dim o gwbl. Dim yw dim. Ond dyna ni, roedd o wedi arfer bellach efo pobl ddifanars.

Dychwelodd y postmon i'r fan yr un mor ddiseremoni a gyrru'n ôl mor ofalus ag y gallai am y ffordd fawr, i fyny'r lôn gul a throellog, gyda brigau coed yn hongian uwch ei ben a glaswellt uchel ar ganol y ffordd, a hwnnw'n rhygnu o dan y fan bost.

Dim ond pan oedd yn gyrru ymlaen am y tŷ nesaf, bellter o'r fan yma, y daeth y syniad annelwig i ben Jean y gallai fod a wnelo pobl La Vieille Maison rywbeth â'r ymweliad dychrynllyd y soniodd Marie Segoulène amdano wrtho yr wythnos flaenorol. Naill ai ei fod yn cyfeiliorni, neu ei fod wedi taro ar yr union ddynion a fu'n hambygio'r hen ferch nobl. Doedd ganddo ddim math o brawf, ond roedd hen deimlad cas yn ei stumog y gallai fod wedi dod ar draws y dihirod hyll hynny.

Hwyrach y byddai'n well iddo gael gair bach arall yng nghlust y *gendarmerie*, ac ychwanegu ei amheuon diweddaraf at yr adroddiad a roesai iddynt ar ran Marie Segoulène wythnos ynghynt. Dyna fyddai orau. Doedd ganddo fawr o ddim pendant i'w ddweud wrthynt y tro cyntaf, ond gallai ychwanegu at hynny, yn gam neu'n gymwys, y tro yma. Hwyrach mai ei ddychymyg ef oedd yn gorweithio, ond wnâi o ddim drwg drwy gael gair efo nhw. P'run bynnag, roedd o'n hen ffrind i un o'r *gendarmes*, ac felly fe gâi wrandawiad teilwng ganddynt.

Pennod 73

O DIPYN I beth, ac yn araf iawn i bob golwg, roedd y rhwyd yn cau o bob cwr am berchnogion *Relics and Salvage*, a chael eu dwyn i gyfraith fu eu hanes yn y diwedd. Oedd, roedd mistar ar Fistar Mostyn.

Bu adroddiad Jean Duval i'r *gendarmerie*, a datganiad o'i amheuon ynghylch trigolion newydd La Vieille Maison, yn anhepgor gyda phrysuro pethau ymlaen. O ganlyniad, bu i'r *gendarmerie* ymweld â Marie Segoulène, a dywedodd hithau wrthynt yr hyn yr oedd hi'n ei gofio. Rhoddodd ryw fras ddisgrifiad o'r dynion – eu hesgidiau brown trwchus; manion felly. Roedd disgrifiad Jean Duval, ar y llaw arall, yn llai annelwig, ac yn fwy pwrpasol a phenodol.

Talwyd ymweliad â phreswylwyr newydd diweddar La Vieille Maison. Cymerodd plismyn Ffrainc gip o amgylch y lle. Roedd gwarant ganddynt ymlaen llaw, rhag gwastraffu amser ymhellach. Roedd cynnwys y cytiau allanol yn ddatguddiad go iawn i'r *gendarmerie*.

Doedd gan y dynion ddim cyfreithiwr, hyd yn oed, yn gefn iddynt, er bod un wedi cael ei drefnu ar eu cyfer. Arestiwyd nhw dan amheuaeth o fygwth, ymosod, a lladrata.

Anfonwyd criw mawr o'r *gendarmerie* i gatalogio'r nwyddau oll. Bu hynny'n waith deuddydd da, rhwng popeth. Roedd ambell un o'r hen gytiau dan ei sang gyda nwyddau wedi eu dwyn o bell ac agos.

Daeth y *gendarmerie* i gyswllt â'r heddlu yng Nghymru. Buasai'r heddlu hwnnw hefyd yn brysur yn derbyn tystiolaeth Ifan Rowlands Maes Mawr, ac yn ei sicrhau nad oedd y dynion peryglus yn unlle'n agos i'w fferm erbyn hyn, ac y gallai gysgu'n esmwyth. Roedd y creadur wedi cynhyrfu llawer pan drawyd ef yn anymwybodol. Roedd tystiolaeth Peredur Môn, Sara a Rhys Elidir i gyd yn ategu ei gilydd, ac yn creu darlun cyfansawdd o bopeth.

Roedd tystiolaeth gan ddyn Tsienïaidd o Lundain, a dderbyniwyd yn ddiweddar gan Heddlu'r Met, hefyd yn ategu'r math o gymeriadau oedd Maurice Jeffreys a'r criw. Doedd dim argoel eto a ellid helpu'r dyn hwnnw i adfer gwerth ei fas arbennig, ond efallai y byddai gwell siawns o hynny'n awr, gyda darganfod yr holl greiriau yn Ffrainc.

Roedd cwch mawr a gafodd ei ladrata fisoedd ynghynt wedi dod i'r fei hefyd, mewn porthladd bach answyddogol a phreifat yn Ffrainc. Ac roedd modd cysylltu'r drwgweithredwyr â'r cwch hwnnw.

Pennod 74

Wedi i'r heddlu dynnu lluniau er mwyn erlyn y dihirod, cafodd y marmor gwyrdd yn y siop yng Nghaer, a oedd wedi ei lunio'n ddysgl fechan, ei ddychwelyd i Ifan Rowlands, yn ogystal â'r talp o farmor heb ei drin a welwyd ym meddiant y dihirod ar Fynydd Parys.

"Dw i am roi'r ddysgl yn anrheg i chi a'r gŵr ar eich priodas," meddai Ifan wrth Sara pan wireddwyd o'r diwedd ei hymweliad olaf â Maes Mawr, y tro hwn yng nghwmni Rhys. "Dach chi wedi dangos diddordeb arbennig iawn ynddo fo, ac mae gen i ddigon o bethau wedi eu creu o'r marmor eisoes yn fy nghartref."

Roedd Sara'n gyndyn o dderbyn anrheg mor unigryw a gwerthfawr yn ei golwg, ond ildiodd i ddymuniadau Ifan a'i wraig yn y diwedd. Eisteddai'r ddysgl fechan o farmor bellach ar silff yng nghartref newydd Rhys a Sara.

"Mae'n rhaid i mi ddeud ei bod hi'n rhagori'n fawr ar y telmau eraill!" oedd sylw Rhys.

Roedd yn rhaid i Sara gytuno.

Bu hanes yr achos yn erbyn y dihirod yn y papurau newydd ac ar y we, hyd at ddiflastod. A bellach, wrth hamddena yn lolfa eu tŷ newydd, roedd yn rhaid i Rhys a Sara gydnabod ei bod yn gymaint haws ymlacio gyda'r wybodaeth bod Maurice a Dean a'r criw yn ddiogel dan glo am flynyddoedd i ddod.